EL COMBATE CONTRA EL DRAGÓN

EL COMBATE CONTRA EL DRAGÓN

LIBRO TRES DE LA SERIE GAMEKNIGHT999

UNA AVENTURA MINECRAFT. NOVELA EXTRAOFICIAL

MARK CHEVERTON

Traducción de Elia Maqueda

Rocaeditorial

Título original: *Confronting the Dragon*

CONFRONTING THE DRAGON © 2014 by Gameknight Pubishing, LLC
El combate contra el dragón es una obra original de fanfiction de Minecraft
que no está asociada con Minecraft o MojangAB. Es una obra no oficial y no
está autorizada ni ha estado aprobada por los creadores de Minecraft.
Invasión del mundo principal es una obra de ficción. Los nombres, personajes
y acontecimientos son producto de la imaginación del autor o son utilizados
como ficticios. Cualquier parecido con hechos o personas reales, vivos
o muertos, es una coincidencia.
Minecraft ® es la marca oficial de MojangAB.
Minecraft ® / TM & 2009-2013 Mojang/Notch
Todas las características de Gameknight999 en la historia son completamente
inventadas y no representan al Gameknight999 real, que es lo contrario a su
personaje en el libro y es un individuo alucinante y comprensivo.
Asesor técnico – Gameknight999

Primera edición: septiembre de 2015

© de la traducción: Elia Maqueda
© de esta edición: Roca Editorial de Libros, S. L.
Av. Marquès de l'Argentera 17, pral.
08003 Barcelona
info@rocaeditorial.com
www.rocaeditorial.com

Impreso por LIBERDÚPLEX, S.L.U.
Crta. BV-2249, km 7,4, Pol. Ind. Torrentfondo
Sant Llorenç d'Hortons (Barcelona)

ISBN: 978-84-16306-09-1
Depósito legal: B. 17.554-2015
Código IBIC: YFG

RE06091

Para los que sufren en silencio

¿QUÉ ES MINECRAFT?

Minecraft es un juego lleno de creatividad al que se puede jugar en solitario, con amigos o en línea con gente de todos los rincones del mundo. Se trata de un juego de mundo abierto donde el usuario puede construir increíbles estructuras con cubos texturizados de distintos materiales: piedra, tierra, arena, arenisca… En Minecraft no se aplican las reglas habituales de la física; en el modo creativo se pueden construir estructuras que desafíen la ley de la gravedad o que no se apoyen sobre ningún soporte visible. Esta es la estación espacial que Gameknight construyó en su servidor:

Las oportunidades creativas de este programa son increíbles: la gente construye ciudades enteras, civilizacio-

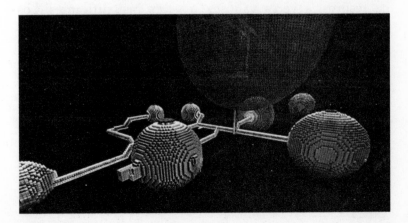

nes sobre acantilados y hasta urbes en las nubes. No obstante, el juego real se desarrolla en el modo supervivencia. En este modo, los usuarios aparecen en un mundo hecho de cubos, tan solo con la ropa que llevan puesta. Tienen que conseguir recursos (madera, piedra, hierro, etcétera) antes de que anochezca para construir herramientas y armas con las que protegerse de los monstruos cuando aparezcan. La noche es la hora de los monstruos.

Para conseguir estos recursos, el jugador tendrá que abrir minas, excavar en las profundidades de Minecraft en busca de carbón y hierro para hacer herramientas y una armadura de metal, esenciales para la supervivencia. A medida que caven, los usuarios encontrarán cavernas, grutas inundadas de lava e incluso alguna mina o mazmorra abandonada, donde puede haber tesoros ocultos pero también peligros agazapados en pasadizos y recámaras patrulladas por monstruos (zombis, esqueletos y arañas) al acecho de los jugadores incautos.

Aunque el terreno está plagado de monstruos, el usuario no está solo. Hay servidores enormes con cientos de usuarios, que comparten espacio y recursos con otras criaturas de Minecraft. El juego está salpicado de aldeas habitadas por PNJ (Personajes No Jugadores). Los aldeanos que van cada uno a lo suyo ocultan en sus hogares cofres llenos de tesoros, a veces valiosos, a veces insignificantes. Los usuarios pueden hablar con los PNJ, intercambiar objetos y conseguir piedras preciosas, ingredientes para hacer pociones o incluso un arco o una espada.

Este juego es una plataforma increíble para las personas creativas a las que les guste construir cosas, y no solo edificios: con la piedra roja se pueden construir circuitos eléctricos (para activar pistones y otros dispositivos) y fabricar máquinas más complejas. En Minecraft se han llegado a construir reproductores de música, ordenadores de 8 bits y hasta minijuegos, todo con piedra roja. Con la introducción de los bloques de comandos en la versión 1.4.2, ahora se puede controlar el juego con líneas de comando. Esta novedad ha abierto nuevas vías creativas para los programadores de Minecraft en todo el mundo, que ahora pueden incorporar mecanismos mucho más sofisticados. Minecraft es brillante y hermoso porque no es solo un juego, sino un sistema operativo que permite a los usuarios crear sus propios juegos y expresarse de una forma que antes no era posible. Niños y niñas de todas las edades se han atrevido a crear partidas únicas, mapas personalizados y escenarios para el modo JcJ (jugador contra jugador). Minecraft está lleno de creatividad, batallas emocionantes y criaturas terroríficas. Es un lienzo en blanco con posibilidades infinitas.

¿Qué vas a crear?

EL AUTOR

Muchos ya conocéis la historia de cómo empecé a escribir estos libros. Si no, podéis leerla en la introducción de *Invasión del mundo principal* o de *La batalla por el inframundo*. Me han emocionado todos y cada uno de los mensajes que me habéis enviado a través de la página web (www.markcheverton.com). Gracias a todos los lectores por vuestros ánimos. En vuestros mensajes me contáis que muchos habéis sufrido ciberacoso, y eso me entristece. Espero que mis libros os ayuden a gestionar ese acoso y el miedo y la ansiedad que lo acompañan.

En mi vida he sufrido muchos tipos de acoso; hablaré de ello al final del libro. Espero que *El combate contra el dragón* y mis propios errores os ayuden a los que estáis viviendo situaciones similares a las que yo viví de niño. Sed fuertes y contadlo todo.

Quiero dar las gracias a todos aquellos que me han escrito. Agradezco los comentarios que recibo tanto de los chicos como de sus padres. Intento contestar a todos los correos que recibo, pero pido disculpas por si se me ha pasado alguno. ¡Son muchos! Voy a añadir nuevas secciones a la web para que los fans de la saga de Gameknight999 podáis contarnos cosas, dar vuestra opinión y publicar capturas de pantalla de Minecraft. Os animo a reproducir escenas de los libros y enviarlas; las publicaremos para que todo el mundo pueda verlas.

Buscad a Gameknight999 y a Monkeypants271 en los servidores. No dejéis de leer, sed buenos y cuidado con los creepers.

CAPÍTULO I

LA BATALLA FINAL

*G*ameknight999 *flotaba en una bruma plateada. Un sentimiento de temor corría por sus venas. Estaba a punto de ocurrir algo, algo malo, y de algún modo sabía que no podría evitar las terribles consecuencias de aquello que le sobrevenía.*

De forma gradual, la nube empezó a disiparse y vio que estaba en una amplia plataforma en lo alto de una montaña gigante de roca. A medida que la niebla plateada descendía, empezaron a emerger figuras detrás del velo brumoso... PNJ, todos armados y acorazados; eran los defensores de Minecraft que habían sobrevivido.

Gameknight notó una presencia junto a él, se giró y vio al Constructor y a Peón a su lado. Hablaban en voz baja, con una expresión de determinación en el rostro. Miraron al otro lado de la plataforma, a la vasta llanura que se extendía al pie de la montaña. Algo parecía moverse entre la niebla reluciente, algo que oscurecía el terreno... Criaturas iracundas... y dañinas.

«¿Es la niebla una señal de que estoy soñando? —pensó—. Esta bruma siempre aparece en las pesadillas que he tenido últimamente.»

No podía explicarlo, pero algo le decía que estaba viendo el futuro... que estaba viendo «su» futuro. Algo dentro de él le hizo estremecerse de miedo cuando se dio cuenta de lo que iba a pasar.

Estaba a punto de presenciar su propia muerte y el fin de Minecraft.

Con un escalofrío, se giró a mirar a sus amigos. Junto a Peón estaba la Cazadora, fuerte y rígida, con el arco encantado en la mano; estaba seguro de que aquello era un sueño. Parecía exhausta y estaba demacrada, casi traslúcida, pero con una expresión de ira terrible en los ojos.

«¿Cómo va a ser esto el futuro, si Malacoda y Erebus capturaron a la Cazadora en el último servidor? —pensó Gameknight—. No es posible.»

Gameknight recorrió la plataforma con la mirada y vio que estaba cubierta de faros, unos cubos de cristal transparente con bloques luminosos dentro. Había muchísimos faros, cientos, quizá miles. Pero lo más curioso era que todos estaban apagados excepto dos. Uno brillaba con fuerza, y enviaba un haz refulgente de luz blanca hacia el cielo. Era más grande que el resto; de hecho era enorme, más alto que cualquiera de los PNJ, y su base estaba rodeada de bloques de diamante que también proyectaban círculos de gélida luz azul hacia lo alto. Brillaba muchísimo, tanto que la luz parecía incandescente. Daba la impresión de que si alguien lo tocaba, se evaporaría de inmediato. Los demás faros tenían un tamaño normal, incluso parecían diminutos en comparación. Uno de los faros pequeños estaba también encendido y emitía un haz de luz tan abrasador como el del grande.

«¿Qué ocurre? —pensó Gameknight—. ¿Qué hago aquí? ¿Para qué es ese faro? ¿Estoy en la batalla final de Minecraft?»

Gameknight vio que todos los que estaban en la cima de la montaña tenían el miedo y la incertidumbre pintados en la cara. Ante ellos había una escalera empinada que llevaba de las llanuras inferiores hasta la cumbre *plana en la que estaban. Era el único camino hasta la plataforma de faros; los lados de la plataforma eran escarpados e impracticables.*

Gameknight vio cómo Peón recorría la colina ondulada con la mirada y observaba el paisaje. A continuación, se giró hacia él.

—Vienen —dijo con voz grave—. Calculo que hay unos quinientos monstruos, quizá mil, liderados por Erebus. —Levantó la mano cuadrada y se la pasó por la barba recortada mientras escrutaba los rostros de sus guerreros—. Me temo que no tenemos opciones de detener a esta horda. Minecraft está perdido.

«¿Perdido? —pensó Gameknight—. Si esto es el futuro, ¿significa que vamos a perder la batalla por Minecraft?»

Quería gritar, decirles que no se rindieran, pero no le salía la voz. Se sentía atrapado en su propio cuerpo, incapaz de hacer nada que no fuese ser un espectador desde sus ojos inútiles.

—No pierdas la esperanza, Usuario-no-usuario —dijo el Constructor. La sabiduría de su voz resonó en la cima de la montaña—. Has hecho todo lo posible. No hay que avergonzarse del fracaso después de haberse esforzado al máximo.

—Pero ¿qué dices? —intervino la Cazadora, cuya voz sonaba onírica e irreal. Su presencia era algo transparente, como si no estuviese del todo allí y su destino aún fuese incierto—. Si perdemos, habremos perdido. No hay nada de lo que sentirse orgullosos.

Gameknight se giró y miró al Constructor. El muchacho le devolvió la mirada con tristeza.

—Siento que no hayamos podido hacer más —dijo el Constructor en voz baja, dirigiéndose únicamente a Gameknight—. Ya has visto a esa horda. Sabes que esta vez no podremos vencer a Erebus y a los monstruos. Tenemos apenas un centenar de soldados. No podemos detener la ola de destrucción que se nos viene encima.

El Constructor se volvió hacia el faro gigante, la Fuente, y suspiró.

—Creo que lo único que podemos hacer es morir luchando —dijo, a la vez que desenvainaba su espada.

Gameknight miró a su alrededor presa de una tristeza desoladora. «Si esto es el futuro, ¿he guiado a esta gente hasta el fracaso? ¿Por qué siento esta... esta derrota?» No podía soportar la idea de presenciar la destrucción de sus amigos... de Minecraft. Quería largarse de allí, pero no podía; no tenía el control de su cuerpo.

«Tengo que hacer algo... ¡Tengo que intentar ayudarles!», pensó.

Gameknight ya podía oír los gruñidos de los monstruos, que estaban llegando al pie de las escaleras que llevaban hasta la cumbre. Los chasquidos de las arañas, los silbidos de los blazes y los chillidos de los ghasts resonaban por aquel paisaje extraño, haciendo que los defensores de la plataforma se encogiesen de miedo.

—Todavía tengo que hacer algo —dijo Gameknight a los PNJ.

«¡No! ¡No soy yo el que habla!», gritó desde dentro de su mente, pero el cuerpo no le respondía.

De forma totalmente involuntaria, envainó la espada y se colocó junto al faro, con el rostro a pocos centímetros del haz de luz. Podía sentir el tremendo calor que emanaba. Parecía que todo el calor del inframundo estuviese concentrado en ese haz brillante.

—Gameknight, ¿qué haces? —gritó el Constructor.

«¡¿Qué hago?! —pensó Gameknight, presa del pánico—. ¿Voy a lanzarme al haz de luz? ¿Por qué no intento salvarlos a todos?»

—¡Eso es muy cobarde! —chilló la Cazadora—. ¡No te rindas, lucha junto a nosotros... junto a mí! —Su voz *traslucía una tristeza peculiar y sus ojos le rogaban que abandonase aquella idea.*

—No, tengo que hacer esto —dijo el cuerpo de Gameknight en voz alta.

Miró a sus amigos, que observaban con incredulidad cómo se acercaba aún más al mortal haz de luz abrasadora. De repente, Peón se alejó de los demás PNJ y se puso al lado de Gameknight con una sonrisa astuta en el rostro.

—¡No, tú también no! —gritó la Cazadora, que no daba crédito a lo que ocurría.

—Lo entenderás con el tiempo —contestó Peón.

Rodeó el faro para situarse al otro lado y levantó en alto su espada, agarrando la empuñadura con ambas manos. Con todas sus fuerzas, clavó la espada en el suelo. Sonó como el estallido de un trueno al atravesar la roca y toda la tierra tembló. Sujetando la empuñadura firmemente con una mano, extendió la otra hacia el Usuario-no-usuario con los ojos verdes fijos en Gameknight.

—Por Minecraft —dijo el robusto PNJ con una voz sorprendentemente suave y reconfortante.

—Por Minecraft —escuchó replicar a su cuerpo, justo antes de adentrarse en el abrasador haz de luz.

«¿Esto es el fin? —pensó Gameknight—. No puede acabar todo así. Si esto es el futuro, si aún hay esperanza... ¿No puede cambiarse el futuro? ¿Y si...?»

De repente, todo se iluminó y el dolor se extendió por todo su cuerpo, y después empezó a desvanecerse. Pero justo antes de que la oscuridad lo cubriese todo, creyó oír algo... Voces, cientos de voces, y una en particular que no oía desde hacía siglos. Era una voz familiar, perteneciente a un amigo al que echaba muchísimo de menos. La voz inundó su mente y Gameknight999 casi sonrió. Después, la oscuridad lo engulló por completo.

CAPÍTULO 2

TRAS EL RASTRO

G ameknight se despertó de golpe, con la cabeza nublada por la confusión, tratando de asimilar lo que acababa de ver.

«¿Ha sido solo un sueño o era algo más? —pensó—. Parecía muy real, pero era distinto… Como si hubiese visto el futuro.»

Aún recordaba la resignación en el rostro de los PNJ mientras observaban la inmensa horda de monstruos que se acercaba. Era imposible que aquel grupo de defensores consiguiesen proteger la Fuente del ejército invasor. Perderían, y no había nada que Gameknight999, el Usuario-no-usuario, pudiese hacer para evitarlo.

Agitó la cabeza para intentar ahuyentar las imágenes de su mente. Pero seguían martilleándole el cerebro, astillando su valor con cada golpe. Suspiró, se incorporó y miró a su alrededor en busca de algún indicio de la horda de monstruos. Afortunadamente solo vio PNJ: carpinteros, granjeros, panaderos, sastres, excavadores, arquitectos… Todos los oficios de Minecraft, ahora embutidos en armaduras y rodeados de armas. Estaban todos allí por él, porque los había convencido para seguirle hasta la Fuente. No habían conseguido derrotar a Erebus y a Malacoda en el último servidor, así que habían seguido al ejército de monstruos a este servidor, a la

Fuente. Pero les superaban con creces en número y no sabían adónde ir ni qué hacer. Así que, en lugar de trazar un plan y hacer algo útil, se limitaban a seguir el camino oscurecido y carbonizado que los monstruos habían dejado a su paso, con la esperanza de averiguar qué planeaban las terribles criaturas.

Gameknight se puso de pie y se estiró, levantando las manos hacia el cielo y arqueando la espalda para deshacer poco a poco los nudos y el entumecimiento por haber dormido en el suelo duro y tosco. Miró al cielo oscuro y vio la cara cuadrada de la luna que empezaba a sumergirse en la línea de árboles; pronto amanecería. El satélite desprendía un tono rojo, algo que advirtieron nada más llegar a aquella tierra amenazada, algo que estaba relacionado con la invasión de los monstruos, que habían manchado el tejido de Minecraft con su irascible presencia.

«Me pregunto si el sol y la luna recuperarán su color original», pensó Gameknight.

Exploró el campamento; había soldados en todos los rincones planos. El ejército estaba acampado en un valle en la linde de un pinar. Había montoncitos de cuerpos ataviados con armaduras, PNJ cubiertos por mantas… Estaban por todas partes. Divisó antorchas plantadas por todo el campamento, en parte para evitar que los monstruos apareciesen en las inmediaciones y en parte para que los PNJ estuviesen más a gusto. La oscuridad ponía nerviosos a los habitantes del mundo principal, que habían aprendido desde que eran niños inocentes que la noche era la hora de los monstruos.

Pasando con cuidado entre los compañeros dormidos, Gameknight se dirigió al extremo del campamento y se encontró a Peón, el líder del ejército, caminando por el perímetro.

—Usuario-no-usuario —dijo el enorme PNJ mientras se detenía y alzaba el puño hasta el pecho en señal de saludo—. Deberías estar descansando.

—No puedo dormir —contestó—, así que he decidido comprobar el perímetro.

—Eres un líder sabio, siempre actúas con cautela.

«Líder… sí, claro», pensó Gameknight para sí.

El ejército respetaba mucho a Gameknight999, el Usuario-no-usuario, pero él no era su general. Era Peón. Este tenía una capacidad de liderazgo que hacía que cualquiera que lo escuchase quisiera hacer lo que decía. Solo había una cosa que le preocupase más que sus soldados, y era la seguridad de Minecraft. Peón era el auténtico líder de aquel ejército de PNJ, y Gameknight lo sabía. Le gustase o no, el Usuario-no-usuario sentía que no era más que un símbolo, un testaferro que debía salvar el tipo y conseguir que todo volviese a la normalidad. El problema era que no sabía qué hacer ni qué decir.

—No ha habido movimiento —dijo Peón mientras se giraba y miraba a su alrededor—. No hay monstruos a la vista.

—¿No te parece extraño? —preguntó Gameknight.

—Quizá Malacoda y Erebus están reclutando a todos los que encuentran para ampliar aún más su ejército.

Gameknight gruñó y asintió.

—Tiene lógica —contestó Gameknight.

«Claro que tiene lógica —pensó amargamente—. ¡Todo lo que dice Peón tiene lógica!»

—¿Qué haces despierto a estas horas, Peón?

—Un buen líder permanece junto a sus hombres y hace lo que les pide hacer a ellos —contestó el robusto PNJ, cuyos ojos verdes brillaban a la luz de la luna—. De lo contrario, sería un general arrogante y engreído por el que los soldados no querrían luchar. Tienen que saber que haré cualquier cosa que les pida a ellos.

—Pero ¿qué vigilas? —preguntó Gameknight, situándose junto al PNJ—. Malacoda y sus monstruos están lejos de aquí. No van a atacarnos.

—Ataca a tu enemigo cuando esté desprevenido y aparece cuando menos te esperen —respondió Peón como si recitase algo que se sabía de memoria.

Por alguna razón, aquello le sonaba familiar a Gameknight… Qué curioso.

—Eso es lo que yo haría —dijo el enorme PNJ—, así que para eso me preparo. —Hizo una pausa para escudriñar la fila de árboles y continuó—: Ven, caminemos juntos.

Gameknight caminó a su lado, tratando de erguirse para estar a la altura del PNJ, algo complicado pese a que medían lo mismo. Midiera lo que midiese, Gameknight siempre se sentía pequeño junto a Peón.

Mientras paseaban, la luna carmesí se hundió tras el horizonte arbolado y el este se empezó a teñir de rojo oscuro; pronto amanecería. El campamento comenzaba a despertar. Las figuras cansadas destacaban en la luz tenue del alba mientras se ponían las armaduras de nuevo y recogían las armas. Cuando veían a Gameknight, los soldados lanzaban un vítor y llamaban su atención, llevándose la mano al pecho.

—El Usuario-no-usuario vencerá a los monstruos —gritó uno.

—Gameknight999, el guerrero más valiente de la historia de Minecraft —dijo otro.

Los soldados siguieron brindándole alabanzas mientras recorrían el campamento. Era una rutina que se repetía desde que habían llegado a aquel servidor… a la Fuente. Por alguna razón, los guerreros de su ejército habían llegado a la conclusión de que Gameknight999 era una especie de héroe, valiente y aguerrido, sin rastro de miedo. Creían que iba a salvarlos, a derrotar a los monstruos de Minecraft y a solucionarlo todo.

«Menuda estupidez —pensó—. No se dan cuenta de que huiría ahora mismo si tuviese algún sitio a donde ir.»

Gameknight sabía que no era tan valiente como todo el mundo creía que era. Odiaba estar asustado, pero Minecraft había ido acabando con su coraje y minando su resolución. Se encogía cada vez que se cruzaba con un monstruo solitario o una comitiva de exploradores, y la sola idea de batirse con aquellas criaturas le helaba la sangre. En el servidor anterior había aprendido mucho sobre cómo enfrentarse a sus miedos, pero aún le resultaba difícil y le suponía un gran reto.

Lo de Peón era otra cosa. Siempre era el primero en ir a la batalla. Si alguien pedía ayuda, era el primero en acudir. Si avistaban monstruos, era el primero en enfrentarse a ellos. Peón jamás rehuía la confrontación. De hecho, cargaba contra los enemigos para proteger a los guerreros de su ejército como si fuesen sus propios hijos… Era muy curioso.

De pronto sonó una alarma. Alguien estaba golpeando un peto de hierro con la hoja de una espada mientras gritaba.

—¡Jinete arácnido… jinetes arácnidos! —gritó la voz.

Peón salió corriendo hacia la voz. Gameknight lo siguió, vacilante, cuatro pasos por detrás. Corrieron hasta un centinela que estaba en el extremo del campamento. El peto colgaba de su mano, aún resonando por los golpes.

—¿Qué pasa? —preguntó Peón.

—He visto un jinete arácnido por allí —dijo el centinela a la vez que apuntaba a las colinas cubiertas de hierba.

Los jinetes arácnidos eran esqueletos que galopaban a lomos de arañas gigantes. Eran rápidos, podían recorrer largas distancias en un solo día si el esqueleto iba tocado con un casco y podían trepar. Eran adversarios temibles. Probablemente Malacoda los había enviado para encontrarlos e informar de su posición. Gameknight sabía que no podían dejar que el jinete arácnido entregase esa información a sus amos… Sería un desastre. Pero la incertidumbre carcomía su confianza.

«¿Qué hago? —pensó—. ¿Debería perseguirlo y enfrentarme a él? Una vez me batí con uno, cuando Minecraft no era más que un juego. Pero ahora… Aún no sé qué ocurrirá si muero. Ya no puedo pasar de servidor; este es el punto más alto de la pirámide de planos de servidor… la Fuente. ¿Reapareceré o moriré definitivamente esta vez?»

La incertidumbre y el miedo inundaban su mente, incapacitándolo para pensar. Miró al suelo, asustado.

«No quiero enfrentarme a un jinete arácnido… Ahora no. ¿Qué hago? ¿Qué hago?»

Peón se giró y miró a Gameknight en espera de una orden o una señal de liderazgo, pero ya había aprendido a no esperar demasiado. Gameknight levantó la mirada del suelo y fijó su mirada llena de miedo e incertidumbre en los ojos verdes de Peón. Pero antes de que Gameknight pudiese hablar, afortunadamente, Peón empezó a dar órdenes.

—Vosotros cuatro, subid a los caballos y atrapad a ese jinete arácnido —ordenó a un grupo de guerreros. Su voz atronadora desprendía seguridad—. Aseguraos de que no informe de nuestra posición.

—Sí, señor —respondieron los PNJ.

—Arqueros —masculló Gameknight.

—¿Qué? —preguntó Peón.

—Arqueros… Necesitarás arqueros para no tener que acercaros demasiado —dijo el Usuario-no-usuario con voz insegura.

La mayoría de los esqueletos van armados de arco y flechas.

—Sí, claro —repuso Peón—. Llevaos a los arqueros. Que los rodeen, y no carguéis a menos que estén a tiro de flecha. No debemos correr riesgos innecesarios. ¡Venga, en marcha!

Los soldados corrieron por el campamento en busca de armas y protección. En cuestión de segundos, un escuadrón de soldados, hombres y mujeres, salían al galope del campamento tras el monstruo.

—Lo atraparán —dijo Peón con seguridad.

Pasó el brazo sobre los hombros de otro soldado y le susurró algo al oído. El soldado se marchó corriendo, llevándose con él a veinte guerreros más. Algunos dejaron las espadas y sacaron palas del inventario. Gameknight los vio alejarse corriendo desde el campamento hacia una colina cercana. Una vez arriba, empezaron a colocar bloques de tierra, uno encima de otro, esculpiendo figuras que parecían personas y caballos. Uno de ellos colocó un bloque de infiedra que habían traído del inframundo tras la batalla contra Malacoda en el último servidor. Lo tocó con un encendedor y prendió en llamas inmediatamente, con lo que hacía aún más visibles las figuras artificiales en lo alto de la colina, sobre todo de noche.

—¿Qué hacen? —preguntó Gameknight.

—Están preparando una trampa para distraerlos —contestó Peón.

Se colocó junto a Gameknight y admiraron la obra de los soldados. Distinguía figuras en torno a una hoguera, caballos junto a los árboles, soldados entre los troncos y tendidos en el suelo.

—El arte de la guerra se basa en el engaño —dijo Peón, como quien recita una lección de memoria.

Gameknight estaba a punto de decir algo cuando, de repente, se dio cuenta de que aquella frase le resultaba familiar… Muy familiar.

«Yo he oído eso antes —pensó Gameknight—. ¡Estoy seguro! Pero ¿cómo es posible? Estamos en Minecraft, no en el mundo analógico.»

Gameknight rebuscó en su memoria tratando de identificar dónde había oído aquella afirmación, pero no conseguía recordarlo; las piezas del rompecabezas se tambaleaban en su mente, borrosas y empañadas por la confusión.

—Debemos aparentar estar donde no estamos para confundir al enemigo —añadió Peón.

—Qué buena idea —dijo una voz joven junto a Gameknight.

Se giró y vio al Constructor junto a él, con la cara infantil iluminada por su sonrisa brillante y esperanzada. Gameknight había conocido al Constructor en el primer servidor, cuando apareció en Minecraft por culpa del digitalizador, un invento de su padre. En aquel servidor, el Constructor era un anciano de pelo cano y encorvado por la edad. Después de salvar aquel servidor de Erebus, el rey de los enderman, y su ejército de monstruos, el Constructor había reaparecido en el nuevo servidor con el aspecto de un muchacho. Era impactante y un poco desconcertante ver aquellos ojos ancianos y sabios en la cara tan joven, con toda la experiencia de los años brillando tras aquel azul majestuoso. Pero después de las batallas del último servidor, las batallas del inframundo, Gameknight había terminado por aceptar que aquel era su amigo ahora: un anciano y sabio creador encerrado en el cuerpo de un niño. Con toda probabilidad, era el mejor amigo que había tenido en la vida… exceptuando a su mejor amigo del mundo real, Shawny.

«Ojalá Shawny estuviese aquí para ayudarnos.»

—¡Ayuda! —gritó alguien.

Sin pensar, Peón salió corriendo con la espada en ristre. Gameknight desenvainó la suya también y se arrastró tras el enorme PNJ con el Constructor a su lado y un grupo de guerreros siguiéndoles de cerca. Gameknight oía el sonido de las espadas a medida que los guerreros las desenvainaban para prepararse para la batalla. El miedo y la incertidumbre empezaron a enroscarse alrededor del valor de Gameknight como una poderosa serpiente cuyo cuerpo escamoso albergaba todos los «y si» imaginables. Mientras seguía a Peón con paso vacilante, podía sentir aquella serpiente de miedo que estrangulaba su coraje, apretando hasta hacerlo desaparecer. Pero como sabía que no tenía elección, aferró con firmeza su espada de diamante y corrió hacia el nuevo peligro.

CAPÍTULO 3
LOS ABUSONES

—¡**A**yuda! —gritó la voz de nuevo.

Se acercaban.

Gameknight estaba seguro de que la voz venía de lo alto de la siguiente elevación. Esprintó, con cuidado de no adelantar a Peón, pero corriendo lo suficientemente deprisa para no parecer asustado. Cuando llegaron a lo alto de la colina, encontraron a la Tejedora de pie en la cima, con el arco en la mano y la flecha preparada. La brisa que corría en la cumbre agitaba la melena pelirroja de la niña, creando círculos carmesí que le rodeaban el cuello y el rostro. Giró la cabeza, sonrió a Gameknight, señaló los árboles y bajó ligeramente el arco.

—Junto a los árboles —dijo la chica, a la vez que relajaba el brazo y apartaba el arma.

Al pie de la colina, vieron a un PNJ joven y larguirucho junto al tronco de un abedul. La corteza clara del árbol desprendía un ligero resplandor carmesí fruto de la luz rojiza que bañaba el paisaje. Gameknight inspeccionó la zona en busca de monstruos al acecho, pero solo vio a un lobo solitario sentado cerca con un collar rojo alrededor del cuello; estaba domesticado. Peón, al ver que no había peligro, bajó la colina hacia el joven desgarbado mientras envainaba su espada.

—¿Qué está pasando aquí? —preguntó con su voz potente, que resonó en el bosque de abedules.

—Eh... Esto... Me dijeron que era un... un juego —tartamudeó el muchacho.

—¿Cómo te llamas, hijo? —preguntó el Constructor, de pie junto a Gameknight.

—Me llamo Pastor... Pastor —dijo el chico. Entonces, sus ojos se detuvieron en Gameknight999—. El Usuario-no-usuario... Eres mi... mi héroe... Quiero ver cómo destruyes a los... a los monstruos y salvas... salvas Minecraft. Yo quiero ser como... como tú.

El muchacho dio un paso adelante y le tocó el brazo a Gameknight con cuidado, con una expresión de reverencia en el rostro. Avergonzado, el Usuario-no-usuario dio un paso atrás y miró al suelo.

«Qué tontería... Solo soy un niño asustado —pensó—. No soy ningún héroe.»

—Pastor está acostumbrado a los animales —añadió la Tejedora mientras guardaba el arco y se situaba junto al Constructor—. Los vigila por la noche y se ocupa de que no se separen. Algunos guerreros se meten con él porque es más pequeño, más joven y... diferente.

—Mis herramientas —dijo Pastor con voz avergonzada... o más bien humillada—. En el... en el árbol.

Todos miraron hacia arriba y vieron un grupo de herramientas balanceándose arriba y abajo en la copa del árbol, como si flotaran sobre las olas de un mar invisible. Al pie del árbol, Gameknight vio un trozo donde habían arrancado la hierba. Era obvio que los abusones habían construido una columna de tierra para llegar hasta la copa, habían dejado allí las herramientas y habían bajado de nuevo, no sin antes borrar la mayor parte de las huellas de la broma.

Gameknight cogió unos bloques de infiedra moteados de marrón y construyó unos escalones para subir hasta la copa. Llevaba aquellos bloques encima desde la última batalla en el inframundo. Los recuerdos de aquella terrible contienda irrumpieron en su cabeza mientras colocaba la infiedra en el suelo. El ejército de PNJ había ido hasta allí para rescatar al Constructor de las garras de Malacoda, el rey del inframundo, con la esperanza de detener a su ejército de monstruos. Habían fracasado. Podían celebrar que habían conseguido rescatar al Constructor, pero en cambio la Cazadora, amiga de Gameknight y hermana de la Tejedora, había sido capturada. Aún recordaba la expresión de su rostro mientras era succionada hacia el portal que servía de acceso a este servidor, con los tentáculos largos y serpenteantes de Malacoda rodeando su flexible cuerpo. La tremenda tristeza en sus ojos le pedía que le lanzase una flecha y la matase; prefería la muerte a estar prisionera. Pero Gameknight carecía del coraje para disparar... así que dejó que el rey del inframundo se llevase a su amiga, y aquel acto tan cobarde lo atormentaba sin descanso desde entonces.

Aunque habían ganado la batalla, los monstruos habían conseguido escapar a través del portal que Malacoda había construido. Gameknight y la Tejedora habían seguido al ejército, ya que no iban a renunciar a la posibilidad de salvar a la Cazadora. Afortunadamente, el ejército de PNJ había accedido a seguirles también. Ahora estaban en aquel paraje extraño, en busca de Malacoda y Erebus, los dos reyes, y esperaban poder detener su ataque a la Fuente.

Gameknight miró el bloque de infiedra que tenía en la mano y recordó los alaridos de aquella última gran batalla... el dolor... el terror. Se habían destrozado familias, se habían perdido vidas y... la Cazadora... Los recuerdos le hicieron estremecerse. Apartó sus pensamientos de aquellos recuerdos horribles y colocó el último bloque para terminar las escaleras. A continuación, se las señaló a

Pastor para que recuperase sus pertenencias. El joven PNJ subió a todo correr a la copa del árbol y cogió sus cosas. Luego volvió a bajar y sonrió a Gameknight999.

—Gra... gracias, Usuario-no-usuario —dijo Pastor sin dejar de sonreír.

Gameknight emitió un sonido entre dientes, sacó el pico y empezó a extraer los bloques que acababa de colocar.

—¿Qué ha pasado exactamente, Pastor?

—Es que... los demás... los demás me dijeron que querían jugar... a un... a un juego conmigo —explicó Pastor—. Decían que así ser... que así sería como... como ellos. Sería un... un guerrero como ellos. —El muchacho se giró para mirar a Gameknight—. Puedo pelear con los monstruos. Puedo usar... usar mis...

—Hijo, eres demasiado joven para luchar —le interrumpió Peón—. Además, tu trabajo es vigilar al rebaño. Eso es lo que tienes que hacer. No vas a luchar, eres muy pequeño.

—Pero...

—¡No se hable más! —ordenó Peón.

El Constructor le puso una mano tranquilizadora en el hombro a Peón y se dirigió a Pastor.

—Pastor, termina de contar la historia.

—Bien... los guerreros me dijeron que... que dejara to-todo mi inventario. Me tenían que hacer la p-prueba sin... sin herramientas. Así que lo saqué to-todo y cerré los... los ojos y esperé. Estaba emocionado por que me... me a-aceptaran por fin. Po-por fin te-tendría amigos y sería u-uno de... de ellos. Pe-pero... empezaron a reírse. —La voz de Pastor se suavizó, como si estuviese reviviendo la humillación—. Cuando abrí los oj-ojos, los sol-dados se... se habían ido. To-todas mis herramientas es-estaban en el... en el árbol. Los sol-soldados se subieron a la... la colina y se ri-rieron de... de mí.

Pastor se giró hacia Gameknight. Por primera vez,

este se fijó en los ojos del muchacho; uno era verde claro y el otro azul acero. Destacaban entre la maraña de pelo negro y parecían horadar el alma de Gameknight. Era como si Pastor pudiese ver el interior de Gameknight y supiese que el Usuario-no-usuario había pasado muchas veces por aquello: a él también le habían encaramado los libros a la canasta de baloncesto, le habían escondido el almuerzo en las taquillas, los zapatos en lo alto del marco de la puerta... Gameknight había sufrido muchas veces a los abusones de su colegio, y ahora lo estaba viendo en Minecraft.

Aquello provocaba el enfado y la tristeza de Gameknight999.

«¿Por qué no me dejan... por qué no nos dejan en paz los abusones? ¿Qué tipo de persona enferma se regocija en el sufrimiento de los demás?»

Entonces, Gameknight supo enseguida la respuesta a aquella pregunta, al menos dentro de Minecraft: Erebus. Erebus disfrutaba con el sufrimiento de Gameknight y probablemente estaba disfrutando del sufrimiento de la Cazadora... si es que seguía viva. Erebus era el matón para Gameknight allí, al igual que los guerreros lo eran para Pastor.

Un grupo de soldados se había reunido en lo alto de la colina. Muchos se reían y señalaban a Pastor. Gameknight podía oír sus comentarios, porque el frío viento matutino arrastraba sus palabras hasta él.

—¿Por qué habla así? —susurró uno de los soldados en voz no demasiado baja.

—Creo que algo no le funciona bien —contestó otro—. Ya sabes...

—Mira, el niño-cerdo —dijo otro, apuntando a Pastor con su espada—. Está siempre con los animales y duerme con ellos. La gente dice que está loco... o que es tonto... o las dos cosas.

—¡Eh! —gritó la Tejedora, a punto de estallar de enfado—. Se llama Pastor y no es tonto. Solo es diferente a vosotros, nada más.

Los soldados se rieron.

La Tejedora se acercó a Gameknight y lo empujó con la pala, en espera de que les dijese algo a los soldados.

—¿Qué? —preguntó.

—¿No vas a decir nada? —refunfuñó la niña.

Gameknight miró a los guerreros de la colina, que se reían del muchacho larguirucho. Le vinieron a la cabeza infinidad de recuerdos de cuando le acosaban en el colegio: cuando todos se unían contra él, los empujones, las zancadillas… Al recordar todo aquello, volvieron las dudas y las inseguridades. De repente, un codo cuadrado se hundió en sus costillas, sacándolo de golpe de su ensoñación.

—¿Y bien? —susurró la Tejedora.

—Eh… vale —tartamudeó Gameknight—. Esto… id a vigilar el perímetro por si vienen monstruos.

Los soldados volvieron a reír, lanzaron unas cuantas pullas más al muchacho y se alejaron para cumplir las órdenes del Usuario-no-usuario.

Pastor clavó los ojos en el suelo cuando Peón lo miró. Una vaca que había cerca levantó la cabeza y mugió, llamándole la atención. Pastor le volvió la espalda al gran PNJ y se acercó a la vaca; puso la mano en la cabeza enorme del animal, le rascó el morro y la calmó. Después se adentró en la oscuridad, y la vaca lo siguió obediente.

—Tengo que pastorear a lo-los animales —musitó Pastor para sí mientras se alejaba, aparentemente recuperado del incidente.

Todo aquello le trajo recuerdos terribles a Gameknight999. Los matones le habían metido en una taquilla, le habían agarrado de un pie y le habían metido en un contenedor, le habían encerrado en los baños de chicas… infinitas veces. Los incidentes rebotaban en su cabeza como pesadillas recurrentes. Odiaba a los abusones del colegio. Solo porque Gameknight era más pequeño que los demás niños, y quizá un poco diferente, parecía que todos podían meterse con él. Los odiaba.

«¿Por qué no he obligado a esos soldados a dejar de reírse de Pastor?», pensó Gameknight.

Miró al Constructor y luego a la Tejedora, evitando sus miradas inquisidoras. Suspiró y miró al suelo, avergonzado. Podía oír a Pastor, que les hablaba a los animales que guiaba mientras los llevaba hasta el centro del campamento.

—Venga —dijo el Constructor—. Vamos a poner en marcha a este ejército. Tienen que ver al Usuario-no-usuario al frente de la comitiva, como la punta de lanza.

«Punta de lanza... Qué tontería, ja, ja», pensó, pero sabía cuál era su papel. Suspiró y se dirigió al centro del campamento. La Tejedora iba tres pasos por delante de él; su cabelló rojo flotaba tras ella como llamas líquidas mientras corría. A Gameknight le recordaba a su hermana mayor, la Cazadora.

«Espero que sigas con vida, Cazadora», pensó para sí. Le recorrió el escalofrío de la culpa por no haber disparado aquella flecha que podría haberla salvado, por no haber salvado a su amiga cuando tuvo la oportunidad. La culpa lo aplastaba... otra vez.

CAPÍTULO 4

MALACODA

E rebus contempló el hermoso paisaje, los árboles altos y verdes, los ondulantes campos de hierba exuberante, las distantes montañas majestuosas… Aquella imagen le hizo sentirse mal. El inframundo era un buen lugar para vivir, en las sombras, los huecos de las cuevas, los túneles, no este paisaje tan patéticamente colorido. La escena hizo que se le revolviera el estómago.

El rey de los enderman miró hacia lo lejos al vasto ejército de monstruos que le seguía. Marchaban por aquel servidor en busca de aliados que les ayudaran a destruir la Fuente. Erebus sonrió al ver la gran cantidad de criaturas que iban tras él. Pronto podría controlarlos a todos… pero todavía no. Junto a él flotaba un ghast gigantesco, Malacoda, el rey del inframundo y el comandante de su ejército… por el momento. Su carne pálida y blanca casi tenía un brillo rosáceo a la luz del amanecer. Con aquella luz, Erebus podía ver con claridad las cicatrices moteadas que se repartían por la piel del monstruo, pero las que parecían lágrimas bajo aquellos furiosos ojos rojizos eran especialmente vívidas.

—¿Qué miras? —dijo Malacoda, con la voz ampulosa mezclada con sonidos agudos y chirriantes.

—Nada —contestó Erebus con toda la sinceridad que pudo reunir—. Solo admiro su magnificencia, señor.

El rey del inframundo gruñó y miró hacia los enderman rojo oscuro.

Junto a Malacoda se encontraba su general, uno de los esqueletos wither. La oscura y huesuda criatura cabalgaba a lomos de una araña gigante, un jinete arácnido arácnido, tal y como se los llamaba en Minecraft. Eran parecidos a sus primos del mundo principal, criaturas hechas de huesos, pero los esqueletos wither eran de color negro, como si les acabaran de sacar de las cenizas de un fuego extinto, al contrario que los del mundo principal, que eran blancos. La mayoría de los esqueletos wither llevaba una espada como arma, pero este llevaba un arco encantado, botín de algunos de sus cautivos. El monstruo se giró y miró hacia atrás, hacia el PNJ prisionero.

—Gracias de nuevo, aldeana, por este maravilloso arco —dijo el esqueleto wither con una ruidosa voz chirriante que sonaba como el entrechocar de huesos que de alguna forma generaban sonidos que se convertían en palabras—. Qué bien que me dejes utilizarlo. Nunca he matado a un PNJ con un arma tan maravillosa. Estoy deseando lanzar una flecha a vuestro adorado Usuario-no-usuario. Es insignificante. Le servirá de lección que lo maten con un arma creada y mejorada por su propia amiga. Será maravillosamente irónico.

—Basta de cháchara —le gritó Erebus—. Estoy cansado de los sinsentidos que te salen de esa boca esquelética.

De pronto, Erebus desapareció y se teletransportó junto al general de los esqueletos wither. La araña sobre la que este cabalgaba se sacudió hacia un lado asustada por la aparición repentina. Este movimiento abrupto casi hizo caer al esqueleto wither del lomo negro y peludo.

—Mírala —ordenó Erebus al esqueleto.

A continuación extendió sus largos brazos y el rojo oscuro de su piel resaltó frente a los huesos negros y humeantes del esqueleto. Le agarró la cabeza para que mirara directamente a la prisionera, la Cazadora. La retenía uno de los ghasts de Malacoda, cuyos nueve tentáculos serpenteantes la envolvían con fuerza. El cuerpo cúbico y pálido del monstruo flotaba sobre la tierra con la cara infantil hacia el frente. Como todos los ghasts, tenía el cuerpo lleno de cicatrices grises grabadas en la piel. Las más prominentes se encontraban bajo los ojos. Las cicatrices con forma de lágrima destacaban en su rostro joven y terrible, como marcas permanentes de tristeza y de vergüenza de otro tiempo. Estas señales le provocaron risa a Erebus, de modo que atrajo la atención de Malacoda, el rey del inframundo, cuya mirada hizo que todos los monstruos que se encontraban cerca se irguieran y adoptaran un gesto serio. Este era el ejército de Malacoda y estos eran sus guerreros… por el momento.

Erebus continuó mientras apretaba un poco la cabeza del esqueleto.

—Mira a los ojos de ese PNJ. Ni la asustas, ni acabas con sus ánimos, ni debilitas su voluntad de vivir. Todo lo que consigues con tus inútiles burlas es aumentar su odio.

Erebus dejó la cabeza del esqueleto y se transportó junto a la Cazadora con una neblina de partículas moradas a su alrededor. Alargó los brazos y le acarició el pelo rojo y rizado. La húmeda mano negra le tocó la mejilla. La Cazadora intentó retroceder, asqueada por su tacto, con una expresión de repugnancia.

Erebus se rio y su característica risotada de enderman llenó el aire. Hizo que la Cazadora sintiera miedo.

—¿Lo ves? Las amenazas no asustan a este PNJ, ni siquiera las amenazas de dolor y muerte. —Erebus miró a la cara del esqueleto general y continuó—: Conozco a esta criatura y sé lo que teme. No es el dolor, ni la agonía, ni las amenazas.

—Tú no sabes nada, enderman —le espetó la Cazadora, llena de rabia.

—Sé todo lo que hay que saber de ti —dijo Erebus—, al menos lo más importante. Y sobre todo, sé lo que más temes.

—¿Ah, sí? ¿Y qué es, enderman? —volvió a gritar la Cazadora.

—Estar enjaulada.

Ella se quedó con la boca abierta por el asombro y de un ojo le cayó una lágrima.

Erebus volvió a reír y de nuevo miró hacia el esqueleto wither.

—¿Ves, esqueleto? Si quieres destruir el ánimo de alguien, tienes que saber qué es lo que realmente le asusta. Este PNJ teme llevar una vida inútil y que su muerte no tenga sentido. Teme que el tiempo continúe después de su muerte y no haber dejado ninguna huella en Minecraft. Destruimos su poblado, a su familia, a todo los que conocía y ahora va a morir con nosotros sin haber causado nunca ningún impacto en nada ni nadie. Será como si no hubiera existido. —Soltó una risotada y le dirigió a la Cazadora una sonrisa escalofriante, con todos los dientes a la vista—. Este PNJ teme el olvido.

La Cazadora tembló mientras otra lágrima en forma de bloque le recorría la sucia mejilla y miraba a aquel oscuro monstruo.

—Ahora deja de hablar y vete a buscar a los vigilantes de los alrededores —ordenó Erebus.

—Todavía no. —La voz de Malacoda retumbó desde lo alto de la columna—. Aquí mando yo y seré yo quien le diga al general qué hacer.

«Aquí mandas tú… por ahora», pensó Erebus.

—Por supuesto, su majestad —dijo Erebus.

El rey del inframundo miró al enderman, con los tentáculos retorciéndose, y entonces continuó:

—General, ve a vigilar el perímetro y asegúrate de que está todo en orden. Y deja de burlarte sin sentido de la prisionera.

—Sí, señor —contestó el general mientras se giraba y dirigía a la araña fuera de formación hacia el perímetro.

Erebus dirigió a la Cazadora otra sonrisa y se transportó al inicio de la columna. Apareció al instante junto a Malacoda, el rey del inframundo, que por un momento se sobresaltó.

—¡No te teletransportes junto a mí! —le reprochó Malacoda con un rastro de irritación en la voz—. Odio que lo hagas.

—Lo siento mucho, su omnivalía, no lo sabía —dijo Erebus con una sonrisa irónica en el oscuro rostro. Dejó de sonreír para mirar al ghast—. ¿Lo siente?

Malacoda cerró los ojos inyectados en sangre durante un momento e inmediatamente los volvió a abrir.

—No, no siento nada. ¿Y tú?

—Puedo sentir al Usuario-no-usuario, pero muy débilmente —contestó Erebus en voz baja y chirriante, dirigiendo sus palabras solo a los oídos de Malacoda—. Este nuevo servidor es extraño. Aquí hay cosas que no esperamos, empezando por eso. —Señaló hacia el pálido sol rojo que se había levantado sobre el horizonte—. Le vi cambiar su color amarillo normal al rojo pálido cuando atravesamos el portal desde el inframundo. Algunos de mis zombis y esqueletos empezaron a arder al estar expuestos al sol, pero las llamas desaparecieron cuando este se volvió rojo. ¿Quién cree que lo hizo?

—Nosotros —dijo Malacoda con orgullo, como si lo entendiera todo—. Nuestra presencia provocó una serie de cambios en este servidor y modificó el color del sol, de su amarillo normal a este rojo pálido. Pronto, cuando encontremos la Fuente, la destruiremos y haremos que todos los planos del servidor cambien.

—¿Quiere decir que haremos que todos los planos del servidor se extingan?

—Por supuesto —contestó Malacoda—. ¿Qué podría ser mejor? Entonces llevaremos la Puerta de la Luz al mundo analógico y enseñaremos a esos patéticos usuarios lo que es el miedo cuando destruyamos su mundo y lo hagamos nuestro. Un mundo analógico comandado por los monstruos de Minecraft... Es casi poético.

«Será incluso más poético cuando yo te destruya a ti y me haga cargo de esta turba», pensó Erebus con una sonrisa irónica.

—¿De qué te ríes? —preguntó Malacoda.

—De nada, solo me imaginaba lo que describe —mintió Erebus.

Erebus se detuvo durante un momento y observó el terreno que tenían enfrente. Ante ellos se extendía el bioma, con altos pinos que cubrían el paisaje y se alzaban hacia el cielo. Campos exuberantes de hierba ocupaban el espacio entre las coníferas. Las ondulantes colinas estaban moteadas con coloridas flores rojas y amarillas. De vez en cuando, un peludo lobo blanco asomaba la cabeza desde detrás de los árboles y los arbustos, y llenaba el aire con sus juguetones ladridos y aullidos. Resultaba horrible observarlo.

«¿Cómo pueden los PNJ quedarse observando este terrible lugar y mucho menos vivir en él? —pensó Erebus—. Prefiero una cueva agradable, oscura y húmeda, quizá con una corriente o dos de lava. Eso sí que es hermoso.»

Se giró y vio a su ejército tras los dos líderes, una maléfica colección de monstruos del mundo principal y del inframundo, todos con un mismo objetivo: destruir Minecraft. Un rastro negro y repugnante se extendía por todo el terreno por el que había pasado aquella horda enfurecida. Su repugnancia por todos los seres vivos chamuscaba la tierra. Erebus veía cómo se extendía a lo lejos, pero poco a poco disminuía a medida que la tierra se iba ajustando al vengativo odio de los monstruos. El camino chamuscado se desvanecía en un gris de cenizas mientras caminaban por Minecraft. Cada vez era más difícil saber de su presencia.

«Bien», pensó Erebus.

No quería permitir al Usuario-no-usuario que rastrease

a su ejército. De nuevo miró hacia el frente y examinó la línea de árboles a la que se acercaban. A continuación había un bioma montañoso.

—¿Así que sabe dónde están? —preguntó Erebus a Malacoda todavía en voz baja.

El rey del inframundo miró con furia a Erebus, retorciendo los tentáculos y esperando algo.

—Ah, sí... señor. ¿Sabe dónde están esas criaturas que se hacen llamar constructores de sombras?

—Cuando estemos más cerca, lo sabré con tanta seguridad como la que tengo en mí mismo —contestó Malacoda con un tono forzado de confianza en la voz.

—En otras palabras, no sabe hacia dónde nos dirigimos.

El ghast emitió una especie de maullido rabioso mientras sus ojos se volvían rojos y las cicatrices en forma de lágrimas bajo ellos casi brillaban al estallar su ira.

—Los constructores de sombras vinieron a mí mientras me encontraba en el reino de los sueños —dijo Malacoda—. Dijeron que nos ayudarían a destruir Minecraft y así lo creo. Encontraré a nuestros nuevos aliados cuando esté preparado para hacerlo.

—Yo podría encontrar a esos constructores de sombras con mis enderman más rápido que si nos dedicamos únicamente a dar vueltas —presumió Erebus—. De hecho, sería un plan algo más esperanzador y útil que este deambular sin destino en el que nos encontramos. Acortaría nuestro viaje y nos llevaría antes al mundo analógico.

Una bola de fuego comenzó a brillar entre los tentáculos de Malacoda, cuyos ojos eran ahora como dos láseres rubí. Erebus sabía que había llevado a aquel estúpido ghast demasiado lejos aquella vez.

—Señor —añadió Erebus rápidamente para cortar el torrente de su ira—, sería para nosotros un placer servir al gran rey del inframundo en esta tarea, tal y como la ha formulado el gran Malacoda. Podemos encontrar a los constructores de sombras y volver ante usted, si es su voluntad. Los constructores de sombras saben dónde se encuentra la Fuente y sería para nosotros un honor localizarla para usted.

Erebus miraba hacia abajo dócilmente y veía cómo, entre la masa de retorcidos tentáculos, la bola de fuego disminuía. El brillo naranja de la esfera ardiente se fue atenuando hasta que finalmente se apagó la luz.

Malacoda se detuvo y flotó hacia arriba en el aire, fuera del alcance de sus brazos. Entonces se inclinó para observar al enderman. Tenía los ojos rojos, brillantes, ardiendo de ira.

—¡Enderman, te arriesgas demasiado! —gritó Malacoda, cuya voz resonaba por todas partes. Se giró para volver a mirar la enorme columna de monstruos y de nuevo a Erebus.

—He decidido que los enderman busquen a los constructores de sombras —gritó Malacoda, cuya voz resonaba a lo largo del paisaje—. Enderman... mis enderman —miró hacia Erebus y sonrió—, id y encontrad a los constructores de sombras, y después volved a informarme a MÍ —enfatizó la última parte con un aullido chirriante—. No volváis hasta que no los encontréis. Ahora, ¡marchaos!

Erebus escudriñó el ejército en busca de los altos enderman, que sobresalían sobre el resto de la horda monstruosa, y les hizo un gesto con la cabeza. En un instante, las oscuras criaturas desaparecieron y dejaron una nube de niebla morada que se desvaneció enseguida.

—¿Podría sugerir —dijo Erebus con el necesario tono de docilidad— que le envíe una pequeña sorpresa al Usuario-no-usuario? Hágale saber que él no manda aquí.

Malacoda gruñó y miró al general jinete arácnido. El rey del inframundo le hizo un gesto afirmativo con la cabeza al general, se giró y volvió a observar las montañas distantes. El general se movió hacia un grupo de jinetes arácnidos y les habló en voz baja y estricta. Las gigantescas arañas peludas se marcharon y se dirigieron a la retaguardia de la columna;

los pálidos esqueletos se mecían hacia delante y hacia atrás con el caminar de las arañas, con los arcos listos y las flechas en ristre. El esqueleto wither observaba a sus primos del mundo principal dirigirse hacia su presa para después volver junto a Malacoda.

—No volverán a menos que capturen o destruyan al Usuario-no-usuario —afirmó el general wither.

El rey del inframundo gruñó al observar cómo aquellos prescindibles guerreros desaparecían sobre la colina y volvió a mirar a Erebus. El gran ghast le dirigió una sonrisa de satisfacción que dejaba ver sus dientes, como si él mismo hubiera formulado el plan.

«¿Cuánto tiempo tendré que sufrir a este estúpido?», pensó Erebus al mirar a Malacoda. Estaba a punto de teletransportarse para buscar a aquellos bobos constructores de sombras, fueran lo que fuesen, cuando uno de sus enderman volvió y se materializó junto a él.

—¿Por qué has vuelto? —rugió Malacoda—. Se te ordenó que encontrases a nuestros aliados y que no volvieras hasta haberlo hecho. ¿Por qué estás aquí?

Una bola de fuego comenzó a brillar en el revoltijo de tentáculos que colgaba bajo el rey del inframundo.

—Señor, ya los hemos encontrado —contestó el enderman con voz chirriante.

Erebus rio y recibió una mirada furiosa de Malacoda cuando este extinguía su bola de fuego.

—¿Dónde están? —bramó el ghast.

—Delante —contestó el oscuro monstruo—. A los pies del pico rocoso de ahí delante.

El enderman señaló con uno de sus largos brazos negros la montaña que se encontraba ante ellos, cuyo pico puntiagudo empequeñecía los árboles que se alzaban en su base. La montaña tenía un aspecto peculiar y perturbador. No había nada vivo que decorara su superficie. No había hierba ni flores, nada. Lo único que se alzaba eran los contornos sin hojas de los árboles, que parecían decrépitos y muertos, con las ramas vacías extendidas en ángulos retorcidos por el aire.

—¿Esa montaña? —preguntó Malacoda.

El enderman asintió.

—El extraño constructor de sombras dijo que accediese a la montaña por el largo túnel que se encuentra en la base.

—Justo como pensaba —añadió el rey del inframundo.

«Estúpido», pensó Erebus mientras se reía para sí.

—¿Dónde está el resto de tus criaturas? —le preguntó Malacoda al enderman.

—Se han teletransportado más adelante para asegurar la zona.

—Excelente —contestó Malacoda—. Al menos hay un enderman con algo de cerebro.

Erebus se limitó a sonreír.

Malacoda se giró y flotó hacia lo alto, frente al ejército.

—¡Nos dirigimos hacia delante! —gritó, con una voz que se expandió por el paisaje como un trueno—. Pronto nuestros aliados secretos se sumarán a nuestras filas hasta que este ejército sea la mayor fuerza que jamás se haya visto en Minecraft. —Los monstruos vitoreaban al marchar y muchos de ellos alzaban sus armas al aire—. Y cuando estemos listos, caeremos sobre los habitantes de este servidor y los destruiremos, dejando así la Fuente desprotegida. Pronto, hermanos y hermanas, los monstruos de Minecraft destruirán la Fuente y llegarán al mundo físico. La era de los monstruos está a punto de comenzar y la fatalidad caerá sobre todos aquellos que se nos resistan.

Más vítores.

El rey del inframundo se acercó al suelo y flotó junto a Erebus.

—Enderman, cuando vuelvan los jinetes arácnidos, quiero que envíes más de tus monstruos del mundo principal a buscar y atormentar al Usuario-no-usuario. Envía también a algunos de mis hombres-cerdo zombis, necesitamos guerreros reales allí. Quiero que recuerde que todavía seguimos aquí, ¿entendido?

Erebus asintió.

—¿Dónde está mi general hombre-cerdo zombi? —rugió Malacoda.

Un hombre-cerdo zombi ataviado con una armadura dorada dio un paso adelante con una espada afilada en la mano extendida. Tanto la hoja como la armadura brillaban con poder mágico e irradiaban un azul iridiscente a su alrededor. Erebus se dio cuenta de que el monstruo era mayor y más alto que el resto de las criaturas del inframundo. Se movió con gracia y una fluidez que resultaba extraña en un zombi, con los movimientos de un lince. Cuidadoso, medido, peligroso.

«Tengo que vigilar a esta criatura—pensó Erebus—. Podría ser una amenaza.»

—General —dijo Malacoda—. Busca a mi enemigo y déjale un mensaje que recuerde siempre con esa espada dorada tuya.

El zombi le dirigió una sonrisa inquietante que dejaba ver sus dientes, gruñó en señal de asentimiento y volvió con sus tropas.

Entonces, Erebus se teletransportó con sus propios comandantes wither. Explicó con rapidez lo que quería Malacoda y volvió junto al rey del inframundo.

—Mis guerreros harán lo que les pida —dijo Erebus mientras observaba cómo los monstruos del mundo principal poco a poco se apartaban del resto del ejército.

—Excelente —dijo él con tranquilidad, y luego alzó la voz a su explosivo tono habitual—. Ahora, amigos míos, continuemos hacia nuestro destino el doble de rápido.

El ejército se dirigió hacia la cima rocosa mientras los malvados gritos felinos de Malacoda llenaban el aire.

CAPÍTULO 5

EL PASTOR

El ejército se desplazaba poco a poco por las colinas onduladas y cubiertas de hierba como un poderoso leviatán, tan solo ralentizado por los más débiles y los más viejos. La frustración crecía dentro de Gameknight, que quería ir más rápido, porque en la batalla la velocidad significaba la supervivencia, pero sabía que no tenía elección. Hacía poco, cuando se había enfrentado a Malacoda en su territorio incandescente, cuando habían luchado por el propio inframundo, habían sido la velocidad y el sigilo los que le habían permitido ganar la batalla. Ahora, con este grupo tan lento de guerreros y aldeanos, no eran ni rápidos ni discretos. Lo único que mantenía su frustración a raya era lo que había aprendido desde que llegó a Minecraft: nunca dejes a nadie solo. Ese era el motivo por el que estaban allí, no solo para detener a los monstruos del mundo principal y del inframundo, sino también para salvar a su amiga, que había sido capturada por los enemigos, Malacoda y Erebus. Solo esperaba que la Cazadora siguiera viva.

Gameknight miró hacia abajo y vio a la Tejedora, la hermana de la Cazadora, que caminaba cerca de él. Hablaba con una señora mayor. El pelo gris de la señora resaltaba en contraste con los rizos rojizos de la niña. Por su aspecto, la anciana debía de haber sido tejedora en el pasado, pues la túnica azul pálido con la franja verde oscuro señalaba su antigua ocupación. Ahora debía de ejercer de cocinera o costurera para el ejército. Todo el mundo hacía algo para salvar Minecraft.

Al observar a la pareja, Gameknight llamó la atención de la Tejedora. Ella le dirigió una cálida sonrisa y se le acercó. Él miró hacia abajo desde su montura y se sintió mal por cabalgar solo cuando todos los otros llevaban a alguien más, en ocasiones incluso dos, sobre el caballo. Sin embargo, Peón y el Constructor habían insistido en que el Usuario-no-usuario cabalgara solo.

—Sería poco apropiado para alguien tan importante como Gameknight999 compartir montura —había dicho el Constructor—. Todo el mundo debe verte como el líder que cabalga con seguridad hacia el enemigo. Le dará valentía… y esperanza.

Gameknight había intentado quejarse, pero el Constructor era tan terco como sabio.

—Pareces perdido en tus pensamientos —dijo la Tejedora al acercarse.

Aquello devolvió a Gameknight de vuelta al presente.

—Solo pensaba —contestó él.

Ella sonrió y el cálido brillo de su rostro le recordó a Gameknight a su hermana. La echaba de menos. Observó el paisaje y disfrutó de la colorida imagen. Las suaves colinas verdes destacaban frente al cielo azul. Las flores moteaban las colinas como una lluvia de fideos de colores sobre una bola de helado esmeralda. Enormes nubes cuadradas flotaban sobre ellos, siempre de este a oeste; así era como Gameknight sabía hacia dónde se dirigían. Incluso ahora que el pálido sol rojizo lo teñía todo de un tono rosáceo, era hermoso. Las nubes blancas y el cielo azul parecían la cobertura de un colorido pastel. Todas las sombras y las tonalidades se añadían a un banquete de color que podría apreciar incluso la persona más burda. A su hermana le habría encantado verlo. Con lo que le gustaban el arte, el color y la creatividad, aquí se habría sentido como en casa… y enseguida se habría hecho amiga de la Tejedora.

«Aunque en realidad me alegro de que no estés aquí, hermanita», pensó.

No querría que tuviera que coger una espada y luchar contra los monstruos para mantenerse con vida. Gameknight no permitiría que eso sucediera jamás.

Se giró hacia su ejército y llamó la atención del Pastor. Aquel chico tan extraño parecía atraer continuamente las provocaciones y abusos de algunos de los guerreros. Ahora, el joven larguirucho estaba ayudando a un anciano con un fardo de madera, levantaba el montón de bloques que se habían caído y los guardaba en su propio inventario para aligerar la carga del anciano. Gameknight vio sonreír al Pastor cuando el agradecido anciano le dio un abrazo en señal de gratitud por su ayuda. Entonces, el chico se movió hasta otro PNJ, esta vez hacia un guerrero que luchaba con demasiados bloques de lana. Sin pensar en sí mismo, el Pastor se ofreció a ayudar y metió varios de los montones de lana en su inventario para que el guerrero pudiera caminar con más facilidad.

La Tejedora miró a Gameknight999 y, al ver lo que observaba, sonrió y dirigió la mirada al joven. Después de que le dieran las gracias de nuevo, el Pastor se dirigió hasta otro que necesitaba ayuda. Cada vez que ofrecía su ayuda a un aldeano, se podía oír su voz penetrante a través de aquel arrastrar de pies.

—Gameknight nos salvará —decía la voz.

Con rapidez, Gameknight se giró al escucharle acercarse.

—¡Pastor, aquí! —gritó la Tejedora.

—¡Silencio! ¿Qué haces? —dijo Gameknight en voz baja, dirigiendo sus palabras solo a la joven—. Te escuchará y vendrá hacia nosotros.

—Tejedora… Tejedora —dijo el chico con emoción.

Gameknight suspiró.

—Usuario-no-usuario —exclamó el Pastor—. Por… por fin te encuentro.

—Sí, bueno… aquí estoy.

—Te… te estaba buscando —dijo el chico con emoción.

—Genial —dijo Gameknight con sarcasmo.

La Tejedora le golpeó en la pierna y frunció el ceño. «Igualita que mi hermana.»

—Sé amable —le espetó ella con voz suave.

Si bien Gameknight no quería que el chico le siguiera, era un personaje interesante. Tenía talento para domesticar animales; se le daba bien su trabajo y su nombre reflejaba su objetivo en Minecraft. Parecía que podía domesticar a cualquier criatura con la que se cruzase y conseguir que obedeciera sus órdenes, pero la tarea de arrear todo el ganado del ejército era un proyecto excesivamente grande. Era demasiado para un solo chico, así que el Pastor salió a buscar ayuda. Escudriñaba el campo a cada oportunidad y se hacía amigo de manadas de lobos, a los que domesticaba con huesos de esqueleto. La manada le ayudaba a controlar los otros animales y a protegerlos por la noche, todos los lobos estaban entregados al chico. Ahora tenía doce en la manada y cada día eran más.

Por la noche, el Pastor dormía con los animales. Parecía que esto los calmaba y evitaba que se marcharan. Pero por ello los guerreros lo llamaban chico-cerdo. Algunos lo llamaban chico-perro por la manada que parecía acompañarle siempre, mientras que otros simplemente lo llamaban Animal. El Pastor intentaba ignorarlos, pero cuanto más le atormentaban los guerreros, más parecía balbucear y tartamudear.

—¿Cómo está el rebaño? —preguntó la Tejedora.

—El rebaño está… está bien —contestó él.

Le dirigió una enorme sonrisa al Usuario-no-usuario. Algunos de los soldados que se encontraban cerca vieron esa sonrisa para Gameknight, se rieron e hicieron algunos comentarios sarcásticos. La Tejedora se giró y les frunció el ceño a los PNJ, pero estos continuaron riendo. Gameknight no dijo nada. Ella giró de nuevo la cabeza enfadada y miró al joven.

—Pastor —dijo con voz suave para que los otros no la escucharan—, ¿qué pasó ayer por la noche con esos soldados que cogieron tus cosas y las subieron a un árbol? ¿Había sucedido ya antes?

El Pastor dirigió la mirada al grupo de soldados más cercano. Uno de ellos saludó y le dirigió una sonrisa malvada y amenazante que dejaba entrever todos sus dientes. Era evidente que se conocían.

—¿Le conoces? —preguntó Gameknight.

—Leñador era… era de mi aldea —contestó él, dándole la espalda al abusón y mirando de nuevo a la Tejedora.

Suspiró cuando los recuerdos dolorosos cruzaron de nuevo por su mente.

—Sí —contestó el Pastor con suavidad—, esas cosas… ya habían pasado… pasado antes.

—¿Puedes contarnos más?

—Bueno… eh… algunos de los chicos de nuestra aldea iban a jugar… a jugar al spleef, ya sabes, derribar los bloques de nieve de debajo de otra pe-pe-persona. Si puedes golpear los bloques de nieve de debajo de los otros jugadores y quedas el… el último de pie, pues ganas. Bueno… eh… por primera vez, me invitaron a ju-jugar. —Su voz sonaba emocionada como si estuviera reviviendo el recuerdo—. Estaba tan… tan emocionado por pa-participar. Los otros chicos nunca… nunca me pi-piden… que juegue y por fin lo hicieron. Estaba deseando que me… me invitaran y por fin te-tener amigos. Así que empezamos… empezamos el juego y le di a otro chico enseguida.

Se giró y miró a Gameknight con orgullo.

—Le hice caer… caer por la nieve al suelo, que estaba tres bloques hacia abajo, pero entonces los… los otros chicos empezaron a ju-juntarse contra mí.

El Pastor se detuvo para observar al grupo de soldados de nuevo, mirando al Leñador y de nuevo a Gameknight y a la Tejedora. Su voz era como un sonido dolorido y lejano, como si el recuerdo lo hiriese de nuevo.

—Me llevaron… me llevaron hasta una esquina del estadio de spleef que habían construido y entonces… entonces se me acercaron. Le di a dos antes de que… de-de que me dieran, pero cuando golpearon el blo-bloque de nieve que tenía debajo, me… me caí en un agujero de dos bloques hecho con… con ro-roca. Me quedé engan… enganchado y con la pala de madera que tenía no podía sa-salir. Estaba… estaba atrapado allí. Todos estos chicos, estos abusones, se reían… se reían y me llamaban cosas.

El entrecejo del Pastor se arrugó de enfado mientras su voz se llenaba de rabia.

—Me llamaron chico-cerdo por primera vez y después un montón de otros… otros nombres y después me dejaron allí to-toda la noche. Amontonaron bloques de nieve alrededor de mi cabeza para que nadie me… me viera. Me quedé allí toda la noche escuchando a los monstruos… los monstruos que merodeaban por la oscuridad. Escuchaba arañas y zombis caminando ce-cerca, pero ellos no me veían. Estaba muy… muy asustado. Por la mañana, mi padre vi-vino a recogerme; uno de ellos debió… debió de decírselo. La mirada de de-decepción en su cara fue peor… peor que haber estado atrapado allí toda la noche.

Su voz sonaba dolida. Se detuvo para sorberse la nariz y secarse una lágrima del ojo, entonces continuó con una voz cada vez más furiosa.

—«Te dije, Pastor, que no tenías que jugar con los otros niños», me dijo mientras me sacaba… me sacaba de aquel agujero. «Porque eres diferente y ellos te harán cosas como esta. Tienes que quedarte con tus animales… en ellos puedes confiar. Aléjate de los otros chicos.»

»Yo estaba furioso… muy furioso con él, no porque estuviera decepcionado conmigo, pues si-siempre parecía decepcionarle. No, yo estaba furioso con… con él porque sabía… sabía que te-tenía razón. Pero no era justo… no era justo, debería haber podido tener amigos, pero en lugar de e… de eso, todo lo que te-tenía… eran mis animales, mis cerdos y mis vacas. Así que castigué a mi… mi padre y dejé de hablarle y comencé a tra-tratarle solo con silencio. No… no le hablé durante dos días, pero intenté hacer tanto ruido… tanto ruido como pude en casa. Dejaba caer cosas y daba portazos. Liberé mi ra-rabia con él aunque yo en realidad estaba fu-furioso conmigo por intentar encajar… con los otros chicos en lugar de quedarme so-solo. Él siempre me… me dijo que yo era diferente de… del resto de chicos y que… que no tenía que intentar encajar, pero quería tener amigos… amigos y ser normal… normal. Así que ignoré a mi padre para castigarle. Pero nunca tu-tuve oportunidad de… de disculparme por estar tan enfadado con él. Llegó el ejército a nuestra aldea el te-tercer día. Lo mató… lo mató un blaze y a mí… a mí me llevaron a la fortaleza del inframundo a trabajar.

El Pastor se sorbió la nariz mientras más lágrimas humedecían sus mejillas cuadradas. Miraba a lo lejos para que su ídolo, el Usuario-no-usuario, no le viera. Gameknight también se giró y le dio al chico algo de intimidad.

—¿Qué te pasa, chico-cerdo? ¿Se te ha metido algo en el ojo? —gritó uno de los guerreros cercanos.

Esto atrajo las miradas curiosas de muchos de los PNJ guerreros. Gameknight escuchaba las risas y los murmullos burlones mientras las cabezas cuadradas se dirigían hacia el chico.

Un rugido gutural salió de Gameknight como si tuviera vida propia. Podía recordar cómo estas cosas también le habían pasado a él: las burlas, los comentarios vergonzosos de los abusones del patio, los empujones accidentales y los pisotones en los pasillos. Le enfadaba, pero también le daba ganas de esconderse y desaparecer, como sentía cuando estas cosas le sucedían a él.

«Abusones, ¿por qué no pensáis en cómo hacéis sentir a los demás?», pensó Gameknight y entonces recordó cómo trataba él mismo a otros usuarios en Minecraft cuando era un griefer. No había sido mejor que estos abusones, sino solo otro matón que intentaba sentirse mejor a costa de otros.

Pudo escuchar más risas y comentarios. Estaba claro que se dirigían al Pastor y que querían que lo escuchase. Esto hizo que una llama ardiente de ira comenzara a brotar dentro de Gameknight. Odiaba el trato injusto… odiaba a los abusones. Y entonces recordó algo que el Constructor le había enseñado en el último servidor. «Aceptar la idea de que el éxito es una posibilidad real, incluso si es difícil de conseguir, es el primer paso hacia la victoria». Aceptar la posibilidad… esa era la clave. Quizá podía triunfar al tener la valentía de levantarse frente a estos abusones, quizá podía ayudar al Pastor y, a la vez, ayudarse a sí mismo. Simplemente tenía que aceptar que era posible. Y entonces la idea estalló en su mente.

—Pastor —dijo Gameknight con suavidad, con un punto de enfado en la voz—. No dejes que te vean triste. No les des la satisfacción… Eso es lo que quieren. —Se paró un momento y entonces le susurró al chico larguirucho—. Enseñémosles a estos abusones lo importante que eres.

El Pastor miró a Gameknight con confusión en el rostro. Entonces, este habló con voz fuerte y autoritaria.

—Pastor, ven aquí conmigo.

Bajó el brazo y abrió la mano para subir al joven al caballo.

—¿Cómo? ¿Qué? —dijo el Pastor mientras miraba la mano abierta, con los cuatro dedos cuadrados y gruesos extendidos, y luego miró a Gameknight.

—Te he dicho que subas aquí conmigo. Cógeme la mano. —Gameknight le frunció el ceño al chico delgaducho—. El Usuario-no-usuario te lo ordena.

El Pastor miró de nuevo la mano extendida y otra vez a Gameknight.

—Pero te-tengo que vigilar el rebaño… tengo que…

—Ambos vigilaremos el rebaño —dijo Gameknight con voz firme—. Ahora, sube aquí.

El Pastor le dirigió una mirada inquieta, sonrió y cogió la mano de Gameknight. Tirando de él con rapidez, Gameknight lo aupó al caballo y lo sentó detrás de él. Un par de brazos lar-guiruchos se aferraron al pecho de Gameknight cuando se le agarró, más por el apoyo emocional que por el equilibrio. Al momento, las risas y los comentarios pararon. Los guerreros estaban sorprendidos por lo que acababa de suceder.

—El Usuario-no-usuario acaba de… —dijo uno de los guerreros.

—El chico… Está montado con…

—¿Qué es lo que hace?

Todos los guerreros dejaban ver su escepticismo sobre lo que acababa de suceder y, de alguna manera, Gameknight999 sentía la sonrisa de su acompañante justo detrás de él, lo que hizo que la sonrisa se extendiera hasta su rostro.

«A lo mejor sí que era posible.»

—El rebaño… el re-rebaño… Tengo que vigilar el rebaño —dijo el joven al oído de Gameknight.

—Muy bien —dijo Gameknight mientras miraba a la Te-jedora.

Vio que ella le dirigía una enorme sonrisa que se le exten-día por la cara plana y rodeaba su cuadrada cabeza, iluminán-dole el rostro. Alzó los brazos y le golpeó en la pierna, visible-mente orgullosa del Usuario-no-usuario.

«Sí, igualita que mi hermana.»

Gameknight le sonrió de vuelta y se giró para hablar con el Pastor.

—Muy bien, vigilemos el rebaño —dijo mientras guiaba a su caballo fuera de la formación hacia el centro de la columna. Cuando se alejaron, Gameknight oyó que la Tejedora le decía algo a la anciana que iba a su lado.

—¿Ves? —dijo la Tejedora—. El Usuario-no-usuario puede superar cualquier cosa, incluso lo que está dentro de nosotros.

Gameknight se giró para mirar de nuevo a la joven y vio que todavía le sonreía, con la mano apretada contra el pecho en actitud de saludo.

CAPÍTULO 6

EMBOSCADA

E l rebaño del ejército era gigantesco. Había vacas, cerdos y, por supuesto, gallinas. Gameknight sonrió al recordar a un YouTuber que siempre las llamaba gallinas espía. El Pastor las había ido reuniendo mientras atravesaban aquella tierra, atrayendo cada vez a más criaturas con su tono tranquilizador. Alrededor del rebaño iban sus lobos. Cada uno de ellos patrullaba el perímetro del rebaño, mordisqueando los talones de los animales que intentaban alejarse.

El Pastor anduvo entre los animales con los brazos abiertos para intentar tocarlos a todos. El tacto amable de sus dedos parecía calmar a aquellos que estaban más nerviosos o asustados. Después de caminar entre los animales, se acercó a los lobos y los rascó a todos detrás de las orejas, para después darles un trozo de carne, saciar así su hambre y renovar el lazo de amistad que los unía. Gameknight podía ver los corazones rojos que aparecían sobre cada lobo cuando les daban aquel sabroso bocado y la sonrisa del Pastor, que crecía con cada recompensa. Aquel joven desgarbado realmente había nacido para aquella tarea.

Justo cuando el Pastor alimentó al último de los lobos, sonó una alarma. Gameknight se dio la vuelta y corrió a su caballo, subiendo de un salto a la montura con un único movimiento fluido. Obligó al caballo a dar la vuelta para mirar al Pastor, que corría hacia él.

—No, quédate con los animales —dijo Gameknight.

—Pero... pero podría ayudar —tartamudeó el Pastor.

—Necesito que te quedes aquí y protejas al rebaño. Es más importante... Quédate aquí y haz tu trabajo.

El Pastor miró al suelo como si hubiera hecho algo malo.

—Pastor —dijo Gameknight en voz alta para que todos pudieran escucharlo—, cuento contigo. Todos necesitamos que cuides de los animales. Nadie lo hace mejor.

El Pastor levantó la cabeza y volvió a mirar a Gameknight con una mirada de confianza y orgullo en la cara.

—Cuídalos. Sé que no me fallarás.

Entonces, el Usuario-no-usuario se giró y se dirigió hacia la alarma. Golpeó el costado del caballo con los talones para espolearlo, pero con tranquilidad; no tenía prisa por llegar a la batalla. El sonido venía de un extremo de la formación que solo contaba con unos pocos soldados cerca. La mayoría de las tropas iba al frente y en la retaguardia del ejército, pero muy pocos a los lados. Se movió hacia el sonido y pronto llegó hasta la Tejedora, que corría hacia él con el arco en la mano. Cuando él se acercó, ella extendió la mano libre. Gameknight alargó la suya, la agarró y la subió a la montura delante de él.

—¡Vamos! —dijo ella—. Tenemos que llegar a la batalla y ayudar.

—No estoy seguro de que realmente necesiten nuestra ayuda... eh... Seguro que Peón ya...

—Deja de lloriquear —le espetó ella—. Espolea al caballo, ¡VAMOS!

Gameknight se impresionó por su ferocidad y volvió a espolear el caballo, que comenzó a correr hacia delante.

—Eres como tu hermana, lo sabes, ¿no? —dijo Gameknight, sin saber si aquello era un cumplido o no.

—Cállate y cabalga —contestó la Tejedora. A continuación, giró la cabeza y le dirigió una sonrisa.

Mientras galopaban, veían a guerreros que corrían en todas direcciones con las espadas desenvainadas, sin saber muy bien dónde ir. Parte de la caballería también se movía, pero todos en la misma dirección. Volvió a sonar la alarma, alguien que golpeaba en el peto de una armadura con la hoja de la espada. El sonido atraía a los soldados en aquella dirección, pero aun así sin organizarse.

Entonces, alguien gritó en voz alta y clara:

—¡Ahí está el Usuario-no-usuario!

—¡Seguid a Gameknight999! —gritó otra voz.

—Los monstruos se arrepentirán cuando lleguen hasta él —dijo un espadachín cercano, con el puño sobre el pecho.

El clamor crecía a medida que los guerreros se agrupaban detrás de Gameknight, animados por su presencia. La Tejedora giró la cabeza y sonrió a su amigo, entonces volvió a girarse y su pelo voló en un arco carmesí que golpeó a Gameknight en la cara.

—¡Eh! Lo has hecho aposta —se quejó él con una sonrisa.

—¿Yo? —contestó ella.

La Tejedora volvió a girarse para dirigirle otra sonrisa cálida, y al volver a su posición movió la cabeza con más fuerza incluso, dándole con los rizos en la cara. Gameknight sintió escalofríos por la espalda cuando escuchó el fragor de la batalla al otro lado de una loma. Una inquietud familiar le sobrevino cuando imaginó las cosas horribles que estarían sucediendo a aquella gente. ¿A qué tipo de monstruos se enfrentarían? ¿Serían blazes, arañas o zombis? Su imaginación reprodujo todas las terribles imágenes que podía recopilar, que pronto mermaron su valor y le dieron ganas de huir. Pero no podía hacerlo. Tenía a la Tejedora sentada delante de él. Era su amiga y no podía abandonarla. Así que, en contra del instinto que le urgía a correr y esconderse, espoleó a su caballo.

Cuando llegaron a la cima de la colina, vio la batalla y se le heló la sangre. Jinetes arácnidos, al menos cincuenta. Las oscuras arañas peludas correteaban por todas partes con un esqueleto blanco sobre el lomo. Unas garras curvadas, negras y nauseabundas destrozaban las armaduras y arañaban la carne. Los esqueletos que las cabalgaban lanzaban flechas al pequeño grupo de PNJ, que ya estaba rodeado. Gameknight distinguió al Constructor y a Peón en el centro del círculo, ambos disparando con sus arcos a los huidizos monstruos.

Entonces, el arco de la Tejedora comenzó a zumbar cuando Gameknight cargaba hacia la batalla. Sin pensar, desenvainó su espada de diamante encantada e hizo correr al caballo.

Velocidad... Necesitaban velocidad. Si se movía lo suficientemente rápido, puede que consiguiera que no le atacase ninguno de los jinetes arácnidos.

Zas... una flecha pasó a su lado, atravesando el espacio entre su pecho y la Tejedora.

—Tejedora, a tu izquierda —gritó Gameknight.

Apuntó hacia el esqueleto que había disparado. Pero, sin darse cuenta, los guerreros que llevaba detrás entendieron este gesto como una orden y todos cargaron hacia el esqueleto. Golpearon a aquella criatura huesuda desde las monturas, cayeron sobre el esqueleto y la araña y los mataron a ambos con rapidez.

Acto seguido, los PNJ formaron una cuña con la caballería en la zona exterior y los espadachines y los arqueros en la parte central, como Peón les había enseñado. Golpearon a los monstruos que rodeaban al reducido grupo. Los guerreros montados habían desenvainado las espadas y rasgaban a los monstruos huesudos mientras los arqueros disparaban a las arañas, para así derrotar a sus monturas. Gameknight vio una abertura en las líneas enemigas y cargó hacia delante, saltando con su caballo sobre una araña sin jinete. La Tejedora hundió tres flechas en su bulboso abdomen mientras volaban por el aire. La oscura criatura desapareció con un destello y dejó detrás marañas de tela de araña y bolas brillantes de PE.

Dirigió su montura hacia delante y se movió entre los PNJ supervivientes, mientras maniobraba para llegar hasta Peón y el Constructor.

—¿Estáis los dos bien? —preguntó con voz temblorosa.

—Sí, pero tenemos que… —comenzó a decir Peón, que se vio interrumpido por una flecha que chocó contra su armadura.

La Tejedora respondió a aquella flecha con tres disparos rápidos. Su brazo era una mancha borrosa cuando sacaba las flechas del inventario, las tensaba y las dirigía hacia su objetivo. Nunca fallaba. No podía negar que era hermana de la Cazadora.

—¡Necesitamos un refugio! —gritó Peón sobre el fragor de la batalla—. Los esqueletos están acabando con nosotros.

Otra flecha rebotó contra su espalda.

Zas… zas… zas… La Tejedora acabó con otro atacante. El caos de la batalla aterraba a Gameknight.

«¿Qué hacemos? ¿Qué hacemos? —pensaba—. Estoy tan asustado que solo quiero cavar un hoyo y esconderme en él.»

—Gameknight, ¿qué hacemos? —preguntó el Constructor casi entre súplicas.

«Quiero cavar un hoyo y esconderme en él, cavar un hoyo y esconderme en él… eso es todo.»

—Cavar hoyos —dijo Gameknight, que se había acordado de una película de la Segunda Guerra Mundial en la que John Wayne y sus hombres cavaban trincheras desde las que luchar—. Cavad un bloque y luchad desde dentro. Y agachaos siempre que no estéis disparando.

Entonces giró su caballo antes de que pudieran contestar.

—¡Arqueros, al centro! —gritó Gameknight—. ¡Espadachines, cavad un foso de un bloque de ancho alrededor de nuestra posición y esperad a que se acerquen las arañas para golpearles en las patas! Caballería, seguidme. ¡Por Minecraft!

«Velocidad… necesitamos velocidad, como cuando estábamos en el inframundo.»

Gameknight se dirigió a los caballeros y abrió un hueco en las líneas enemigas, entonces dirigió a la caballería en torno a los jinetes arácnidos. Una vez que hubieron salido de las líneas de batalla, miró hacia atrás. Podía ver a sus hombres rodeados por los jinetes arácnidos. El Constructor y Peón se encontraban en el ojo de la tormenta, pero entonces vio a los PNJ desaparecer mientras cavaban sus trincheras. En ese instante se oyó un rugido desde lo alto de la colina: habían llegado más integrantes de su ejército de PNJ…. La retaguardia. Ahora sobrepasaban con mucho a los atacantes, pero estos no huyeron. Los esqueletos continuaban disparando sus mortíferos misiles mientras las arañas rasgaban la carne que encontraban.

Era un completo caos. Terrorífico y real.

Zas… una flecha rebotó contra su armadura de diamante, justo detrás del cuello.

«Ha estado cerca», pensó él.

Zum, zum, zum.

El pánico y el miedo se apoderaron de su mente.

«No puedo hacerlo, no puedo liderar esta batalla… Soy solo un niño.»

Otra flecha le pasó volando junto a la cabeza. Le recordó a aquel día en el comedor del colegio en que el cartón de leche casi le golpeó la cabeza. Estas arañas eran como los abusones de aquella cafetería: iban todas a por él.

«Tengo que salir de aquí.»

Gameknight tomó una dirección al azar y comenzó a galopar. La mala suerte hizo que el miedo no le permitiera darse cuenta de que se dirigía hacia el borde del círculo de monstruos que los rodeaban.

—¡Seguid al Usuario-no-usuario! —gritó la Tejedora mientras mantenía el arco en alto.

Gameknight ignoró los vítores que se elevaron tras él. Solo quería correr, marcharse, esconderse. Pasó el anillo de arañas y se dirigió hacia la explanada abierta que se extendía delante, pero la Tejedora agarró una de las riendas y tiró de ella, dirigiendo al caballo para que rodeara las arañas.

—Caballería, rodead a las arañas —gritó la Tejedora—. ¡Seguid al Usuario-no-usuario! —Bajó la voz y le habló a Gameknight—. Cabalga alrededor de ellas en círculo. Todo va a ir bien.

Gameknight, obnubilado por el miedo, hizo lo que le ordenaban. Una tormenta de inseguridad y pánico rugía en su cabeza. Sentía como si estuviera viendo la batalla desde el centro de un tornado, pero intentó calmar su mente, hacer retroceder a los matones que atacaban a sus amigos.

«Quizá sea posible.»

—¡Desenvainad las espadas y atacad a las arañas! —gritó Gameknight sobre su hombro mientras él mismo desenvainaba su espada de diamante, aunque por dentro aún temblaba de terror.

Alargó los brazos y golpeó a las arañas a su paso. De repente, una de las enormes criaturas brincó y acercó sus oscuras garras curvadas hacia la Tejedora. Él se inclinó hacia delante y la escudó con su cuerpo, mientras las malvadas garras se clavaban en su armadura.

«Nadie va a hacerle daño», pensó.

—No te preocupes, hermanita; no dejaré que te hagan daño —dijo Gameknight, con una voz ahora repleta de ira.

«Nadie va a hacer daño a mi hermanita.»

Condujo su montura más rápido y golpeó a las arañas, con la mente llena de una rabia abrumadora. Mientras se estrellaba contra los gigantescos monstruos, la espada de Gameknight era un borrón azul iridiscente y la hoja de diamante encantado, un torbellino de muerte. La ferocidad de sus ataques alarmó a los monstruos y les hizo dudar durante un instante.

—¡Mirad, tienen miedo del Usuario-no-usuario! —gritaron los guerreros.

Esto animó más aún a los PNJ. La caballería se abalanzó

sobre los jinetes arácnidos mientras los espadachines saltaban del foso y corrían hacia los monstruos. Los arqueros derribaron a los esqueletos mientras la caballería y los espadachines atacaban a las arañas. En un instante, el rumbo de la batalla cambió. Los jinetes arácnidos pasaron de ser cazadores a cazados. Les atacaban por todas partes al mismo tiempo. Los guerreros ignoraron el miedo y cargaron hacia delante, golpeando a las enormes criaturas, gracias a la fuerza y el valor que les daba el Usuario-no-usuario. En cuestión de minutos, la batalla había terminado: el suelo estaba cubierto de bobinas de tela de araña y huesos de esqueleto.

Los guerreros vitoreaban, hombres y mujeres se daban golpecitos en la espalda, pero Gameknight no. Podía ver las montañas de armaduras y herramientas por todas partes, restos de los inventarios de PNJ, pertenecientes a los que habían perecido.

Suspiró y se dirigió hacia Peón y el Constructor. Antes de que pudieran felicitarse los unos a los otros, Gameknight levantó la mano en el aire y miró alrededor, con los dedos extendidos. La Tejedora lo miró y advirtió los objetos esparcidos por el suelo. Ella también levantó la mano con los pequeños dedos extendidos. Gameknight y la Tejedora entonces cerraron las manos en sendos puños y apretaron con fuerza hasta que les dolieron los dedos: el saludo a los muertos.

Los otros guerreros lo vieron y pararon de vitorear. Comenzaron a alzarse brazos entre la muchedumbre entusiasta, apagando así el júbilo. Pronto, todos tenían las manos alzadas con los puños en al aire.

—No nos alegremos demasiado, porque hay muchos que no pueden hacerlo con nosotros —dijo Gameknight—. En su lugar, recordemos a aquellos que han caído hoy por proteger a sus amigos y a sus vecinos… por mantener Minecraft a salvo.

Entonces Gameknight agachó la cabeza mientras bajaba también el puño y el resto del ejército hacía lo mismo.

Gameknight bajó de su caballo y caminó hacia Peón y el Constructor.

—¿Vosotros dos estáis bien? —preguntó.

Los dos asintieron.

—¿Crees que era el ejército de Malacoda? —preguntó Gameknight.

—No —respondió Peón—. Solo nos está atormentando. Seguro que a esos jinetes arácnidos les habían mandado a buscarnos y les habían dicho que no volvieran hasta que hubieran acabado con nosotros.

—Pero ¿cómo iban a hacerlo? Malacoda solo envió a cincuenta a por nosotros. No podían acabar con todo nuestro ejército —dijo Gameknight.

—Es verdad, pero eso nos indica un par de cosas —dijo Peón mientras se dirigía a un montón de huesos de esqueleto y tela de araña—. Primero, de haber sabido cuántos somos, habría mandado más. Seguramente piensa que el Usuario-no-usuario cruzó el portal solo. Su error fue asumir que los PNJ no irían en contra de su programación y te seguirían. Nos ha subestimado a todos nosotros… y a ti.

—¿Y cuál es el segundo secreto que has descubierto? —preguntó Gameknight con tono sarcástico.

—Algo importante que debemos recordar si queremos salir victoriosos —dijo Peón con una voz que sonaba como si se dispusiera a decir una verdad universal. Todos los soldados que se encontraban a su alrededor se quedaron mudos mientras lo escuchaban—. Esos jinetes arácnidos no tenían suministros suficientes para poder volver. Para ellos, este solo era un viaje de ida. —Se detuvo para que sus palabras calasen y entonces continuó—. Los enviaron a buscar al Usuario-no-usuario y que lo persiguieran hasta que la muerte se los llevase. Les ordenó luchar hasta que no pudieran seguir respirando. Es importante saberlo.

—¿Y por qué es tan importante saberlo? —le desafió Gameknight.

—Conoce a tu enemigo y conócete a ti mismo; en cien batallas, nunca saldrás derrotado —dijo Peón.

La marea de PNJ, soldados, padres, madres, niños… todos asintieron mientras reflexionaban sobre esto. Todos excepto Gameknight999.

«Yo ya he escuchado eso antes —pensó Gameknight—. ¿Por qué no para de decir cosas que reconozco… cosas del colegio? Sí, lo decía el profesor de historia, el señor Planck. Pero ¿cómo es posible?»

Entonces, uno de sus exploradores gritó algo mientras volvía a caballo galopando entre las ondulantes colinas. Gameknight apenas podía escuchar lo que decía, pero la emoción comenzó a extenderse entre las tropas mientras se acercaba. Cuando ya solo iba a medio galope, el caballero se acercó, se detuvo y bajó del caballo. Se aproximó a Gameknight y a Peón, y los miró sin saber a quién dirigirse primero.

—¿Y bien? —le preguntó Gameknight—. ¿Qué sucede?

—Tómate un momento para recuperar el aliento —le dijo Peón—, después nos cuentas lo que has visto.

El PNJ se agachó y puso las manos sobre los muslos rectangulares mientras intentaba recuperar el aliento.

—He visto una aldea en aquella dirección. —El aldeano apuntó hacia donde había huido el último jinete arácnido—. Estábamos persiguiendo a un jinete arácnido que intentaba escapar y al final lo atrapamos. El Techador lo alcanzó con un tiro de larga distancia con el arco. Fue un disparo hermoso, la curva que hizo la flecha en el aire y…

—La aldea —dijo Gameknight—, cuéntanos más sobre la aldea.

—Ah, claro —continuó él—. Cuando llegamos a lo alto de la colina, donde había muerto el monstruo, para recoger su inventario y los PE, la vimos en la distancia junto a la orilla del océano… hacia el norte. Era lo que estábamos buscando… una aldea.

—¿Dónde está el resto de tus hombres? —preguntó Peón—. ¿Están bien?

—Los mandé a la aldea para que la vigilaran pero no entraran. Quería asegurarme de que no había monstruos por allí. Volverán si ven algo peligroso o se topan con algún pequeño ejército.

Peón se adelantó y le dio unos golpecitos en el hombro con los brillantes ojos verdes resplandecientes. La enorme sonrisa que le caracterizaba lucía firme en la cara en forma de bloque de Peón.

—Buen trabajo, muy buen trabajo —dijo Peón en voz alta para que se escuchara a su alrededor.

El PNJ irradiaba orgullo.

—¿A qué esperamos? —dijo Gameknight—. Vamos a la aldea.

—Dame un minuto —le dijo Peón a Gameknight antes de girarse hacia un grupo de PNJ—. Mandad exploradores a nuestro alrededor. Quiero que el ejército vaya en formación circular, la caballería en el exterior, después un anillo de espadachines y finalmente los arqueros. En el interior, quiero a los ancianos, a los niños y a los heridos. —Y dijo como si recitara de memoria—: Estad preparados y nunca seréis vencidos.

«Eso también lo he escuchado, pensó Gameknight. ¿Qué está pasando aquí?»

—Es una buena idea —dijo el Constructor mientras veía cómo obedecían las órdenes de Peón tan pronto como él las pronunciaba.

El ejército comenzó a moverse. El enorme grupo de caballería cabalgaba despacio para que los que iban a pie pudieran seguirles el ritmo. Gameknight miró con sospecha la espalda de Peón mientras su caballo trotaba despacio hacia el norte, hacia la aldea distante.

CAPÍTULO 7

LA ALDEA

E l ejército se agrupó en la linde del bosque de píceas que había sobre la alta colina para mirar hacia la aldea. Se encontraba en una línea de desierto arenoso que limitaba con un amplio río, como si un gigante hubiera arrastrado un hacha pesada por el paisaje. El fresco río azul, desde el punto superior de la colina donde se encontraban, le parecía a Gameknight como si creara la forma prohibida dentro de Minecraft, la curva. Todo en Minecraft era anguloso y cuadrado, pero desde lejos y desde lo alto, como estaban ahora, el río formaba ligeras y hermosas curvas azules que serpenteaban a través del bioma desértico hasta que el agua desaparecía en la distancia.

En la orilla del río se encontraba la aldea avistada por los exploradores. Parecía como cualquier otra aldea de Minecraft, un grupo de edificios de madera y piedra a través del pozo del pueblo y una alta torre de vigilancia de roca en el centro. Pero en esta aldea, Gameknight podía ver que no había ningún PNJ en lo alto de la torre.

—¿Lo ves? —dijo Gameknight—. No hay ningún vigilante en la torre.

—Qué raro —dijo el Constructor.

Todos los pueblos de Minecraft tenían un vigilante en aquella torre. Siempre era el aldeano con mejor vista, al que se conocía como el Vigilante por su oficio. El Vigilante podía explorar el campo en busca de monstruos. Si los veía, hacía sonar la alarma y avisaba a los PNJ para que se refugiaran en casa, ya que un aldeano no tenía oportunidades de supervivencia durante un ataque de monstruos. Aquí, por algún motivo, no había Vigilante.

—Veamos qué sucede ahí —dijo Gameknight, pero Peón le puso la mano en el hombro.

—Todavía no —dijo el gran PNJ. Se giró y habló a uno de sus generales—. Quiero que mandes unidades de caballería en busca de monstruos. No tienen que enfrentarse al enemigo, sino volver e informarnos. También quiero arqueros a lo largo del bosque. Si ven cualquier cosa, que disparen flechas hacia lo alto para que caigan ahí, junto a la aldea. El enemigo no nos pillará desprevenidos con la espalda hacia el río. ¿Entendido?

El guerrero asintió y se movió para cumplir con las órdenes de Peón.

—¿Estamos listos? —preguntó Gameknight con la voz un poco agitada.

Se giró para mirar a Peón y al Constructor; ambos asintieron. Entonces la Tejedora se acercó corriendo con el Pastor a su lado.

—Nosotros vamos contigo, Gameknight —dijo la Tejedora.

Algunos de los guerreros vieron acercarse al Pastor y murmuraron «chico cerdo» lo suficientemente alto como para que lo escuchara, pero lo suficientemente bajo como para que no se pudiera saber quién hablaba. La Tejedora se giró y miró a los guerreros, lo que hizo que se oyeran risitas entre las caras agachadas. La Tejedora volvió a girarse y miró a Gameknight con el ceño fruncido. Quería que este saliera en defensa del Pastor y acabara con este abuso, pero el Usuario-no-usuario permaneció en silencio, contento de que el ataque no fuera dirigido a él.

«¿Por qué tiene que haber abusones en todas partes? Los odio.»

Justo cuando Gameknight iba a decir algo, se oyó un aullido proveniente del bosque.

—¡Lobos! —dijo alguien, y una ola de terror se extendió por el bosque.

Las manadas de lobos no suelen atacar a los PNJ solitarios, pero si uno de sus miembros era atacado o golpeado por accidente, toda la manada se echaba sobre el atacante para defenderse. Un único individuo tenía pocas posibilidades frente a una manada al ataque, por eso los aldeanos los temían y los evitaban. Todos excepto el Pastor. El joven desgarbado escuchó los aullidos, se giró y miró hacia el bosque oscuro en busca de las criaturas peludas.

—Lobos. Hay lo-lobos aquí cerca.

—Eso parece, sí —dijo el Constructor.

El Pastor se detuvo un instante y esperó a que volvieran a escucharse los aullidos. Venía desde la izquierda, un aullido angustioso desde lo más profundo del bosque. El Pastor sacó un hueso de esqueleto del inventario (lo había guardado tras la última batalla) y corrió hacia el interior del bosque para seguir aquel sonido. Esto hizo reír a los guerreros, pero el Pastor los ignoró, completamente concentrado en los lobos. Golpeaba a los otros al correr entre el ejército, estaba totalmente centrado en los sonidos del bosque. No escuchaba los comentarios hirientes que se vertían tras él.

La Tejedora suspiró y volvió a fruncirle el ceño a Gameknight, entonces se estiró y saltó sobre el caballo, delante de él, con el arco en la mano y una flecha preparada.

—Muy bien, estoy lista —dijo la niña enfadada—. ¡Vamos!

Gameknight asintió y dirigió el caballo hacia delante, mientras el resto del ejército le seguía. Podía oír los comentarios de los soldados.

—El Usuario-no-usuario nos está dirigiendo a la extraña aldea…

—No le asusta una aldea en el servidor de la Fuente…

—Gameknight999 no tiene miedo.

Odiaba toda aquella adulación. Era como si pensaran que era una especie de héroe mitológico que iba a matar a un gigante o a un dragón. Él no era un héroe, era solo un niño… un niño asustado que no podía huir cuando tenía a la Tejedora allí mismo. Ella confiaba en que él salvara a su hermana y él no podía decepcionarla. «No son las hazañas las que hacen al héroe, sino la forma en que vence sus miedos.» Sabía que tenía que luchar contra su miedo, pero todavía estaba en plena batalla. Entonces miró el pelo suelto de la Tejedora. Le recordaba tanto al de su hermana… su hermanita. No permitiría que nada les hiciera daño a ninguna de las dos. Y cuando la Tejedora se giró y le dirigió una sonrisa rebosante de confianza, supo que no podía fallarle y continuó adelante.

El ejército se acercó a la aldea con cautela. Gameknight cabalgaba al frente, era la punta de lanza. Si algo sucediera, como que un grupo de monstruos saliera de una de las casas, Gameknight y la Tejedora serían los primeros en saberlo. Al darse cuenta de esto, se echó a temblar. Mientras continuaban, Gameknight vio movimiento a su izquierda y a su derecha. Dos grandes grupos de soldados se habían separado y ahora los flanqueaban. Peón había dividido sus fuerzas en tres grupos y ahora se acercaban a la misteriosa aldea desde todos los frentes.

Mientras cabalgaban hacia la montaña, Gameknight sentía cómo aumentaba la temperatura poco a poco. Una vez que hubieron pasado de la hierba verde brillante del bioma frío de taiga al del desierto de arena, sintió cómo la temperatura aumentaba de golpe, lo que hacía que le brotaran pequeñas gotas cuadradas de sudor en la frente y le recorrieran las mejillas.

Ante él, el desierto se extendía hasta la aldea y continuaba al otro lado del río azul. Las colinas arenosas llegaban hasta el horizonte. Los altos pilares de los cactus sobresalían de la arena con afiladas espinas que parecían muy reales desde dentro de Minecraft. Gameknight se movió con cuidado alrededor de aquellas columnas espinosas, ya que sabía que tocarlas le infligiría daño y le restaría PS. Al acercarse, vio aldeanos que se movían, pero en lugar de llevar a cabo sus tareas, se arrodillaban en el suelo, se encontraban de pie junto a un edificio o acariciaban un cactus. Era un comportamiento extraño en los aldeanos.

Gameknight se dirigió hacia el más cercano. Condujo el caballo hacia un PNJ que se encontraba junto a su casa, con el cuerpo frente a la pared de madera como si le estuviera hablando. Tras bajar él, la Tejedora desmontó de un brinco y sacó una flecha, mientras escudriñaba las estrechas calles de la aldea en busca de amenazas. Gameknight tampoco se sintió cómodo y sacó su espada reluciente. La luz iridiscente cubrió al aldeano y la pared de madera de una tonalidad morada.

El Constructor y Peón bajaron de sus caballos y se acercaron. Peón se aproximó con cuidado al aldeano, extendió los brazos y tiró de la túnica del PNJ. Sorprendido, el aldeano se giró y observó al gran PNJ y al joven, y a quinientos guerreros acorazados cuyas armas brillaban a la luz del sol, que le miraban.

—Lo siento, no pretendía asustarte —dijo Peón al ver su cara tranquila.

El PNJ era de una altura normal, ni muy alto ni muy bajo, con la piel morena y el pelo claro. A Gameknight le pareció que debía de pasar mucho tiempo al sol, ya que tenía la piel curtida debido a la exposición a los rayos brillantes. Su pelo rubio y claro casi refulgía a la luz del sol, pero la característica que más destacaba era su túnica: negra con una amplia raya gris en medio, a lo largo.

—Un constructor —dijo alguien.

—Todos lo son —murmuró otro.

Gameknight se giró para mirar a los demás aldeanos que se movían por allí y se dio cuenta de que todos llevaban la ropa tradicional del constructor del pueblo, una túnica negra con una raya gris. Se adelantó para mirar por el resto de la aldea y advirtió movimiento. Eran PNJ que hacían sus labores, pero también iban vestidos de constructores. Era curioso.

—¿Qué sucede aquí? —preguntó Peón con una seguridad en la voz que llenaba el aire—. ¿Dónde está el vigilante de vuestra torre? ¿Dónde están vuestros granjeros y constructores?

El PNJ miró a Peón, evaluó los rostros de los guerreros y miró al Constructor. Reconoció su vestimenta al momento.

—¡Vaya! Tú eres uno de nosotros —dijo con emoción—. ¿Uno nuevo? ¿Cuál es tu objeto?

—No sé de lo que estás hablando —dijo el Constructor—. Me llamo, como no podía ser de otra forma, Constructor. Hemos venido a luchar contra los monstruos que amenazan Minecraft. ¿Cómo te llamas tú y qué es este lugar?

—Me llamo Maderente. Por supuesto, me dedico a la madera —dijo Maderente con palabras entrecortadas como si las disparara una ametralladora, rápidas y en *staccato*—. Por allí están Cacturente y Arenente. —El PNJ señaló a dos aldeanos, ambos con el pelo claro y vestidos de negro. Uno de ellos se arrodillaba en la arena y movía las manos en un borrón como si estuviera construyendo algo, mientras el otro se encontraba frente a un cactus alto y hacía lo propio con las manos—. Trabajamos el bioma del desierto. Y por supuesto, también trabajamos las aldeas.

El Constructor miró a Peón, confundido. El gran PNJ estaba a punto de hablar y, por la mirada de frustración de su rostro, Gameknight podría haber jurado que su pregunta no iba a ser demasiado amigable. Se adelantó un poco y le colocó una mano en el hombro para aliviarle. Al momento, Maderente vio las letras que flotaban sobre la cabeza del Usuario-no-usuario.

—Un usuario —tartamudeó el aldeano—. Aquí no puede haber usuarios. Está prohibido.

—Mira el hilo del servidor —sugirió el Constructor.

Maderente miró hacia arriba, buscó en el cielo, confuso, y entonces se dio cuenta de quién se encontraba frente a él. Bajó la mirada y contempló a Gameknight999 boquiabierto. Entonces dirigió la vista al Constructor, que sonreía y asentía con su pequeña cabeza.

—Es cierta… la Profecía… el Usuario-no-usuario ha venido. Y, con él, la hora de la batalla final —dijo el Constructor con voz reverente—. La batalla final de Minecraft ya ha llegado y toda la existencia está en juego.

Maderente miró hacia el sol. Su cara rojiza parecía herida al mirar hacia arriba. Respiró profundamente y volvió a mirar a Gameknight999.

—Entonces, finalmente ha llegado la guerra y se acerca el final —dijo Maderente con voz triste—. Espero que estés a la altura de lo que necesitamos o todo estará perdido.

Entonces fue Gameknight999 quien se echó a temblar.

CAPÍTULO 8

LOS CONSTRUCTORES DE LUZ

—**E**stamos aquí para evitar que los monstruos lleguen hasta la Fuente —dijo el Usuario-no-usuario, intentando que su voz sonara segura y fuerte, como la de Peón, aunque no lo consiguió.

—¿Los monstruos están aquí? —preguntó Maderente mientras miraba a su alrededor en busca de peligros—. ¿Monstruos del mundo principal?

—Y del inframundo —contestó el Constructor.

—¿Del inframundo también?

El Constructor asintió.

—Los seguimos hasta este servidor a través de un portal hecho con mesas de trabajo de diamante, y ahora los vamos a detener para que no destruyan la Fuente. —El Constructor se detuvo y se colocó junto a Gameknight999. Extendió los brazos y colocó la pequeña mano sobre su hombro—. El Usuario-no-usuario va a detener la horda de monstruos y a salvar Minecraft.

Los guerreros, que se habían acercado a escuchar, vitorearon. Muchos gritaron el nombre de Gameknight mientras decían que era el salvador de Minecraft, el guerrero al que no se podía vencer, el que salvaría sus hogares y a sus familias. Él odiaba toda aquella atención y alabanzas.

«Yo solo soy un niño… un don nadie.»

El Constructor levantó las manos para acallar a la multitud y continuó.

—Necesitamos ayuda para encontrar la Fuente y así poder preparar la batalla final —le dijo a Maderente—. Necesitamos información y ayuda. No comprendemos este servidor. ¿Puedes contarnos algo?

—Bueno —comenzó Maderente con frases cortas y balbuceantes—, este servidor es distinto. No es igual a los demás planos de servidor. Aquí no hay aldeanos. Solo constructores de código como yo.

—¿Constructores de código? —preguntó Peón con los ojos verdes clavados en Maderente y las pupilas brillando a la pálida luz rojiza de sol sobre sus cabezas.

—Sí, constructores de código. Como podéis ver por nuestras ropas, todos somos constructores —explicó Maderente con palabras entrecortadas, como si intentara conservarlas—. Pero no todos somos constructores como vuestro amigo. —Señaló al Constructor—. No creamos objetos. Operamos modificaciones en el código que rige Minecraft. —Se detuvo para dejar que la información calara y continuó con su explicación apresurada—. Yo me encargo de trabajar con el código que rige los bloques y las tablas de madera. La textura, la apariencia, el tacto, el sonido… todo. Así, serán más realistas para los usuarios. Ese es mi trabajo. Como todos los PNJ, mi nombre viene de mi oficio: Maderente.

—Pero, ¿qué significa «ente»? —preguntó Constructor.

—«Ente» es una palabra de la antigua lengua de nuestros ancestros. Proviene de los testificados originales en pre-alfa. Significa «luz». Yo soy un constructor de luz. Todos mis compañeros en esta aldea son constructores de luz.

Gameknight detectó movimiento por el rabillo del ojo y se giró con la espada lista. Advirtió que la Tejedora ya apuntaba con su arco en la misma dirección, pero lo bajó cuando vio que se acercaban más constructores de código. Todos tenían el pelo claro y llevaban la tradicional túnica negra, pero cada uno de ellos era algo distinto, como todos los aldeanos dentro de Minecraft. Todos tenían los ojos de colores vivos: azul, verde, castaños, avellana... y una mirada de optimismo en el rostro.

—Yo soy Arenente —dijo uno con el pelo del color de la arena.

—Yo soy Vaquerente.

—Yo soy Acuarente.

—Y yo soy...

Los nombres fluían a medida que los constructores de código se acercaban, siempre construidos con el nombre del bloque en el que trabajaban y la terminación «ente».

—Somos los constructores de código de Minecraft —dijo Maderente con orgullo y con una voz chirriante y áspera—. Pero debéis tener cuidado. Tenemos unos equivalentes oscuros que luchan por deshacer lo que nosotros creamos.

—¿Qué quieres decir? —preguntó Peón, mirando a Maderente con recelo.

—Nosotros somos los constructores de luz del bioma del desierto, pero también hay constructores de sombra —dijo Maderente bajando la voz—. También hay constructores de código de todo lo que vive en las sombras.

—Quieres decir como... —Gameknight no quería terminar la pregunta, porque ya sabía la respuesta.

Maderente asintió.

—Así es, monstruos. También hay constructores de código de monstruos.

—Constructores de código de monstruos —dijo el Constructor—. No lo entiendo.

—Nosotros tenemos a Vaquerente, a Ovejerente y a Caballerente. Ellos tienen a Creeperento, a Zombirento y a Blazerento —dijo Maderente con voz baja y tensa. Los guerreros se mandaban callar unos a otros, porque todos los PNJ se esforzaban por escuchar lo que decía Maderente, a pesar de que ninguno quería escucharlo realmente—. El trabajo de los constructores de sombras es mejorar las criaturas que viven en las tinieblas.

—Los monstruos de Minecraft —dijo Gameknight con la voz rota por el miedo mientras imaginaba a aquellos terribles constructores.

—Así es —dijo Maderente mirando a los ojos asustados de Gameknight—. Los constructores de sombras trabajan para Minecraft tanto como nosotros. Ellos mejoran los monstruos de Minecraft para mejorar así la experiencia del usuario.

—Pero esos monstruos matan —le espetó Gameknight—. ¿Cómo va a ser eso bueno para Minecraft?

—Si solo naciesen PNJ y ninguno muriera, al final habría demasiada población y se saturarían los servidores —explicó Maderente—. Las cosas deben estar equilibradas.

—Pero no lo están —dijo la Tejedora y apuntó al sol que se encontraba sobre sus cabezas—. Esto prueba que no lo están. Esos constructores de sombras están desequilibrando las cosas porque hacen a los monstruos más malvados… más fuertes y furiosos. —Se detuvo para secarse una lágrima—. ¡Se llevaron a mi hermana!

Gameknight se acercó a la Tejedora y rodeó sus estrechos hombros con el brazo.

—No te preocupes. La traeremos de vuelta —dijo Gameknight con voz confiada.

Ella lo miró a la cara con el pelo rojizo y rizado cayéndole por los hombros. Se parecía mucho a su hermana. Por un momento, Gameknight pensó que estaba frente a la Cazadora.

—¿Me lo prometes?

—¿Qué? —preguntó Gameknight.

—¿Me prometes que salvarás a mi hermana? —preguntó ella con la voz entrecortada por la emoción.

Gameknight envainó la espada para estrechar con ambos brazos a la joven.

—Prometo no defraudarte, hermanita. La traeremos de vuelta.

Entonces, la Tejedora lloró por primera vez desde que habían llegado a esta tierra. Las emociones que había reprimido desde que fuera testigo del secuestro de su hermana le sobrevinieron como un torrente de tristeza. Gameknight la sujetó mientras lloraba; le temblaba el cuerpo, pero no la pensaba soltar…

Finalmente, apaciguadas ya las emociones, la Tejedora dejó de llorar y miró a Gameknight. Tenía los ojos rojos e hinchados, casi como el color de su pelo, pero ahora también transmitía cierta paz interior. La inmutable mirada de ira parecía haberse reducido un poco cuando se secó las lágrimas de las mejillas.

—No te preocupes —le susurró Gameknight al oído—. La encontraremos.

Ella asintió y se liberó del abrazo.

—¿Por qué hacen eso los constructores de sombras? —preguntó Peón.

—No lo sabemos —contestó Maderente—. Durante los miles de ciclos de la CPU, los constructores de sombras y los constructores de luz han mantenido el equilibrio de Minecraft. Pero hace poco llegó un nuevo constructor de sombras. Es fuerte y malvado. Está forzando a todos los demás a desequilibrar el sistema. No sabemos por qué, pero podemos sentirlo.

—¿Cómo se llama? ¿Qué es lo que crea? —preguntó el Constructor.

—No lo sabemos, pero sea lo que sea, no es bueno para Minecraft.

—¿Podéis ayudarnos a encontrar la Fuente? —preguntó Peón con tono impaciente.

—No podemos deciros dónde está la Fuente, pero sí que necesitaréis las dos llaves —explicó Maderente.

—¿Las dos llaves? —preguntó Gameknight, alejándose de la Tejedora y acercándose al Constructor.

—Sí, hay dos llaves —contestó Maderente—. Os guiarán hasta la Fuente. Solo conocemos la localización de la primera, pero esta os llevará hasta la segunda. Y esa os guiará hasta la Fuente. La primera llave es la Rosa de Hierro y está a buen recaudo. No sabemos nada de la segunda. Debéis conseguirlas, primero una y después la otra, para poder llegar hasta la Fuente.

—¿Podéis decirnos dónde encontrar la Rosa de Hierro? —preguntó Gameknight con tono impaciente.

—No os lo diré, os lo enseñaré —contestó Maderente—. Puede que nos necesitéis en vuestro viaje. Tenemos que movernos deprisa. Si los constructores de sombras llegan antes que nosotros, todo estará perdido. —Se detuvo un momento mientras sus profundos ojos marrones escudriñaban las caras de todos los que escuchaban—. No podemos perder tiempo. Es hora de ponerse en marcha. ¡Vamos!

Gameknight asintió y miró al Constructor, cuyos brillantes ojos azules casi se correspondían con el majestuoso azul del cielo. Recordó algo que le había dicho en el último servidor y tuvo una idea.

—Antes de que nos marchemos, ¿podéis crear objetos para nosotros? —preguntó Gameknight.

—Solo podemos crear las cosas que mejoramos —explicó Maderente—. Así que yo, por ejemplo, solo puedo hacer madera. Arenente solo puede hacer arena, Pedrente solo puede…

—Sí, sí, lo pillo —le interrumpió Gameknight—. ¿Tenéis un Polvorente?

Un constructor de pelo amarillo y entrecejo rubio dio un

paso adelante. Su túnica estaba cubierta de pólvora gris, parecía que acababa de salir de un cubo de basura. Se sacudió y el polvo cayó al suelo, formando pequeños montones grises.

—Yo soy Polvorente —dijo con la voz grave de una persona mayor.

—¿Qué es lo que tienes en mente, Usuario-no-usuario? —preguntó el Constructor.

—Necesitamos arena y pólvora, tanta como podamos transportar.

—¿Para qué? —preguntó Peón.

Gameknight miró al Constructor y sonrió.

—Es algo que dijo tu tío abuelo Tejedor: «Muchos problemas con los monstruos se pueden solucionar con algo de creatividad y...», ya sabes.

El Constructor sonrió y asintió con la cabeza.

CAPÍTULO 9

LA CAZADORA

La extraña niebla plateada envolvía a Gameknight como una serpiente gigante. Observaba cómo se acercaba cada vez más la nube turbulenta, como si la serpiente estuviese intentando aplastarle. De repente, se vio completamente inmerso en la nube. Sentía la niebla húmeda en la cara y le hormigueaba la piel

Un bosque apareció en mitad de la niebla; se erigía entre la bruma como si creciese a cámara rápida. Ahora tenía ante él un montón de pinos altos, cuyas ramas se extendían desde la copa a la tierra. Algunos, en cambio, estaban desprovistos de hojas, con las ramas desnudas e inertes. Gameknight miró los árboles sin hojas y se preguntó por qué Minecraft habría creado algo tan triste y enfermo.

Al girarse, el paisaje adquirió el aspecto de una acuarela, y las siluetas más cercanas se fundieron entre ellas creando manchas de colores. Entonces se dio cuenta: Gameknight estaba en el Reino de los Sueños. Recordó haber hablado de ese Reino con el Constructor; parecía que hubiesen pasado mil años desde entonces. Habían vivido tantas cosas… ¿Cómo los llamaba? De repente, se acordó: Sonámbulos. Los Sonámbulos podían habitar el Reino de los Sueños. Eso es lo que era Gameknight, un Sonámbulo.

Lo último que recordaba antes de aparecer en el reino

de los sueños era que el ejército se había puesto en marcha. Habían dejado la aldea y habían partido en busca de la primera llave, la Rosa de Hierro. Tras marchar durante toda la tarde, el ejército había acampado a la orilla del río que estaban siguiendo por indicación de Maderente hasta que encontrasen el Puente a Ninguna Parte, significara eso lo que significase. Recordaba que el Constructor le había preguntado a Maderente qué sentido tenía construir un puente a ninguna parte, no tenía lógica, pero Maderente había dicho que lo entenderían cuando llegasen allí.

Gameknight se había dormido enseguida, en cuanto montaron el campamento, y la fatiga de la dura marcha lo había sumido en un sueño irregular.

Y ahora estaba aquí, en el Reino de los Sueños.

No estaba seguro de qué significaba, pero recordaba que las últimas veces que había estado allí con Erebus y Malacoda... habían sido dolorosas. Había escapado de aquellos sueños gracias al Constructor y a la Cazadora, pero Gameknight no estaba seguro de si funcionaría del mismo modo allí, en aquel servidor.

En lugar de quedarse allí plantado y esperar a que algún monstruo lo encontrase e intentase matarlo, Gameknight hizo lo que mejor sabía hacer: esconderse. Se colocó tras un arbusto y se agachó. Exploró la zona en busca de peligro. La niebla plateada aún flotaba a su alrededor y dificultaba la visión, y eso hizo que se pusiera nervioso. Le gustaba ver a sus enemigos desde lejos para poder atravesarlos con su arma preferida: el arco. En el servidor del Constructor tenía un arco estupendo, con Empuje II, Poder IV e Infinidad. Era el mejor arco que había construido y encantado, su favorito. Deseó tenerlo ahora.

De repente, el arco se materializó en su mano. El arma reluciente teñía la bruma plateada con su resplandor azulado. Sacó una flecha del inventario y la colocó. Tensó la cuerda y apuntó a un blanco imaginario. Las plumas del extremo posterior de la flecha le hicieron cosquillas en la mejilla mientras tensaba el arco y ajustaba la mira. Gameknight oyó el zumbido habitual que siempre resonaba en aquella arma, como si el encantamiento hiciese ruido dentro. Sin lugar a dudas, era su arco. Sonrió. ¿Cómo era posible?

Solo lo había pensado, y en un instante tenía el arco en la mano cuadrada. No, no solo lo había pensado: lo había deseado con todo su corazón y, al estar tan familiarizado con el arma, le resultó fácil hacerse una imagen mental de ella.

Con algo más de confianza en sí mismo, Gameknight se incorporó y fue desplazándose de un árbol a otro para explorar aquel bosque tan extraño. Relajó la tensión del arco. Se giró para mirar detrás de él y descubrió sorprendido una enorme montaña. Era raro que no la hubiese visto antes.

No era una montaña habitual, de las que solía haber en Minecraft. No, aquella tenía algo siniestro, con aquel perfil escarpado y todos aquellos árboles sin hojas en las laderas escarpadas. La montaña parecía haber vivido un accidente terrible y que se hubiese deformado y dañado por culpa de las fuerzas espantosas que hubiesen caído sobre ella. La superficie de la montaña estaba totalmente desprovista de cualquier cosa que pudiera considerarse bella. Todo tenía un toque de muerte; no había bloques de tierra cubiertos de hierba en la superficie, no había flores, no había arbustos. Todo era de piedra... piedra fría e inerte.

Gameknight se estremeció. Aquella montaña le daba escalofríos por todo el cuerpo.

Mientras exploraba el bosque, pensó en su hermana. A ella también le encantaba jugar a Minecraft; siempre quería construir cosas de colores que expresaran su alegría vital y su amor por el arte. Y allí estaba. Su nombre de usuario en Minecraft, Monet113, flotaba sobre su cabeza (se lo había puesto por su pintor preferido). Parecía que estuviese construyendo algo con bloques de arena de colores, con una expresión de alegría increíble en la cara. Pero algo no era de verdad. Tenía un aspecto transparente y plateado, como si no estuviese del todo en el Reino de los Sueños, sino que formase más bien parte del paisaje.

Detrás de ella, Gameknight distinguió otra silueta... No sabía si era un PNJ o un usuario. Pero aquella persona no tenía una expresión de alegría en el rostro, como su hermana. No, esta silueta parecía enfadada y llena de odio, como si todo Minecraft fuera su enemigo. Gameknight999 quería apartar la mirada de la vil criatura, pero algo en sus ojos se lo impedía: eran blancos y refulgentes y hacían que la niebla plateada a su alrededor reluciese también. Pero no desprendían luz, sino una repulsión absoluta por todo lo que le rodeaba.

¿Qué podía hacer que aquellos ojos brillasen así?

Entonces, desapareció en la niebla. Los ojos refulgentes fueron lo último en desvanecerse. De repente, sintió otra presencia junto a él. Se giró sobre sí mismo, tensó el arco y apuntó, listo para disparar.

—¿Quieres hacer el favor de bajar eso? —dijo una voz familiar—. Ya estás comportándote como un idiota otra vez.

Era la Cazadora... ¡ERA LA CAZADORA!

—¡Cazadora! —gritó Gameknight, dejando caer el arco y envolviéndola en un abrazo rompehuesos.

—Baja la voz —susurró la Cazadora, apartándolo— y coge el arco, zopenco. No llegarás muy lejos si vas desarmado... El Reino de los Sueños no anda escaso de monstruos.

Sacó su propio arco encantado y colocó una flecha.

—Pero tú no necesitas arco, eres parte de mi sueño —dijo Gameknight, confundido.

Una mirada de fastidio le atravesó el rostro. Los ojos oscuros le brillaban de enfado.

—*No entiendes nada* —*le espetó*—. *Todavía me fascina que los usuarios consigáis hacer algo en Minecraft.*

Algo crujió en el bosque, como si alguien hubiese pisado una rama. La Cazadora se agachó veloz detrás de un árbol, con una flecha lista para disparar. Oyeron crujir otra rama... Se acercaba.

—*Ponte a cubierto, insensato* —*le regañó la Cazadora. Gameknight se acercó a un árbol cercano.*

Confundido y sin entender lo que ocurría, hizo lo que le decía.

«*Pero esto es solo un sueño... No es real*», *pensó para sí. De repente recordó cuando Erebus lo había estrangulado y cuando Malacoda le había golpeado en la cabeza... Aquello lo sintió como algo muy real. Quizás esto también lo era. Así que se agachó, sacó una flecha, tensó el arco y esperó.*

El sonido de una respiración fuerte empezó a extenderse por el bosque. Era un jadeo animal muy marcado que se acompañaba de un arrastrar de pies que aplastaba ramas y hojas a su paso. Se estaba acercando. Un crujido a la izquierda... luego otro, y otro más, un poco más lejos. Gameknight no sabía dónde apuntar. Moviéndose con rapidez, corrió junto a la Cazadora.

—*¿Qué son?, ¿zombis?* —*preguntó.*

—*No lo sé* —*susurró ella*—, *pero estamos a punto de averiguarlo.*

Oyeron un chasquido detrás de ellos y luego otro, y otro. Estaban rodeados. Gameknight apoyó la espalda contra la de la Cazadora y miró hacia atrás, mientras ella vigilaba por delante.

Los ruidos se oían cada vez más cerca. Gameknight podía oír la respiración áspera y gutural de las criaturas, un sonido denso que le hacía pensar en un zombi acorazado...

o quizás una araña. Tensó el arco y apuntó al lugar de donde provenía el sonido más fuerte.

Entonces, algo empezó a despuntar entre la niebla plateada. Era una cosa pequeña y amarilla... No, dos cosas pequeñas y amarillas. Parecían flotar sobre el suelo, resplandeciendo en la luz plateada del Reino de los Sueños. Otro par de puntos amarillos surgió de la bruma, y luego otro, y otro. Mirara donde mirase, Gameknight veía un par de puntos brillantes. Tensó de nuevo el arco y apuntó al par más cercano, preparado para la batalla.

Los puntos avanzaron, y tras ellos emergió una cabeza blanca y peluda con un par de ojos que lo miraban fijamente: era un lobo. Más lobos salieron de la niebla, enseñando los dientes, en posición de ataque, con el lomo arqueado y la piel erizada por la tensión. Gameknight sabía que los lobos eran como los hombres-cerdo zombis: si atacabas a uno, todos te atacaban de vuelta. Eligió al más grande y apuntó con el arco a la cabeza de la criatura, pero se sorprendió al notar cómo la Cazadora se relajaba tras él.

—Baja el arma, Gameknight —susurró la Cazadora mientras bajaba su arco y se ponía en pie.

En cuanto los lobos vieron a la Cazadora, se relajaron un poco y su pelaje blanco se adhirió a sus lomos musculados. Ella avanzó con el arco colgando en una mano, y acercó la otra hacia el lobo más grande, con la palma hacia abajo. La manada dejó de enseñar los dientes al reconocer a la Cazadora y los lobos avanzaron moviendo la cola. Los animales le rozaron al pasar en dirección a la Cazadora, se pegaron a sus piernas y le frotaron con el hocico húmedo.

—Volvemos a vernos, amigos —dijo a los lobos mientras les acariciaba el pelo con sus dedos rechonchos.

—Cazadora, ¿de qué va todo esto? —preguntó Gameknight mientras avanzaba, aún con el arco en la mano y la cuerda tensa.

Los lobos se giraron y gruñeron. Los ojos amarillos se tornaron rojos, fijos en la punta de la flecha.

—Aparta eso —dijo la Cazadora con suavidad, señalando el arco y la flecha.

Gameknight destensó la cuerda y bajó el arma. Los animales se relajaron un poco, sus ojos recuperaron su color habitual pero no se apartaron de él. Advirtió que tenían los cuerpos tensos y listos para la acción, con las patas dobladas y el lomo arqueado. Eran como muelles a punto de saltar si hacía el más mínimo movimiento.

—Amigos lobos —dijo la Cazadora, en voz aún baja—, este es mi amigo Gameknight999.

Se adelantó y le puso una mano en el hombro. Luego agarró la mano de su amigo y la acercó a los lobos para que la olieran. El más grande se acercó despacio, con los ojos amarillos fijos en Gameknight, y olisqueó su mano. Tras un minuto de inspección, el animal dio un lametazo a la mano derecha del Usuario-no-usuario. A continuación, el líder de la manada retrocedió y dejó que todos los animales fuesen acercándose a Gameknight con precaución para olerle. Una vez que lo hacían, lo miraban a los ojos con expresión sorprendida, daban dos pasos atrás y se quedaban parados, observando al Usuario-no-usuario. Era como si nunca hubiesen olido algo igual y no supiesen qué hacer... O quizá sí lo sabían.

—¿Qué ocurre? —preguntó Gameknight—. ¿Por qué se quedan ahí parados?

—Parecen confundidos —contestó ella.

—Quizá nunca habían olido a un usuario —sugirió Gameknight.

—O quizá nunca habían olido a un usuario que no es un usuario —dijo la Cazadora con una sonrisa.

Gameknight emitió un gruñido como única respuesta y extendió la mano para que la oliese el resto de la manada.

—A ver, explícame esto —dijo Gameknight mientras observaba el Reino de los Sueños a su alrededor—. ¿Puedes explicarme qué te ha pasado? —Palideció ligeramente—. ¿Estás muerta?

—Pero mira que eres tonto —dijo la Cazadora—. Esto es el Reino de los Sueños, el limbo entre estar despierto y estar profundamente dormido. Eres Sonámbulo.

—¿Así que no estás muerta y esto es solo un sueño?

—Bobo... —dijo ella—. Yo también soy Sonámbula.

—¿Entonces no estás muerta?

—Claro que no —contestó—. Sigo prisionera de Malacoda.

—¿No estás muerta? Eh... o sea, que no estás muerta... Vale... ¡No estás muerta! Tengo que contárselo a la Tejedora.

—Tejedora, mi hermana... ¿Está aquí?

—Sí, te siguió a través del portal, igual que el resto del ejército —explicó Gameknight—. Vamos a detener a los monstruos y salvar la Fuente... y a rescatarte a ti, claro.

—¿Está bien?

—Por supuesto —contestó Gameknight—. El Constructor y yo estamos cuidándola. Está a salvo.

Gameknight observó cómo la tensión se desvanecía de su rostro al escuchar aquello; ¡su hermana estaba a salvo! La Cazadora suspiró y esbozó una enorme sonrisa que iluminó su cara, mientras una pequeña lágrima cuadrada brotaba de uno de sus ojos.

—Dime qué te ha pasado y qué es este lugar —pidió Gameknight.

—Malacoda me tiene prisionera. Han parado aquí, al pie de esta montaña inerte y escarpada. —Miró atrás, al pico abrupto y escarpado que sobresalía del banco de niebla. Se elevaba al menos cien bloques en lo alto, todos de piedra desnuda, con los troncos de los árboles sin hojas punteando la superficie—. Cuando encontraron esta montaña, los recibió un grupo de PNJ, todos vestidos como constructores. Pero había algo raro en ellos, como si fuesen malvados, como si escondiesen algo oscuro... No sé. Dijeron que eran...

—Constructores de sombra —la interrumpió Gameknight.

—Eso es, constructores de sombra, sea lo que sea eso.

—¿Oíste algún nombre? —preguntó Gameknight.

—El que salió a recibirnos se llamaba Ghasterento —dijo la Cazadora.

—Eso significa que trabaja en los ghasts, para hacerlos más fuertes, más rápidos... mejores —explicó Gameknight—. Eso es lo que nos contaron los constructores de luz. Estos constructores de sombra trabajan para mejorar todo lo que habita entre las sombras. La piedra, la lava... o los monstruos.

—Pues esos constructores de sombra están ayudando a Malacoda y a Erebus —dijo la Cazadora—. Esto no pinta bien.

Gameknight caminó en círculos, perdido en sus pensamientos. Pasó junto a los lobos y salió a un claro. La Cazadora se quedó donde estaba, entre los árboles y los arbustos.

—Gameknight, hay algo más —dijo. Él dejó de andar y se giró para mirarla a través del claro—. He visto el tamaño del ejército de monstruos... Es gigantesco. Debe de haber unas quinientas criaturas, si no más —dijo la Cazadora con la voz impregnada de miedo—. Y reclutan más cada día. Los monstruos de esta tierra acuden a la llamada de Malacoda y Erebus y engrosan sus filas a diario. —Hizo una pausa momentánea y sus ojos se entristecieron—. No estoy segura de que tengáis suficientes guerreros para detenerlos.

Gameknight asintió con la cabeza. Pensaba exactamente lo mismo desde que abandonaron la fortaleza de Malacoda en el inframundo.

—Sé que los usuarios te ayudaron en el servidor del Constructor —dijo la Cazadora—. Pero no tienes a ninguno aquí. Ni siquiera creo que los usuarios puedan llegar hasta aquí. Estáis solos.

—Solos —repitió para sí, tratando de encajar las piezas del puzle que tenía delante. Cuando las ideas empezaron a bullir débilmente en su cabeza, oyó un sonido chirriante que le heló la sangre de inmediato.

—Pero mira qué tenemos aquí, si es mi viejo amigo Gameknight999 —dijo Erebus con voz chillona y aguda, saliendo de la niebla y accediendo al claro, con un grupo de creepers detrás—. Has venido a rendirte... Qué bonito.

Gameknight miró a la Cazadora. Se había escondido tras el tronco de un árbol, con el miedo grabado en los ojos marrones. Intentó decirle algo, pero no la oía. Entonces se dio cuenta de que no estaba diciendo nada en voz alta, solo articulaba una palabra sin emitir sonido alguno. Tras un par de intentos, al fin entendió lo que decía.

Corre.

Luego desapareció, y los lobos también se dispersaron en la niebla, moviéndose en silencio por el bosque.

—¿De verdad crees que puedes hacerme daño con eso, imbécil? —se mofó Erebus—. Si disparas, me teletransportaré a tu lado y te aplastaré. Además, no he venido a matarte, Usuario-no-usuario. Solo he venido para torturarte un poco. Me encanta saber que puedo encontrarte aquí, en el Reino de los Sueños, siempre que esté aburrido.

—No me das miedo, enderman —dijo Gameknight, intentando impregnar su voz con toda la confianza que pudo reunir.

Erebus sonrió.

—Puedo ver a través de ti, Gameknight999. Sé de qué tienes miedo, y por eso conozco tus debilidades. Solo es cuestión de tiempo que te encuentre y te destruya en persona. Ahora, baja ese arco y ven a por tu castigo.

Gameknight levantó aún más el arco y apuntó directamente a la cabeza de Erebus. Podía sentir cómo el miedo recorría su cuerpo con cada latido, pero tenía que enfrentarse a aquel demonio... Quizá tuviera alguna posibilidad.

—Tu flecha no puede herirme, idiota.

—¿Quién te dice que te estoy apuntando a ti? —dijo Gameknight con una sonrisa.

Soltó la flecha, que atravesó el aire, pasó silbando junto al enderman rojo oscuro y fue a parar sobre un creeper. En un instante, la criatura verdinegra moteada se iluminó al iniciarse el proceso de ignición.

—No... Te lo ordeno... No explotes —gritó Erebus, con una voz cada vez más aguda.

Otra flecha pasó junto al rey de los enderman y se hundió en un costado del creeper, y luego otra, y otra más. El arco de Gameknight silbaba mientras lanzaba flechas a los creepers, activando su proceso de ignición. Las criaturas moteadas empezaron a silbar y a brillar como si tuviesen una luz blanca dentro de los cuerpos hinchados.

—¡Os lo ordeno...! —chilló Erebus, pero se teletransportó lejos de allí cuando explotó el primer creeper.

A la primera explosión le siguieron otras tres. Las detonaciones sonaban como cañonazos y reverberaban por todo el Reino de los Sueños, iluminándolo todo como si fuese de día. Cuando el humo se disipó, Erebus reapareció en el mismo sitio. Le brillaban los ojos rojos de rabia.

—Es la última vez que te entrometes en mis planes —chirrió.

A continuación, el rey de los enderman desapareció en una nube de partículas moradas y reapareció junto a Gameknight.

No sabía qué hacer, así que gritó:

—¡Despierta! ¡Despierta! ¡Despierta!

Y mientras la niebla plateada se disipaba y se sumía en la oscuridad, Gameknight pudo oír la voz de Erebus, su grito frustrado.

—*¡Voy a por ti, Usuario-no-usuario! ¡Voy a por ti!*

Gameknight se despertó gritando. La Tejedora se sentó a su lado y le puso las manos en el pecho.

—Ya pasó… Ya pasó, Gameknight —dijo—. Estás entre amigos.

El Pastor corrió junto a él, con uno de sus lobos tras él.

—Gameknight, to-todo va… bien —tartamudeó. El lobo se acercó a él y olisqueó su mano derecha, justo donde el lobo del Reino de los Sueños le había dado el lametazo. El lobo pareció reconocer el olor y lamió el mismo punto. A continuación, frotó la cabeza contra Gameknight, tratando de calmar al Usuario-no-usuario.

El Constructor y Peón acudieron corriendo, con las armas a mano y cara de desconcierto.

—¿Qué ocurre? —preguntó Peón—. ¿Nos atacan?

—Gameknight, ¿estás bien? —preguntó el Constructor.

Gameknight miró a su alrededor, reconoció a sus amigos y se relajó. Se estiró y atrajo a la Tejedora cerca de sí. Ignorando las preguntas de Peón y el Constructor, Gameknight999 se arrodilló junto a la Tejedora y le habló al oído.

—Está viva.

CAPÍTULO 10

ATAQUE SORPRESA

L a Tejedora lloraba sentada en la hierba verde junto a Gameknight999. Una sonrisa iluminaba su rostro cada vez que le pedía que lo repitiera.

—Está viva.

La Tejedora sonrió.

—Dilo otra vez —pidió.

—Está viva.

Más lágrimas de felicidad rodaron por sus mejillas pixeladas. Gameknight intentó contener su propia felicidad, pero la sonrisa de la Tejedora era contagiosa.

—¿Qué está pasando aquí? —preguntó Peón, frunciendo el ceño.

—Eh… nada —contestó la Tejedora entre risas.

—¿Gameknight? —preguntó el Constructor.

—Os lo explicaré luego —contestó—. Ahora vamos a dejar que la Tejedora disfrute este momento.

Justo entonces, el constructor de luz Maderente se acercó a ellos. Miró a Gameknight con intensidad; sus ojos marrones y su piel morena brillaban a la luz de la mañana, pero tenía el entrecejo fruncido por la preocupación.

—Tenemos que irnos —dijo con su voz entrecortada.

—¿Por qué? —preguntó el Constructor, con los ojos azules fijos en Maderente.

—Vienen hacia nosotros —dijo Maderente.

Llegaron otros dos constructores de luz, Hierbente y Terrente.

—Hierbente lo ha notado, ¿verdad? —dijo Maderente.

Todos miraron a Hierbente, un fornido PNJ, en espera de una respuesta. En sus ojos verdes se adivinaba el cansancio y tenía el ceño fruncido, como si sintiese mucho dolor. Gameknight advirtió las gotas cuadradas de sudor que perlaban su frente; algunas se precipitaban hasta la barbilla y caían al suelo.

—Síiiiii, lo sieeeeeento —dijo Hierbente, alargando mucho las palabras.

A Gameknight le gustaba su voz. Todo lo que decía sonaba como una canción, estiraba las palabras y las conectaba. Pero aquel día, su canción era triste y rezumaba sufrimiento.

—Están dañaaaaaando la hieba y vaaaaaan muuuuy depriiiiiiiisa.

Gameknight miró al Constructor angustiado, y luego buscó a Peón.

—Tenemos que hacer algo —dijo el Constructor.

—Peón… ¿Dónde está Peón? —preguntó Gameknight.

—No necesitamos a Peón —dijo la Tejedora, confiada—. Necesitamos al Usuario-no-usuario… Te necesitamos a ti.

Gameknight se levantó y miró nervioso a su alrededor. Notaba el peso de la responsabilidad como una losa sobre él. Los monstruos se acercaban y necesitaban un plan. La indecisión lo inundaba a medida que las imágenes de la horda se precipitaban en su mente. Miró desesperado a su alrededor en busca de Peón. Por fin lo vio, abriéndose paso entre las tropas con gesto adusto. Su barba recortada destacaba oscura a la luz rubí de la mañana y sus ojos verdes brillaban con intensidad.

—¿Qué ocurre? —preguntó Peón.

—Los monstruos vienen hacia acá —dijo Maderente atropelladamente.

—¿Dónde están ahora? —preguntó.

—Cerca, muuuuuuuuy cerca —cantó Hierbente.

El gran PNJ miró a Gameknight en espera de que tomase el mando, pero el Usuario-no-usuario fijó la vista en el suelo.

«No puedo hacer esto —pensó mientras observaba el campamento—. No puedo resolver este rompecabezas y hacerme responsable de todas estas vidas... No soy un héroe. Solo soy un niño.»

La situación le recordaba a los días del colegio, cuando se acercaban los abusones con los ojos fijos en él. Saber que el matón se dirigía hacia él lo hacía aún peor, la anticipación lo hacía todo más terrible aún.

«Anticiparse a algo puede ser peor que el momento en que de verdad acontezca.» Su padre le había dicho aquello hacía mucho tiempo, pero las palabras resonaron en su cabeza como si las acabara de escuchar. Volvía a tener aquel sentimiento familiar, la anticipación de que iba a suceder algo terrible, pero esta vez los matones eran los monstruos... ¿O era su miedo al fracaso? Solo sabía que no podía responsabilizarse de que les hiciesen daño a sus amigos. No era lo bastante fuerte para cargar con aquella responsabilidad. Así que, en lugar de intentar resolver el rompecabezas y pensar en una defensa brillante para salvar sus vidas, se sumió en sus pensamientos de cara a la pared del miedo que se había materializado alrededor de su valor. Cada monstruo al que se había enfrentado alguna vez era un ladrillo más en aquel muro. Mantuvo la cabeza gacha por la vergüenza, mirándose los pies.

La Tejedora suspiró y le puso una mano en el hombro, y luego miró a Peón. El gran PNJ asintió con la cabeza y empezó a dar órdenes.

—Exploradores, salid e informadme de por dónde van los monstruos. Quiero dos círculos de exploradores alrededor del ejército. En cuanto veáis a los monstruos, disparad una flecha hacia el campamento. —Los exploradores partieron a lomos de sus caballos y Peón se giró hacia el resto del ejército—. Los ancianos y los heridos, en el centro. Que un círculo de espadachines los rodee, y que se forme un círculo de arqueros en el exterior. Cuando sepamos dónde están los monstruos, nos redistribuiremos y prepararemos la defensa.

—Yo pue-puedo a... ayudar —dijo una voz.

Era el Pastor.

—Necesitamos guerreros, no niños —le cortó Peón—. Tú cuida de los animales y ya está. Venga, haz tu trabajo.

El enorme PNJ apuntó hacia el rebaño que se arremolinaba junto a un grupo de árboles. Un anillo de lobos de pelo blanco corría alrededor para mantener a los animales juntos.

—Pero yo... pu-puedo...

—¡No! Ve con los animales.

El Pastor estaba destrozado. Gameknight sabía que estaba desesperado por ayudar... Necesitaba sentirse aceptado, pero lo relegaban de nuevo con los animales. El muchacho bajó la cabeza y volvió junto al rebaño arrastrando los pies, con la vista fija en el suelo. Gameknight oyó cómo algunos de los guerreros se metían con el Pastor y empezó a enfadarse.

—Eso, chico cerdo, vuelve con tus animalitos y deja trabajar a los hombres de verdad...

—No querrás que tus animales apestosos echen de menos a su papá...

—Hueles tan mal que dudo que un creeper te distinguiera de un cerdo...

Los comentarios atacaron el valor de Gameknight... Podía oír a los abusones viniendo por el pasillo... Sentía el olor del cubo de basura encajado en su cabeza... Sentía las paredes de la taquilla clavándosele en la piel mientras lo empujaban dentro...

Hervía de ira, pero por alguna razón permaneció en silencio. Recorrió el campamento con la mirada y vio a lo lejos al Pastor, que ya había llegado junto a sus animales. Los lobos estaban emocionados de verle de nuevo. El muchacho se agachó y bajó la cabeza. A Gameknight le pareció que estaba hablando con los animales, pero cuando estaba a punto de señalárselo al Constructor, los lobos salieron corriendo en todas direcciones. Sus cuerpos peludos parecían pequeños relámpagos blancos. Cruzaron el campamento como centellas sin hacer ruido para llevar a cabo una tarea que el Pastor parecía haberles encomendado. No tenía ningún sentido.

Entonces, una mano pequeña se posó en su brazo. Miró hacia abajo y se encontró con los ojos marrón oscuro de la Tejedora, que lo miraban.

—Venga, necesitan verte —dijo mientras le tiraba del brazo.

Lo arrastró hasta su caballo y subió de un salto a la silla. Miró a Gameknight con premura, como diciendo: «Venga, ¿subes o qué?». Él suspiró, montó en el caballo y agarró las riendas. El Constructor cabalgaba junto a él con la espada empuñada y un gesto de determinación en el rostro.

—¿Estás listo para esto otra vez? —dijo el Constructor.

Gameknight se estremeció.

Miró a su alrededor en busca de un lugar donde esconderse, pero estaban en pleno bioma bosque, con un bioma desierto visible a lo lejos. Distinguió unos pinos altos a su izquierda y algo en ellos le sugirió una idea, pero no consiguió discernir cuál; era como si fueran una de las piezas del rompecabezas. Pero ¿cómo iba a estar la solución para derrotar al ejército de monstruos en un montón de árboles?

«Bueno, al menos nos pueden servir para ponernos a cubierto», pensó para sí.

Obligó al caballo a dar media vuelta y cabalgó por el paisaje cubierto de hierba con conjuntos de árboles diseminados aquí y allá.

—¿Adónde vas? —preguntó la Tejedora.

Gameknight no contestó, solo siguió cabalgando, obligando al animal a ir todo lo deprisa que podía.

—Gameknight, no sabemos dónde están los monstruos —protestó la Tejedora—. No puedes largarte sin más, ¡tienes que ir a la batalla!

Gameknight no dijo nada y continuó al galope. Ya estaban a unos cuarenta bloques del resto del ejército y seguían cabalgando, cuando un aullido inundó el aire. Gameknight detuvo el caballo y escuchó, haciendo oídos sordos a las protestas de la Tejedora. Era un aullido lleno de dolor, pero también de fuerza y orgullo. De repente, fue reemplazado por el silencio, con una coda de dolor al final.

«Era uno de los lobos del Pastor —pensó—. ¿Por qué habrá aullado?»

De repente, una flecha cayó del cielo y aterrizó delante de ellos.

—¡Una flecha! ¡Allí! —chilló la Tejedora.

Gameknight oyó la conmoción tras él mientras el ejército se ponía en movimiento hacia donde estaban. Gameknight miró la flecha y suspiró. Oía a Peón dando órdenes detrás: los arqueros, por allí; los espadachines, por allá.

—¡Deprisa, a vuestros puestos! —gritó el enorme PNJ—. La velocidad es la clave de la guerra.

«¿Por qué me resulta tan familiar eso? Me suena del cole, de las clases del señor Planck... ¿Cómo es posible?»

Gameknight agitó la cabeza, consciente de que no podía distraerse con las frases de Peón por muy familiares que le resultasen. Ahora tenía que averiguar cómo evitar que le mataran y proteger a la Tejedora.

De repente, lo que decía Peón le recordó algo. Giró la cabeza y miró al ejército. Marchaban en la formación habitual: los arqueros delante, los espadachines detrás, la caballería lista para la carga... Era una estrategia de libro. Pero Gameknight tenía la sensación de que algo no encajaba; las piezas del puzle daban vueltas en su cabeza.

Clavó la mirada en los constructores de luz, especialmente en Hierbente y en el alto Arbolente, que había aparecido por la noche.

—Gameknight, tenemos que avanzar... ¡ya! —gritó la Tejedora—. Los oigo, están muy cerca.

Gameknight miró la línea de árboles de su izquierda y recordó el día en que conoció a la Cazadora. El Constructor y él estaban luchando con unos zombis y usaron un callejón estrecho para impedir que los rodearan. De repente, deseó tener un callejón allí mismo.

—Gameknight, tenemos que...

La voz de la Tejedora se perdió entre las piezas del rompecabezas, que de repente empezaban a encajar.

Los lamentos empezaron a filtrarse en el aire y el repiqueteo de los huesos resonó por el paisaje. Venían, y venían rápido.

—¡GAMEKNIGHT! —chilló la Tejedora. Esta vez sí llamó su atención.

—¿Qué? —respondió, como si lo hubiese despertado.

—Deberías espolear a tu caballo antes de que nos pase por encima la horda de monstruos.

Miró hacia arriba y vio al ejército de monstruos que se dirigía hacia ellos. Zombis, arañas, esqueletos y enderman: los monstruos del mundo principal. Escudriñó las filas y no vio rastro de su enemigo, Erebus, pero estaba seguro de que estaba allí, en alguna parte.

Obligó al caballo a dar la vuelta y galopó hacia sus filas entre los vítores de los guerreros.

Entonces, las últimas piezas del plan encajaron en su

cabeza como el estallido de un trueno que casi le hizo soltar una carcajada. Bajó del caballo de un salto y corrió hacia Peón, y llamó también a los constructores de luz.

—Ya sé qué tenemos que hacer —dijo Gameknight—, pero no tenemos mucho tiempo.

—Podemos ayudar —dijo una voz áspera tras él.

Al girarse, vio a Maderente de pie detrás de él, que miraba al Usuario-no-usuario con sus ojos marrón oscuro. Miró por encima del hombro y vio las siluetas oscuras de los monstruos que se acercaban… Eran muchísimos.

—Esto es lo que vamos a hacer.

Y Gameknight explicó su arriesgado plan. Mientras lo contaba en voz alta, empezó a temblar de miedo, pues se dio cuenta de que la estrategia era muy peligrosa. Se disponían a caminar por el filo de la navaja, y cualquier paso en falso los conduciría a la destrucción… o a algo peor.

CAPÍTULO 11

LA BATALLA

Las arañas cargaron primero. Sus cuerpos negros y peludos se bamboleaban de un lado a otro mientras correteaban por la llanura cubierta de hierba. Se adentraban y salían de las sombras proyectadas por los árboles más cercanos, lo que a veces hacía difícil verlas. Los arqueros apuntaron con sus proyectiles puntiagudos y dispararon, pero los enormes monstruos saltaban a derecha e izquierda, esquivando las flechas. Las arañas eran más fuertes y más ágiles en este servidor, como si las hubiesen mejorado.

—Son demasiado rápidas para alcanzarlas —gritó uno de los arqueros, vencido por la frustración.

—Seguid disparando —dijo Gameknight—. Vosotros seguid disparando.

El Usuario-no-usuario giró la cabeza y observó a los constructores de luz. Parecían aterrorizados. Nunca habían presenciado una batalla, ni mucho menos el ataque de una horda de monstruos iracundos, por lo que estaban comprensiblemente consumidos por el miedo.

—Hierbente —indicó Gameknight—. Ahora.

—Síííííííí —contestó el constructor de luz mientras se adelantaba hasta la primera línea de arqueros.

—Dejadle pasar —ordenó Peón—. Los arqueros de los flancos, seguid disparando.

Hierbente dio varios pasos adelante y tocó con la mano los bloques de hierba a sus pies. El PNJ cerró los ojos, tomó aire y luego lo soltó muy despacio. Aquella vez, Gameknight advirtió que las manos del constructor de luz desprendían una luz esmeralda suave. El resplandor pasó de sus manos a la tierra, y después se extendió por los bloques de hierba como una marea. Allá por donde pasaba la ola brillante, crecían briznas de hierba.

—Gameknight, las arañas están muy cerca —dijo la Tejedora—. Tenemos que retroceder.

—¡Todavía no!

La hierba empezó a crecer.

Las briznas verdes brotaban de los bloques por todo el campo de batalla, cada vez más largas. Las arañas intentaban abrirse paso entre la red de hojas verdes, pero la hierba alta se enredaba en sus patas negras y peludas. Los monstruos oscuros siguieron avanzando, pero cuanto más crecía la hierba, más se les enredaban las patas en una malla verde, hasta que ya no pudieron moverse.

Habían detenido a las arañas.

—¡Ahora! —gritó Gameknight.

Los espadachines avanzaron con las armas en alto, animados por los vítores del ejército. Atacaron a las indefensas arañas y las redujeron a bolas de PE y ovillos de tela de araña en cuestión de segundos.

—A los árboles, ¡AHORA! —gritó Gameknight.

Un grupo de soldados a caballo se alejó al galope. Llevaban armadura, pero no armas. Mientras galopaban, iban dejando esquejes en la tierra, pequeños árboles plantados en dos filas. Los guerreros continuaron cabalgando hasta que las flechas de los esqueletos empezaron a surcar el aire y a clavarse en la tierra a su alrededor. Entonces dieron la vuelta, dejando más esquejes entre las líneas de árboles.

Cuando los jinetes ya regresaban, Gameknight oyó una carcajada chirriante que le hizo estremecerse.

Erebus… Estaba allí.

Recorrió las filas de monstruos con la mirada y divisó a la alta criatura a la derecha. Su piel rojo oscuro era del color de la sangre seca, y destacaba sobre los esqueletos blanco hueso y los creepers verdinegros. El rey de los enderman miró a Gameknight con sus ojos rojos a través del campo de batalla.

—Así que aquí está nuestro amigo —dijo una voz junto a él.

Era el Constructor.

La Tejedora apareció junto a él, con el arco en la mano y la cuerda tensa.

—¿Quién es este? —preguntó, señalando a la criatura roja con el arco.

—Es uno de los monstruos que se llevó a tu hermana —dijo Gameknight, con la voz temblorosa por el miedo.

Gruñó y dijo algo ininteligible. Gameknight podía sentir la ira y el odio que recorrían a la niña. Quería salir corriendo y atacar a la criatura, pero sabía que era una locura atacar a un enderman al descubierto y en solitario; moriría si hacía algo así. En cambio, se cuadró frente a la horda de monstruos que estaba preparándose para atacar.

—¡Arbolente, AHORA! —gritó Gameknight.

El alto y delgado constructor de luz avanzó balanceando los brazos a ambos lados del cuerpo, como si los empujara un viento invisible. Se arrodilló y hundió las manos en la tierra. Agarró las raíces de un esqueje, tomó aire y lo expulsó muy despacio. La tierra alrededor de sus muñecas empezó a emitir un resplandor marrón oscuro al extender sus poderes de creación de código de una raíz a otra. En un instante, los árboles germinaron y se convirtieron en abetos. Adquirieron forma de embudo para rodear a los monstruos. Un grupo de soldados se hizo con unos bloques de tierra y construyó rápidamente los escalones para subir a las copas de los árboles.

—¿Todo el mundo tiene regalitos para los monstruos? —preguntó Gameknight. Las cabezas cuadradas asintieron—. Adelante, entonces. No levantéis la cabeza.

Un grupo de treinta soldados avanzó, todos vestidos con armaduras de diamante y un bloque a rayas rojas y negras en las manos. Subieron corriendo los escalones hasta las copas de los árboles y se dividieron. Al mismo tiempo, los monstruos iniciaron el ataque.

—¡Deprisa… sacad esos bloques de ahí! —vociferó Peón—. Arqueros… Apoyo de combate… ¡Fuego!

Un torrente de flechas surcó el aire mientras los guerreros subían a las copas de los árboles. Al estar tan juntos, se podían desplazar de una copa a otra sin riesgo de caerse. Gameknight observó cómo los soldados saltaban por las frondosas copas de los árboles mientras el ejército de monstruos cargaba contra las dos filas de troncos. Los lamentos de los zombis inundaban el aire mientras avanzaban, y el repiqueteo de los huesos se sumaba a la terrorífica sinfonía. Algunos esqueletos intentaron disparar a los guerreros de las copas, pero el follaje era un escudo ideal para defenderse de sus proyectiles.

Corrían y tiraban bloques de explosivos al suelo delante de la horda atacante. Los bloques a rayas destacaban sobre la hierba verde y era fácil verlos.

—¡MÁS! —gritó Gameknight a los que estaban encaramados a los árboles.

El aire se había llenado de flechas. Muchas caían sobre los PNJ, otras sobre la horda enemiga. Los gritos de dolor se extendían por el ejército cada vez que una flecha de los esqueletos se hundía en la carne de un guerrero. Gameknight sabía que había gente muriendo tras él, pero tenía que esperar hasta que los monstruos cayesen en la trampa.

—¡Provocad a los monstruos! —gritó Gameknight.

Los soldados obedecieron al instante y se pusieron a abuchear e insultar a la horda. Las burlas hacían que los monstruos gruñeran y corrieran más deprisa. Vieron cómo los slimes saltaban más deprisa y las arañas aceleraban en su carrera, liderando el ataque. En la retaguardia, Gameknight divisó a los hombres-cerdo zombis, cuyas espadas doradas brillaban a la luz rubí del sol sobre sus cabezas. Uno de los hombres-cerdo les sacaba casi una cabeza a todos los demás, e iba ataviado con una armadura de oro reluciente. El monstruo tenía una expresión de odio malvado en su rostro mitad rosa, mitad putrefacto. Era peligroso.

Una flecha pasó silbando junto a la oreja de Gameknight y se clavó en un pobre PNJ a su espalda. Los gritos de dolor penetraron en sus oídos y dos flechas más pasaron junto a él. Luego, los gritos se apagaron.

«Otro muerto por mi culpa», pensó, y la ira empezó a hervir en su interior.

—¡Ya casi estamos! —gritó Gameknight—. Espadachines, preparaos.

—Gameknight... Gameknight, de-déjame ayudar... —tartamudeó alguien detrás de él.

Era el Pastor.

—Ahora no —dijo Peón—. Tienes órdenes de vigilar a los animales. Aquí deben estar los hombres, no los amantes de los animales. ¡Venga, vete!

—Ya casi estamos...

Más monstruos entraron en la arboleda. Debía de haber al menos cien... Demasiados. Si penetraban en sus filas, se dispersarían entre su ejército y matarían a cientos de sus guerreros.

«Más vale que esto funcione», pensó Gameknight999 mientras las leves olas del miedo separaban las piezas del puzle en su cabeza.

Las flechas seguían volando alrededor para clavarse en brazos y pechos. Los gritos de pánico y dolor llenaban sus oídos.

Empezó a imaginar qué podía llegar a ocurrir si su plan

fracasaba, cuántas vidas inocentes se perderían por su culpa.

«No… ¡Concéntrate! ¡Concéntrate en el presente, no en lo que podría pasar!»

Entonces los últimos monstruos entraron en el embudo de árboles.

—¡AHORA! ¡Cerrad por detrás! —gritó Gameknight.

Los guerreros corrieron por las copas de los árboles y apilaron bloques de explosivos en la entrada del espacio flanqueado por los árboles. Gameknight vio caer a uno de los guerreros desde uno de ellos y aterrizar entre un grupo de zombis. Desapareció en un torbellino de garras de zombi para no volver. Los demás guerreros ignoraron a su compañero caído y dejaron caer los bloques a la entrada de la arboleda. Gameknight sacó su arco encantado y una flecha.

Apuntó al cielo y soltó el proyectil.

La flecha en llamas surcó el aire como un meteorito; todos los PNJ miraron la punta de fuego. Las llamas mágicas lamían la flecha en el curso de su parábola: el arco encantado había generado un proyectil letal. Algunos monstruos de las primeras filas se detuvieron a mirar el grácil arco que trazaba la flecha sobre sus cabezas. Era casi hermoso ver cómo las llamas mágicas azules danzaban alrededor de la punta serrada de la flecha.

Entonces, aterrizó entre la veintena de bloques de explosivos situados justo detrás de los monstruos.

Cuando los bloques empezaron a parpadear, Gameknight disparó más flechas en llamas a los bloques a rayas agrupados entre la hierba alta, delante del ejército atacante.

Los monstruos de las primeras filas se dieron cuenta enseguida de lo que ocurría e intentaron dar media vuelta, pero no pudieron. La turba de monstruos tras ellos seguía empujándolos hacia los letales bloques parpadeantes. Una expresión de terror recorrió las caras de los zombis putrefactos y los esqueletos huesudos. Pero las criaturas ya no podían evitar su destino.

Un trueno recorrió la tierra.

Los bloques de tierra volaron por los aires al estallar los explosivos. El estallido desencadenó una reacción en cadena que prendió el resto de los bloques. Las detonaciones activaron a los creepers, que añadieron sus explosiones al caos reinante. Los monstruos de la retaguardia intentaron correr hacia el frente y escapar de las detonaciones, pero entonces estallaraon los explosivos de delante. Se generaron bolas de fuego que hacían estragos en la horda de monstruos. Las reacciones en cadena mermaban ambos extremos del ejército enemigo, avanzando hacia el centro a medida que la onda expansiva de explosiones abría un gran tajo en la corteza de Minecraft.

Los huesos de los esqueletos y la pólvora llovían del cielo mientras las últimas explosiones encendían el paisaje. El suelo se llenó de pequeños slimes, al estallar sus padres, dividiéndose una y otra vez, hasta que solo quedaron slimes diminutos.

—¡Ahora, espadachines, al ataque! —gritó Gameknight mientras tendía el arco a la Tejedora para desenvainar su espada.

—¡POR MINECRAFT! —gritó.

El Usuario-no-usuario saltó al cráter que se había abierto entre las dos filas de árboles. Su cabeza era un torbellino de ira y sed de venganza. Había visto a mucha gente inocente morir aquel día, gente que debería estar cultivando la tierra o construyendo una casa y, en cambio, yacía moribunda por el campo de batalla. Gameknight se movía de forma automática, blandiendo su espada de diamante encantada en parábolas mortales. Rajó en dos a un zombi que había sobrevivido, mató a un esqueleto y partió por la mitad a una araña. Se giró, agachándose para esquivar una flecha, y corrió hacia un esqueleto que ya estaba sacando otra. Antes de que llegara, otro guerrero cayó sobre el monstruo y lo mató con una espada de hierro. En un instante, la criatura quedó reducida a una pila de huesos.

—¡Por Minecraft! —El grito de guerra sonaba ensordecedor a su espalda. La tierra tembló por la ferocidad del bramido.

Miró hacia atrás y vio al ejército entero al ataque. Un océano de caras iracundas cargaba hacia el frente, con la mirada fija en los monstruos supervivientes que se retorcían en el cráter. Pasaron junto a Gameknight como una marea imparable y cayeron sobre los monstruos con ímpetu irrefrenable. Aún había muchos en el campo de batalla, pero ahora los PNJ los superaban en número.

Entonces, empezaron a oírse gruñidos de hombrescerdo zombis por todas partes. Gameknight miró hacia arriba y vio una marabunta de criaturas medio vivas, medio muertas, que corrían dentro del cráter con las espadas doradas y afiladas como cuchillas en alto. A la cabeza estaba el comandante, el hombre-cerdo zombi alto que había visto antes. Su espada reluciente trazaba arcos enormes, atravesando las armaduras de hierro como si no existieran. Gameknight advirtió el resplandor morado que irradiaba la hoja; sabía que estaba encantada. Los arqueros disparaban flechas a la criatura y estas rebotaban en su armadura sin hacerle ningún daño, pues también desprendía un resplandor iridiscente.

El monstruo dorado hacía grandes estragos en su ejército, aniquilando a cualquiera que se le ponía por delante. Era una fuerza natural imparable.

«Tengo que hacer algo —pensó Gameknight mientras esquivaba una flecha—. El monstruo va a matar a muchísimos PNJ. ¿Qué hago… qué hago?»

Entonces apareció Peón. El enorme PNJ penetró en la horda de monstruos, atacando a un grupo de esqueletos con la espada mientras apartaba zombis de su camino a patadas. Fue directo hacia el monstruo con un grupo de PNJ tras él.

Gameknight vio que varias filas de arqueros salían del cráter para situarse detrás de los hombres-cerdo zombis que seguían a su líder, para así atacarlos desde atrás. ¡Tenían a la horda rodeada!

El enorme general hombre-cerdo zombi y Peón se encontraron frente a frente. Sus espadas chocaron entre sí con el sonido del trueno. Gameknight mató a los últimos rezagados que había por allí y se acercó lentamente a los contendientes gigantes. El general hombre-cerdo blandió su poderosa espada dorada hacia abajo, con la esperanza de alcanzar a Peón en la cabeza, pero el PNJ fue más rápido y se apartó a un lado justo a tiempo. En lugar de moverse despacio y con torpeza como el resto de zombis, aquel monstruo era muy rápido. Saltó, se giró y blandió la espada, que fue a parar al pecho de Peón.

El PNJ parpadeó con luz roja.

Gameknight advirtió que el zombi era un guerrero hábil que se movía con una agilidad inesperada. Tenía que llegar hasta ellos para ayudar a Peón, pero era como si tuviese los pies plantados en aquella tierra destrozada.

Peón retrocedió y se preparó para atacar de nuevo.

—¿Eso es todo lo que puedes hacer, hombre-cerdo zombi? —lo provocó Peón—. Hasta tus primos del mundo principal se las apañan mejor.

El monstruo gruñó con rabia y atacó mientras balanceaba con furia la espada reluciente. Peón bloqueó el ataque con su espada, hizo un giro y golpeó las piernas de su atacante. Consiguió infligirle daño y el zombi empezó a parpadear en color rojo. La criatura gimió y dio un salto hacia delante, con la espada en alto. La dejó caer en el hombro acorazado de Peón y el robusto PNJ parpadeó de nuevo.

Peón rodó por el suelo para alejarse, se giró y miró cara a cara a la criatura en descomposición.

—Creía que los hombres-cerdo zombis erais peligrosos

—le dijo al monstruo con una sonrisa—, pero creo que los slimes bebés del mundo principal pelean mejor que tú.

Peón se rio en la cara del general hombre-cerdo zombi, dio media vuelta y se dirigió a sus tropas, que estaban acabando con los últimos monstruos que quedaban en el campo de batalla.

—Uno más y habremos borrado a todos estos fracasos de esta tierra —gritó el PNJ con la espada en alto. Los soldados estallaron en vítores.

El hombre-cerdo zombi gimió de nuevo y cargó contra él. Peón se dio la vuelta y se apartó hacia un lado justo cuando la espada dorada caía sobre él; solo le rozó un brazo. Giró despacio y atacó, pero el monstruo esquivó su golpe con facilidad. El zombi le dio un espadazo y le alcanzó en el costado.

Volvió a parpadear en color rojo.

El hombre-cerdo zombi volvió a atacar; trazaba amplios arcos con la espada y golpeaba a Peón sin compasión.

Más parpadeos rojos…

La espada del zombi era un torbellino, se movía a una velocidad que parecía imposible. La hoja dorada caía sobre Peón una y otra vez, haciendo retroceder al PNJ. Algunos guerreros acudieron en su ayuda, pero Peón les ordenó que mantuviesen la posición.

—Esta es mi lucha —dijo Peón al ejército con una sonrisa—. Sentaos y disfrutad del espectáculo.

—Estás a punto de morir y todavía hablas como si fueses a ganar —dijo el hombre-cerdo zombi con un gruñido—. Puede que no salga de aquí con vida, pero pienso matarte antes de irme.

Peón miró el rostro putrefacto del zombi y le mantuvo la mirada fría y muerta. Sonrió.

—Tu muerte no tendrá importancia, será insignificante como lo sois todos los de tu raza —se burló Peón—. Ya habéis infectado este mundo el tiempo suficiente. El creador os expulsó del inframundo tras la Unión porque sois patéticos e inútiles. No eres digno de mi espada.

Y entonces Peón hizo algo inaudito: arrojó la espada de hierro al suelo.

El hombre-cerdo zombi lanzó un grito de rabia y corrió totalmente poseído por una furia enloquecida. Alzó la espada ante Peón, y justo entonces el PNJ sacó una espada de diamante encantada y bloqueó el ataque. Ahora era Peón el que se movía más deprisa de lo que cabía imaginar. Golpeaba a la criatura en descomposición con la reluciente espada de diamante, primero en el costado, luego en el peto, finalmente en las piernas. Le dio en el brazo de la espada y de nuevo en el costado.

La armadura dorada aguantó un poco más y desapareció. Debajo, aparecieron las costillas al aire en uno de los lados y la carne de un rosa saludable en el otro. Peón atacó y le golpeó en las costillas con una fiereza que sorprendió al monstruo. El hombre-cerdo zombi intentó retroceder, pero Peón atacó más rápido y la reluciente hoja de diamante se hundió en el monstruo una y otra vez hasta que el parpadeo rojo fue casi permanente.

La seguridad y el odio inconmensurable del zombi se habían convertido en miedo ahora que Peón lo despojaba de PS. Mientras el monstruo emitió un dolorido y penoso grito de rabia y desesperación, Peón le arrebató el último resquicio de salud. El general-cerdo zombi desapareció con un «pop».

La batalla había terminado.

CAPÍTULO 12

LAS CONSECUENCIAS DE LA GUERRA

Los guerreros estallaron en vítores y corearon el nombre de Peón. Gameknight corrió junto al enorme PNJ.

—¿Qué has hecho con ese monstruo? —preguntó Gameknight—. Parecía que jugases con él.

—Finge debilidad cuando seas fuerte, y fuerza cuando seas débil —citó Peón como si lo leyese en un libro sagrado—. Finge debilidad para inducir la arrogancia.

«Yo he oído eso antes... Estoy seguro —pensó Gameknight—. ¿Qué está pasando aquí?»

—Ese monstruo era hábil con la espada: un enemigo mortal —prosiguió Peón—. Si hubiese atacado y luchado como lo hago habitualmente, podía haberme vencido. En lugar de eso, lo provoqué y dejé que pensara que tenía las de ganar. Un enemigo que está seguro de su victoria comete errores. Y, al provocarlo, lo enfadé cada vez más. En cuanto empezó a actuar de forma emocional en lugar de racional, supe que era mío. Un adversario enfadado se pierde en la batalla y deja de pensar. A veces es necesario dejar que te hagan daño con tal de inducir al error a tu oponente.

—Es un juego peligroso —comentó Gameknight.

—La guerra es peligrosa —replicó Peón—. Además, sabía que si me hubiese visto realmente en apuros, el Usuario-no-usuario habría acudido en mi auxilio... ¿verdad?

—Sí… claro —contestó Gameknight apartando la mirada, con el sentimiento de culpa reflejado en el rostro.

Los guerreros acudían en masa al enorme cráter para palmear la espalda de Gameknight999 y de Peón.

—¡Ha sido glorioso! —gritó uno.

—La mejor batalla de la historia —dijo otro.

Más soldados lanzaban sus vítores mientras daban patadas a los huesos de los esqueletos y a los montones de pólvora.

De repente, la celebración se vio interrumpida por un terrible gemido de dolor. Empezó como un quejido leve, pero fue aumentando de volumen hasta que atravesó el paisaje como un martillo golpeando un cristal, haciendo añicos el júbilo de los soldados. Gameknight se dirigió al lugar de donde provenía y encontró a una anciana arrodillada en el suelo ante una pila de objetos que flotaban delante de ella… el inventario de alguien.

—Mi hijo… está muerto —se lamentó.

No sabía cómo se llamaba la mujer. Era uno más de todos los PNJ que habían acabado involucrados en aquel conflicto.

—Era mi único hijo… y ahora está… está muerto.

Su triste lamento hacía que se les saltaran las lágrimas a todos los que estaban cerca.

Gameknight salió corriendo del cráter y se acercó a la plañidera. Se arrodilló junto a ella, rodeó sus hombros temblorosos y la estrechó con fuerza. Y lloró con ella. No conocía a su hijo ni la conocía a ella, pero conocía su dolor y la abrazó con todas sus fuerzas hasta que las lágrimas de la mujer remitieron.

Se puso en pie y ayudó a levantarse a la anciana. Después miró al ejército. Muchos seguían dándose palmadas en la espalda, los supervivientes sonreían… Algo se quebró en el interior de Gameknight999.

—¡No hay nada positivo en todo esto… solo tristeza! —gritó Gameknight.

Se giró para mirar a la mujer. Estaba agachándose para recoger el inventario de su hijo. Se incorporó y miró a los ojos al Usuario-no-usuario, con las lágrimas surcándole las mejillas. Sin dejar de sollozar en señal de duelo, dio media vuelta y se alejó del campo de batalla.

—No hay gloria alguna en la batalla… es terrible —prosiguió Gameknight—. La guerra no engrandece a nadie… solo hiere a las personas. La violencia no es la solución, pues solo trae con ella dolor y pérdida. No hay nada que celebrar, deberíamos estar llorando a los amigos y familiares que hemos perdido hoy.

—Pero hemos ganado —gritó alguien.

—¡No! —Gameknight señaló a la mujer—. Hemos perdido.

A continuación levantó la mano en el aire con los dedos separados.

«No deberíamos sentirnos bien por destruir a otros, por muy enemigos nuestros que sean», pensó mientras veía cómo se levantaban más manos.

Se acordó de los abusones de su colegio, que se sentían bien al acosarlos a él y a otros, y de cómo se comportaba él mismo en Minecraft antes. Él también había sido un matón, había pagado su frustración con los más débiles… y se había sentido bien. Y eso estaba mal.

«¿Por qué no ayudé a los jugadores más jóvenes y débiles? ¿Por qué necesitaba hacer daño a los demás? Ayudarles me habría hecho sentirme mejor que hacerles daño.»

Lentamente, cerró la mano en un puño y apretó. Toda su frustración estaba condensada en aquel puño: la ira que le despertaban los monstruos, la pérdida por los muertos e incluso la culpa por haber sido uno de ellos… un griefer… el rey de los griefers.

«Me habría sentido mejor ayudando a los demás que siendo un vándalo.»

Bajó la mano poco a poco y recorrió con la mirada el

campo de batalla. Todos los ojos estaban fijos en el Usuario-no-usuario.

—Recolectad todo lo que encontréis —dijo Gameknight con voz tranquila. Se enjugó las lágrimas de las mejillas y se giró hacia los que seguían en el cráter—. Recoged todos los huesos de esqueleto y llevádselos al Pastor. Conseguid todas las flechas que podáis. Tenemos que irnos de aquí antes del próximo ataque.

—¿El próximo ataque? —preguntó el Constructor, que se había desplazado junto a su amigo.

—Sí, el próximo ataque. Eso no era más que una fracción ínfima del ejército al que nos enfrentamos. Tienen una horda gigantesca y nos superan con creces en número. Esto no era más que un azote que Erebus quería propinarnos... propinarme. Tendremos que enfrentarnos a algo cincuenta veces peor antes de que termine esta guerra. —Miró a Peón, que estaba en el fondo del cráter. El enorme PNJ seguía rodeado de guerreros, aún con la espada de diamante en la mano—. Tenemos que conseguir las llaves todo lo deprisa que podamos antes de que Malacoda y Erebus nos atrapen. Debemos ser rápidos y situarnos en una posición de fuerza.

—El que es experto en la guerra atrae al enemigo al campo de batalla, y no se deja llevar allí por el enemigo —citó Peón.

«Esa frase también la conozco —pensó Gameknight, mirando al PNJ con curiosidad—. Hay algo en él que no encaja.»

Pero antes de poder preguntarle nada, Peón empezó a bramar órdenes al ejército. Envió a los exploradores a vigilar los flancos y desplegó a las tropas. Cuando el ejército retomó su camino hacia la Rosa de Hierro, Gameknight creyó divisar una figura oscura en lo alto de una colina baja. Parecía un PNJ, de estatura baja pero con el pelo negro azabache, algo poco habitual. Y los ojos... los ojos le brillaban de puro odio. Empezó a temblar mientras el miedo le recorría la espina dorsal.

CAPÍTULO 13

LOS CONSTRUCTORES DE SOMBRAS

El ejército de monstruos de Malacoda se dirigía a toda velocidad a la montaña escarpada. Sus ojos fríos y oscuros miraban el pico retorcido que se alzaba sobre ellos mientras se acercaban. Todos los monstruos percibían el peligro de aquel lugar y sentían la necesidad de huir, pero sabían que si lo hacían la consecuencia sería la muerte, así que continuaron y avanzaron junto a sus líderes, Malacoda y Erebus, que iban al frente.

—No me gusta esto —dijo Malacoda con una voz extrañamente suave.

Erebus emitió un gruñido en señal de asentimiento. El enderman estaba dispuesto a teletransportarse lejos de allí en caso de que ocurriese algo inesperado.

—Envíe a los blazes por delante —dijo Erebus con su voz aguda y chirriante—, y a los esqueletos wither a los flancos.

—Sí, buena idea —dijo Malacoda.

El rey del inframundo se dirigió al esqueleto wither general.

—Haz lo que acabas de oír —dijo el ghast.

El esqueleto wither, a lomos de la araña gigante, salió corriendo y dispersó a los demás.

Erebus miró a sus withers, los tres torsos con cabeza de

huesos que flotaban en las inmediaciones. Las criaturas malignas no tenían piernas, solo una protuberancia donde terminaba la columna que planeaba sobre el suelo. Los huesos de las costillas, oscuros y curvos, ceñían sus cuerpos sombríos y se conectaban con la columna vertebral. Las tres cabezas de color ceniza giraban sobre los hombros anchos y huesudos; miraban en todas direcciones a la vez. Cuando divisaban un enemigo, disparaban una ráfaga de calaveras venenosas en llamas al blanco. La explosión resultante dispersaba el veneno letal, que alcanzaba a cualquiera que estuviese cerca. Eran luchadores poderosos y hacían las veces de generales para Erebus.

Haciendo señas silenciosas con los dedos oscuros, ordenó a los generales wither que se dispersaran y estuvieran alerta por si veían algo inusual. Las criaturas de pesadilla se alejaron flotando, sus cuerpos incompletos y ennegrecidos desaparecieron entre los árboles.

A medida que se acercaban al pie de la montaña, Erebus empezó a advertir que los árboles tenían cada vez menos hojas. Parecía que algo hubiese podado las ramas, los árboles tenían un aspecto enfermizo e inerte, era como si lo cubriesen todo con un telón plomizo.

Erebus se encogió… «¿Qué ha pasado aquí?».

Pronto, el enderman alcanzó a ver la base de la montaña. El terreno que la rodeaba carecía de flora alguna y la tierra era yerma e inerte. Erebus vio que sus enderman formaban un círculo al pie de la montaña; sus ojos morados brillaban con furia. Cuando vieron a su rey, se enderezaron todo lo altos que eran, cada uno con su órbita de partículas moradas alrededor. Erebus se teletransportó hasta el círculo protector. Se giró para observar el claro y acto seguido miró la montaña que se alzaba ante él. Divisó una abertura oscura y enorme excavada al pie de la misma, con un saliente escarpado que la protegía.

—Todo está en orden, Majestad —dijo uno de los enderman.

Erebus se volvió hacia él y asintió con la cabeza.

—Muy bien —contestó el rey de los enderman—. ¿Dónde están?

—Han entrado por ese túnel. Nos han dado un mensaje para ti y para Malacoda.

—¿Qué?

—Nos pidieron que os lo transmitiésemos a ambos a la vez.

Erebus buscó con la mirada al idiota de Malacoda, que flotaba entre las copas de los árboles, ya cerca del claro.

—Decídmelo inmediatamente —ordenó Erebus.

—Pero nos dijeron…

—¡Ahora!

El enderman hizo una reverencia y transmitió el mensaje.

—Debéis acceder por esa entrada y encontraros con ellos dentro de los túneles. Dijo que continuéis hasta que encontréis lava, y que entonces él se reuniría con vosotros.

Erebus asintió y se teletransportó junto a Malacoda. Al materializarse al lado del enorme ghast flotante, divisó una corriente de agua que surgía de una grieta en la ladera de la montaña. La columna de agua caía desde una altura de al menos veinte bloques y desembocaba en un amplio estanque. Tenía que recordarlo para evitarla llegado el momento: el agua es letal para los enderman.

Con cautela, se acercaron a la entrada del túnel y se detuvieron ante la enorme abertura. Aunque los enderman habían asegurado la zona, todavía podía percibirse el peligro. Erebus miró la abertura, que tenía el aspecto de las fauces abiertas de una bestia gigante preparada para devorar a su imprudente víctima. Malacoda desplegó sus fuerzas en círculo para evitar cualquier ataque sorpresa del Usuario-no-usuario. Reunió a sus fuerzas, apostó a los esqueletos-zombi en el perímetro exterior y formó un círculo de blazes alrededor de la entrada al túnel. A continuación, desplegó a sus ghasts en el aire para que pudiesen vigilar por si aparecía un ejército enemigo a lo lejos. Una vez se hubo cerciorado de que su posición era segura, se volvió hacia Erebus.

—El constructor de sombra dijo que entrásemos en el túnel —explicó Erebus.

Malacoda planeó hasta el suelo con susceptibilidad.

—Apuesta a tus monstruos del mundo principal aquí —ordenó Malacoda—. Entraremos en la cueva con mis withers y un escuadrón de blazes.

—¿Y la prisionera? —dijo Erebus, señalando a la Cazadora.

—La dejaremos aquí. Mis ghasts le harán compañía. —Se giró hacia el ghast que la rodeaba con sus tentáculos húmedos—. Manténla a salvo hasta mi regreso.

—Como ordene —contestó el ghast mientras se elevaba en el aire, con la Cazadora bien sujeta.

—Vamos, entremos en la cueva de nuestros amigos —dijo Malacoda con aprensión—. Enderman, tú irás delante.

Erebus gruñó y entró en la cueva, preparado para teletransportarse si era necesario. Oía a Malacoda detrás de él, arrastrando sus largos tentáculos por el suelo como serpientes. Miró por encima del hombro y observó al rey del inframundo. Parecía nervioso. Los ghasts se ponen nerviosos en los espacios cerrados; su defensa principal, la capacidad de volar, quedaba anulada en aquel túnel angosto.

Erebus soltó una risita irónica.

—¿Qué es tan gracioso, enderman? —le espetó Malacoda.

—Eh… nada… señor —respondió.

El túnel pronto se inclinó cuesta abajo, sumergiéndolos en las profundidades rocosas. Al principio, Erebus notó que descendía la temperatura, pero a medida que se adentraban en el pasadizo comenzó a aumentar; estaban acercándose a la lava. El rey de los enderman se sentía como en casa. Las cámaras subterráneas llenas de humo y lava del mundo principal eran sus dominios, y los conocía mejor que cualquier otra criatura. Pero en cuanto el túnel se niveló, llegaron a una cámara enorme, la más grande que Erebus había visto, con antorchas que iluminaban la entrada.

Lo que vieron les sorprendió. Había aldeanos —o al menos eso parecían— por todas partes: en las grietas, en los estanques de lava, colgando del techo… por todas partes. Aparentemente estaban construyendo cosas, cada uno algo distinto, pero no tenían mesas de trabajo.

Erebus observó a los curiosos aldeanos mientras entraba en la cámara. No sentía el odio que le despertaban habitualmente los PNJ ni ganas de matarlos. Aquellas criaturas eran diferentes… no eran enemigos, sino todo lo contrario. No tenía lógica. Justo cuando iba a preguntarle a Malacoda, uno de los extraños aldeanos se acercó a ellos.

—Por fin habéis llegado —dijo el PNJ de cabello oscuro.

Erebus miró atentamente al recién llegado. Tenía la nariz prominente y el entrecejo largo, como los demás, pero había algo que lo distinguía de todos los aldeanos que Erebus había destruido. Eran los ojos… brillaban ligeramente, como si estuviesen encendidos por dentro.

—¿Tú eres el que me habló en el Reino de los Sueños? —preguntó Malacoda.

El aldeano asintió y se situó a la luz de la antorcha. Su cara tenía un tono verde pálido que le daba un aspecto enfermizo, al igual que sus brazos. Se adentró aún más en el círculo de luz, y Erebus pensó que la criatura casi parecía un zombi, excepto por la carne en descomposición y los brazos largos extendidos hacia delante. Entonces se fijó en la túnica, negra y con una franja gris vertical que recorría toda la parte delantera. ¡Era un constructor! Miró a su alrededor y advirtió que todos los PNJ iban vestidos iguales… Eran todos constructores. Pero no, no eran solo constructores… había algo más.

—Sí, me enviaron a por vosotros al Reino de los Sueños

MARK CHEVERTON

—contestó el PNJ con voz quejumbrosa—. Me llamo Zombirento. Trabajo con los zombis.

—¿Cómo? —preguntó Malacoda.

—Somos los constructores de sombra de Minecraft —explicó Zombirento—. Nos encargamos de las actualizaciones y mejoras de los objetos y criaturas que viven en las sombras. Mi especialidad son los zombis. Este —señaló a un constructor de sombra que estaba trabajando en un creeper— es Creeperento. —El constructor de sombra tenía la piel moteada como un creeper, y la cara y los brazos de un tono verdoso—. Ahí arriba está Murcielaguento. Abajo, Lavarento. Todos trabajamos para hacer a las criaturas de las sombras más fuertes y letales. Nos esforzamos mucho para inclinar la balanza de Minecraft a nuestro favor.

—¿Por qué? —preguntó Erebus.

—Eh... ¿cómo? —dijo Zombirento con un gemido.

—¿Por qué queréis inclinar la balanza de Minecraft a favor de las criaturas de la noche?

Zombirento lo miró confundido, se dio la vuelta y miró a un constructor de sombra que los observaba desde una galería excavada en el muro de la caverna. Erebus, cuyos ojos estaban acostumbrados a la oscuridad de las cavernas subterráneas, localizó enseguida al constructor de sombra. No era difícil: sus ojos refulgían como brasas blancas, como faros pequeños y malignos. Era lo que más brillaba dentro de la caverna, más que la lava y las antorchas. Erebus notó que aquella criatura tenía un aura de liderazgo; era quien estaba al mando. Zombirento dirigió una mirada nerviosa al vigilante y se giró de nuevo hacia Erebus.

—Es nuestro deber y lo hacemos porque estamos programados para ello —contestó Zombirento, con la cara perlada de gotas de sudor—. Y ahora estamos programados para ayudaros en vuestra misión. Os ayudaremos a destruir la Fuente.

—Eso es lo que quería oír —dijo Malacoda mientras se acercaba flotando a Zombirento.

Erebus volvió a mirar hacia la galería oscura y vio que el constructor de sombra de los ojos brillantes había desaparecido.

«Esa criatura de ojos en llamas era peligrosa, muy peligrosa», pensó.

Erebus volvió a mirar a Zombirento y vio que el constructor de sombra se detenía como si escuchase algo a lo lejos, y después se adentraba más en el círculo de luz proyectado por la antorcha.

—Os indicaré el camino hasta la Fuente —dijo el constructor de sombra—, pero antes tenemos que encontrar la primera llave.

—¿La primera llave? —preguntó Malacoda, sin dejar de mirar alrededor con los ojos rojo sangre, escudriñando las sombras.

—Sí —contestó Zombirento, cuya voz quejumbrosa hacía eco en la cámara—, la primera llave de la Fuente… la Rosa de Hierro. Allí da comienzo vuestro camino. Después necesitaréis la segunda llave y por fin podréis ir a la Fuente.

—¿Dónde está la segunda llave? —preguntó Erebus.

—Nadie lo sabe —contestó Zombirento—. La primera llave os llevará a la segunda, y después a la Fuente. Pero no hay tiempo que perder. Vamos, seguidme.

Zombirento pasó junto a Malacoda y toda la guardia wither y se dirigió al túnel para salir a la superficie de nuevo. Erebus elevó la mirada hacia Malacoda y se estremeció. Dio media vuelta y siguió al constructor de sombra por el pasadizo, sin esperar al rey del inframundo.

En pocos minutos, Zombirento llegó hasta la entrada del túnel y salió de las entrañas de la montaña, seguido de cerca por un grupo de esqueletos wither y el rey del inframundo.

—La Rosa de Hierro está en aquella dirección —dijo Zombirento, apuntando al norte—. Venid.

Cuando Erebus hubo dado dos pasos fuera del túnel, empezó a llover. En cuanto las gotas tocaron el rostro de Erebus, su carne empezó a chisporrotear y unos hilillos de humo brotaron de la herida abierta.

«Agua… Odio el agua», pensó Erebus mientras las gotas le quemaban la piel.

Formó una nube de partículas moradas a su alrededor, desapareció y volvió a aparecer dentro del túnel rocoso, con la piel aún ardiendo por la humedad. Malacoda salió lentamente del túnel y flotó en el aire dejando que la lluvia rebotara inocua sobre su piel moteada de color blanco hueso. El rey del inframundo se volvió para mirar al enderman y esbozó una sonrisa escalofriante, seguida de una risotada parecida a un maullido que resonó por todo el bosque.

—¿Qué pasa, enderman, no te gusta la lluvia? —se burló Malacoda.

Erebus no dijo nada, solo le devolvió la mirada al ghast.

Zombirento se abrió paso entre los monstruos y salió bajo la lluvia. El constructor de sombra observó las gotas con el ceño fruncido.

—Lluvia —protestó—. ¡No soporto la lluvia!

A medida que aumentaba el enojo del constructor de sombra, su cara adquiría un tono verde enfermizo cada vez más intenso.

—Te odio, Lluvierente —gritó Zombirento, y emprendió el camino al norte.

—General —dijo Malacoda al comandante esqueleto wither.

El esqueleto oscuro condujo su araña hasta el ghast y alzó la mirada a sus ojos rojos.

—Llévate a una fracción del ejército y conseguid la Rosa de Hierro. —Se giró y le dedicó a Erebus una sonrisa irónica—. Dejaremos que nuestros hermanos del mundo principal lideren el ataque con algunos blazes y hombres-cerdo zombis para asegurarnos de que no pierdan la determinación.

El rey del inframundo observó a su ejército mientras las gotas de lluvia rebotaban tranquilamente en su cabeza. Todos los enderman estaban apiñados a la entrada del túnel. Malacoda profirió una risotada que sonó como un trueno.

—¡Vamos, hermano! Tráeme la Rosa de Hierro y destruye al Usuario-no-usuario. ¡Venga, vete!

El esqueleto wither siguió al constructor de sombra. Su araña se apresuró para alcanzarlo. Todos los monstruos del mundo principal siguieron al jinete arácnido, con los ojos desbordantes de ira y odio, en busca de algo que destruir.

Malacoda descendió lentamente hasta el suelo y se puso frente a su prisionera, la Cazadora.

—Tú, querida, vas a quedarte conmigo un rato.

El ghast agitó uno de sus tentáculos en dirección a un constructor de sombra que acababa de salir del túnel.

—Tengo un regalito para ti, algo muy especial.

—No me das miedo, ghast —masculló la Cazadora.

—Ya, claro. —Se volvió hacia el constructor de sombra—. Hierrento, tráelo.

El constructor de sombra avanzó y sacó una estructura enorme de su inventario. Era una jaula con barrotes de hierro, con la parte de arriba abierta.

—Métela dentro —ordenó Malacoda.

El ghast que la tenía sujeta en el aire flotó hasta situarse sobre la jaula y, de repente, la soltó. Cayó dentro de la jaula, parpadeando en color rojo por culpa del aterrizaje forzado. Antes de que pudiera escabullirse, Hierrento selló la jaula con otra fila de barrotes de hierro, encerrándola dentro. La Cazadora se agarró a los barrotes y los agitó con violencia, como si pensara que podía romperlos.

Malacoda se rio al ver cómo el pánico se apoderaba de ella.

—Disfruta de tu nuevo hogar, PNJ —dijo Malacoda—. Vas a pasar bastante tiempo ahí.

El rey del inframundo miró a su prisionera y luego a Erebus, con una sonrisa confiada y maléfica en su rostro de bebé.

«¿Sospechará de mí?», se preguntó Erebus, apartando la mirada.

La lluvia cesó y los enderman pudieron salir del túnel en el que se resguardaban. Malacoda volvió a reírse.

—Vamos, enderman, id con vuestros hermanos y no volváis si no es victoriosos —ordenó Malacoda.

Las criaturas oscuras miraban al ghast y a Erebus sin saber muy bien qué hacer. El enderman rojo sangre asintió con la cabeza para indicarles que obedecieran. Una bruma morada de partículas envolvió a cada uno de ellos a medida que desaparecían y se teletransportaban junto a la horda de monstruos.

—¿Y bien? —dijo Malacoda a Erebus—. Haz lo que te ordena tu rey.

Erebus frunció el ceño.

«Haré lo que dices… por ahora —pensó Erebus—. Pero muy pronto tu reinado habrá llegado a su fin y será el turno del rey de los enderman.»

Haciendo uso de sus poderes de teletransporte, Erebus desapareció acompañado por la risa atronadora de Malacoda.

CAPÍTULO 14

LA PRISIÓN DEL PASTOR

El campamento PNJ estaba en silencio, resguardado entre los árboles altos del bioma bosque de abedules en la colina. Llevaban dos días siguiendo el río bordeando el bioma desierto, día y noche, y los soldados estaban cansados. Gameknight había sugerido que se detuviesen aquella noche para dormir y estar descansados al día siguiente, cuando alcanzarían la primera llave. Maderente había mencionado el Puente a Ninguna Parte, pero nadie había entendido a qué se refería.

—¿Qué sentido tiene construir un puente a ninguna parte? —le había preguntado la Tejedora al constructor de luz—. Solo sirve para malgastar esfuerzos y recursos.

—Así se llama el puente —había contestado Maderente con sus palabras rápidas y entrecortadas. Su voz recordaba a un redoble rápido y corto de tambor—. Ahora lleva a un lugar... a la Rosa de Hierro. Pero ese es el nombre que le pusimos.

Todos estaban impacientes por llegar hasta la primera llave, pero también estaban asustados. Maderente les había advertido de que la Rosa de Hierro estaba guardada por centinelas y que no los dejarían pasar así como así. Tendrían que enfrentarse a peligros... y eso preocupaba a Gameknight999.

Con un escalofrío, el Usuario-no-usuario empujó los malos pensamientos mientras paseaba por el campamento. Los altos abedules les proporcionaban un buen refugio, era difícil descubrir al ejército. Recorrió el bosque con la mirada, maravillado ante la belleza majestuosa de aquel bioma. Los abedules tenían al menos doce bloques de altura, y la corteza clara moteada subía hacia lo alto para encontrarse con las hojas verde oscuro. Por alguna razón, la altura de los árboles le hacía sentirse seguro, como si aquellos gigantes de madera pudieran protegerlo en caso de que les atacase una horda de monstruos… Era poco probable, pero aun así se sentía reconfortado entre los majestuosos gigantes.

El bosque se extendía hasta donde alcanzaba la vista; se distinguían colinas inclinadas y valles estrechos a lo lejos. Era un paisaje espectacular, habría sido divertido explorarlo de no ser por la amenaza de que los atacaran los monstruos. La noche aún pertenecía a los monstruos, incluso en aquel pacífico paraje. Miró hacia arriba y divisó a algunos PNJ que montaban guardia en las copas de los árboles, vigilantes, en busca de enemigos. Les había costado un poco subir hasta allí. Los albañiles habían tenido que colocar bloques de madera alrededor del tronco de un árbol para formar una escalera de caracol que llevase hasta la copa. Una vez arriba, les resultó sencillo saltar de un árbol a otro para apostar vigilantes por todo el bosque.

Mientras se paseaba por el campamento, escuchó los ronquidos de los hombres y mujeres que dormían. Muchos de los soldados estaban tan cansados que no se habían quitado siquiera la armadura y yacían en el suelo en sus crisálidas de hierro, exhaustos.

Justo cuando se encaminaba hacia el río, Gameknight oyó un crujido; parecía gente que corría por el bosque. Podía oír las hojas y las ramas rompiéndose bajo los pies calzados con botas.

«¿Será un ataque? —pensó—. No, suena como gente corriendo, y los zombis y los esqueletos no pueden correr. Deben de ser soldados.»

Gameknight caminó con cautela hacia el sonido. Su espada de diamante encantada emitía un resplandor azul iridiscente que se reflejaba en la corteza clara de los árboles. A medida que se acercaba, acertó a escuchar a alguien sollozando… no, llorando. Entonces se oyó el sonido de la madera contra la piedra. Se dirigió hacia este nuevo sonido y adivinó que se trataba de una herramienta de madera que se astillaba… En ese momento un chasquido recorrió el bosque cuando la herramienta exhaló su último estertor contra un obstáculo rocoso.

El aire se llenó del sonido de unos puños golpeando la piedra. Alguien estaba intentando romper un bloque de piedra con las manos.

«¿Será alguien que está en peligro?»

Gameknight aceleró el paso y se desplazó en silencio por el bosque en dirección al ruido sordo. De repente, oyó pasos a su izquierda y detrás de él. Apoyó la espalda contra la corteza blanca moteada de un árbol, se agachó y escudriñó el bosque.

«¿Será una trampa? ¿Hay más criaturas aquí?»

El miedo empezó a invadir su mente mientras escrutaba el bosque en busca de las sombras huidizas que según su oído tenía que haber allí. Una sombra oscura revoloteó alrededor del tronco de un árbol. Vio que tenía algo en la mano, pero no estaba seguro de qué era… ¿Un arma? Después vio otra silueta, más alta que la otra, que cruzó por delante de un arbusto. Los estrechos rayos de luna que atravesaban el follaje no alumbraban lo suficiente para distinguir a la criatura.

«¿Qué ocurre? ¿Es Erebus?»

Y de pronto, una voz rompió el silencio del bosque:

—Socorro.

Al principio era un grito suave y débil, casi con miedo a

ser escuchado, pero luego aumentó de volumen... y se hizo más triste.

—¡SOCORRO!

Era el Pastor.

De repente, Gameknight oyó varios pares de pies a su espalda. Miró tras él y vio a varias figuras blancas y peludas que atravesaban el bosque como diminutos misiles de nieve. Esquivaban los árboles a una velocidad increíble, dirigiéndose como flechas hacia el Pastor. Gameknight se percató al instante de qué eran: lobos. Los lobos del Pastor. Gameknight se lanzó en pos de los veloces animales y corrió hacia los sollozos.

Unos veinte pasos más adelante, se adentró en un pequeño claro. Una estructura de roca de tres bloques de altura se alzaba en mitad del claro, rodeada de un círculo de lobos con collares rojos que enseñaban los dientes. Peón, el Constructor y tres soldados más estaban de pie ante el anillo protector formado por los animales, con las armas en posición de ataque. Desde dentro de la estructura de piedra emergían los gritos del Pastor. Cuando Gameknight llegó al claro, todas las miradas se clavaron en él.

—Pastor, soy Gameknight. Estoy aquí, todo va bien.

Los gritos de socorro se interrumpieron, pero los gruñidos de los lobos inundaron el aire.

—¿Cómo llegamos hasta él? —preguntó el Constructor—. Los lobos no nos dejan acercarnos.

Peón dio un paso adelante y lo recibieron con más gruñidos.

Entonces oyeron más pasos detrás de ellos. Eran más soldados que acudían en su ayuda... o simplemente a mirar. Gameknight oyó algunas risitas cuando entraron en el claro.

La Tejedora apareció a su lado.

—¿Qué ha pasado? —preguntó.

—No estoy seguro —contestó Gameknight—. No podemos acercarnos lo suficiente para sacarlo.

—Déjame intentarlo a mí.

La Tejedora dejó el arco y avanzó lentamente. Los lobos la recibieron con un montón de gruñidos que la hicieron retroceder.

—¡Matad a los perros! —gritó alguien al fondo.

—Sí... Matadlos, eso enseñará al chico cerdo a no meterse en líos.

Gameknight los ignoró y envainó la espada. Extendió la mano que había lamido el lobo en el Reino de los Sueños y avanzó muy despacio. A él también lo recibieron con gruñidos enfurecidos.

—Gameknight... vuelve aquí —dijo el Constructor—. Es demasiado peligroso. Esos lobos podrían matarte.

Gameknight ignoró a su amigo y siguió avanzando. Oía cómo los soldados sacaban los arcos de sus inventarios. Las estructuras de madera crujían al colocar las flechas y tensar las cuerdas. Alzó la mano izquierda en el aire con la esperanza de conseguir que nadie disparase y siguió avanzando, con la mano derecha extendida.

Anduvo varios pasos y miró a los ojos rojos del lobo que tenía más cerca. No era el líder de la manada, pero era grande. Si le atacaba, no tendría tiempo de sacar la espada... estaría indefenso. Miró fijamente a los ojos al lobo y se acercó un poco más.

—No pasa nada, nadie va a hacerte daño —dijo Gameknight con voz calmada. —El lobo gruñó—. Soy tu amigo.

Dejó escapar otro gruñido de enfado, con las orejas bajas.

Gameknight avanzó un poco más y acercó la mano al lobo. El animal cerró las fauces y gruñó a la mano que se le acercaba. Pero entonces olisqueó. Movió el hocico, haciendo uso de su olfato extremadamente sensible, y olió el aire alrededor de la mano de Gameknight. A continuación avanzó y olisqueó el dorso de su mano. Se quedó quieto, inmóvil a causa de la indecisión, durante un momento que a Gameknight se le hizo eterno, y de repente enderezó las orejas y lamió la mano del Usuario-no-usuario. Los ojos viraron del rojo al amarillo habitual de los lobos. Los demás animales, al verlo, fueron hasta donde estaba Gameknight y le olieron la mano; todos le dieron lametones cariñosos. Gameknight giró la cabeza y vio cómo los guerreros bajaban los arcos y envainaban las espadas.

—Deprisa, sacad al Pastor —ordenó Gameknight mientras le acariciaba la cabeza al líder de la manada.

Tres guerreros avanzaron con picos de hierro. En cuestión de segundos picaron la roca y el Pastor, avergonzado, estuvo libre.

—¿Qué ha pasado? —preguntó Peón, adoptando un gesto serio. Bajó la voz—. Estamos intentando escondernos de los monstruos de estos parajes. No puede haber gente gritando socorro. ¿Por qué te encerraste aquí?

—Bueno.... Eh... Yo-yo-yo no... Yo no... Eh...

—Pastor, ¿te encerró alguien aquí? —preguntó el Constructor.

El chico tartamudo y desgarbado asintió con la cabeza, avergonzado.

—¿Quién ha sido? ¡¿Quién ha sido?! —preguntó Peón.

El Constructor se acercó a Peón y le puso una mano tranquilizadora en el hombro. Después se dirigió al Pastor.

—¿Quieres contarnos qué ha pasado?

El Pastor miró a los guerreros del claro y luego a Gameknight999. Aún tenía las mejillas húmedas por las lágrimas y los ojos enrojecidos e hinchados. Gameknight dio un paso adelante, le puso la mano en el hombro al muchacho y asintió con la cabeza. El Pastor miró a su ídolo y respiró profundamente antes de hablar.

—Vale, va-vale... Pues resulta que unos guerre... guerreros dijeron que po-podía ser u-uno de ellos... un... un guerrero. Pero que... que podía te-tener una espada de... de madera. Dejé todas mis herra... herramientas y co-cogí la espada, pero luego me pusieron los blo-bloques alrededor —explicó el Pastor con la mirada fija en una vaca que pastaba en el claro.

—¿Quién ha sido? —bramó Peón.

—Ha… ha sido po-por mi culpa —dijo el muchacho—. Mi pa-padre tenía… razón. Por mi culpa.

—¿De qué habla? —dijo uno de los guerreros.

—Creo que está mal de la cabeza —dijo otro.

Gameknight oyó que la Tejedora gruñía como un lobo y se giraba para lanzar una mirada furibunda a los guerreros.

Alguien se rio.

—No tenemos tiempo para esto —dijo una voz granulosa detrás de Gameknight.

Miró por encima del hombro y se encontró con Maderente, que observaba la situación con impaciencia.

—Ha sido cu-culpa mía… Tenía que… que haberme quedado co-con los animales… Mi-mi padre tenía razón… —tartamudeó el Pastor mientras se adelantaba para abrazar al lobo más grande, el líder de la manada. Se arrodilló y le dio unas palmadas en el costado. Después se volvió hacia Gameknight999—. Mi si-sitio está con… con los animales… Es mi-mi culpa porque soy di-diferente.

—¡No! —saltó la Tejedora—. Todos somos diferentes. Eso es lo que hace especial a una comunidad. Cada uno tenemos un don distinto que nos sirve a todos. El mío es mi destreza con el arco. El de Peón es el liderazgo. Tu don es… eh…

—Lo que está tratando de decir —la interrumpió el Constructor— es que todos somos especiales y todos somos diferentes. Así es como tiene que ser. —Levantó la voz para que lo escucharan todos los que estaban en el claro—. Y los responsables de esta terrible broma debéis entender que hacéis daño a la comunidad con vuestros actos. Si todos nos ayudamos y nos aceptamos, haremos grandes cosas juntos. Pero si seguís haciendo estas cosas, al final os quedaréis solos y nadie confiará en vosotros.

Alguien se rio.

Gameknight se giró hacia el sonido y vio a Astillero, que miraba al Pastor con una sonrisa malintencionada en la cara cuadrada. De forma instintiva, dio un paso atrás para alejarse del matón; le recordó a los abusones de su colegio y solo quiso desaparecer. Pero entonces advirtió a la Tejedora a su lado, arco en mano. Podía sentir su enfado al mirar a Astillero con ojos sedientos de venganza. Su ira y su fuerza hicieron a Gameknight sentirse como un cobarde.

«Tengo miedo de estos matones y ni siquiera me están haciendo algo a mí —pensó Gameknight—. Pero mira a la Tejedora. No tiene miedo a nada... como la Cazadora.»

Deseó tener aunque fuera una pequeña parte de su coraje. Pero entonces, en un momento, todo encajó.

—Pastor, solo tienes que ser tú mismo y dejar de intentar ser alguien que no eres —dijo Gameknight con suavidad, mirando al chico a los ojos—. No cambies por estos idiotas... Son demasiado cortos de miras para apreciarte por ser quien eres. —Avanzó hacia el muchacho y le puso una mano en el hombro—. Cree en ti y acepta que eres el mejor pastor que existe. ¡No te infravalores por lo que te digan los demás!

El Pastor asintió con la cabeza.

—Resolveremos esto más tarde —bramó Peón, que vigilaba a todos los presentes en el claro con sus ojos verdes furiosos—. Ahora vamos a levantar el campamento y continuaremos hasta el Puente a Ninguna Parte. Vamos, todo el mundo a recoger... En marcha.

Al oír sus palabras, los soldados se pusieron en movimiento. Las burlas y los insultos quedaron al margen y los soldados se pusieron manos a la obra.

Gameknight estiró el brazo y le revolvió el pelo al Pastor. Se acercó más a él.

—Ve a cuidar de tus animales, Pastor. Nadie los cuida tan bien como tú.

El muchacho se enjugó las lágrimas de las mejillas, miró a su ídolo y esbozó una sonrisa débil.

—¿De verdad?

El Usuario-no-usuario asintió y le dio una palmada en el hombro al muchacho larguirucho.

—Venga, iré a verte pronto —dijo Gameknight. Después se dirigió a la Tejedora, que estaba delante de él.

—Tienes que conseguir que dejen de acosarlo —dijo ella en tono acusatorio.

—¿Qué puedo hacer yo? —preguntó Gameknight.

—¡Diles algo! Al menos que no sufra solo. Puedes darle una esperanza, igual que haces con los guerreros en la batalla. —Frunció el ceño como si tratara de acotar su enfado—. Intenta estar ahí para él, es lo único que te pido.

Dicho esto, dio media vuelta y se dirigió hacia el campamento para recoger sus cosas.

Gameknight999 suspiró mientras la veía alejarse y fue a por su caballo. Sabía que tenía razón, pero ver cómo acosaban al Pastor le traía recuerdos dolorosos del colegio. Quería ser valiente y ayudarle, pero solo pensar en los abusones de la vida real le daba ganas de esconderse y volverse invisible. No estaba seguro de cómo enfrentarse a ellos. Suspiró y se subió al caballo. Una vez que lo tuvieron todo listo, volvieron al río que serpenteaba rodeando el bioma desierto.

Mientras atravesaban las dunas arenosas, Gameknight vio aparecer una estructura en el horizonte. Era una construcción de piedra curva que se alzaba en el cielo y desaparecía entre las nubes cuadradas; parecía no llevar a ninguna parte... y allí era justo donde tenían que ir. Gameknight observó la enorme estructura y le recorrió un escalofrío. ¿Qué peligro les esperaría al otro lado del Puente a Ninguna Parte?

CAPÍTULO 15

EL PUENTE A NINGUNA PARTE

E l ejército avanzó por la arena ardiente del desierto rumbo al Puente a Ninguna Parte. El puente se elevaba hacia el cielo, se curvaba en un grácil arco y penetraba en las nubes hasta que se perdía de vista. Era la estructura más grande que Gameknight había visto... bueno, exceptuando la terrible fortaleza de Malacoda en el inframundo. Tenía al menos veinte bloques de ancho en la base, si no más, y unos escalones decorados que bajaban hasta el nivel del desierto. Se curvaba hacia arriba y se extendía sobre el agua ondulante del río que discurría por el bioma desierto. Unas columnas enormes de ladrillo de piedra salían de los lados del puente y sostenían el tejadillo elevado y curvo. Los pilares estaban decorados con bloques de lapislázuli y esmeralda; el azul y el verde lucían brillantes. En el tejado, Gameknight alcanzó a ver bloques de piedra roja, pero su color, intensificado por el sol manchado, les daba una apariencia sombría y amenazante, como si fuesen de sangre.

Gameknight se estremeció.

Saltó del caballo y subió despacio los escalones que llevaban hasta el puente, bastante inquieto. En el punto en el que los escalones llegaban hasta la curva del puente, en la primera columna de ladrillo, había un cartel de madera. Era un marco con la imagen de una flor: una rosa. Pero la rosa no era del color rojo intenso habitual. De hecho, apenas tenía color alguno; era como si el verde y el rojo se hubiesen diluido con el paso del tiempo. Gameknight se acercó más al marco y advirtió que los pétalos de la rosa tenían un brillo particular, como si fuesen metálicos.

«La Rosa de Hierro; ¡la encontramos!»

Gameknight frotó la Rosa con la mano para tratar de tocar la flor de metal. Pero en lugar de tocar los pétalos metálicos, su mano atravesó la imagen y solo agarró aire.

—¿No puedes cogerla? —preguntó un PNJ tras él.

Gameknight999 estiró el brazo otra vez y volvió a ocurrir lo mismo. Atravesó la flor con la mano como si estuviese hecha de aire.

—No —respondió Gameknight, alejándose del cartel.

Otro PNJ subió y lo intentó. Le pasó lo mismo; los dedos cuadrados solo encontraron aire.

—¿Qué significa esto? —preguntó alguien.

—Es solo un cartel —dijo el Constructor—. Un hito que nos dice que estamos en el buen camino, pero no es la Rosa de Hierro que buscamos. Debemos cruzar el puente. La Rosa estará al otro lado.

—Pero no sabemos adónde lleva este puente —dijo Gameknight. Le temblaba un poco la voz.

—Lleva a la Rosa de Hierro —dijo Maderente detrás del Usuario-no-usuario.

El constructor de luz tenía la asombrosa habilidad de aparecer detrás de él sin que lo viese o lo oyese llegar. Exasperaba un poco a Gameknight.

—Todo lo que sabemos es que la Rosa de Hierro está al otro lado —dijo Peón con confianza—. Tenemos que conseguir la llave antes que los monstruos.

Se giró hacia el ejército que esperaba al pie del puente. La enorme turba de PNJ se extendía por el desierto de arena que acababan de cruzar. Todos miraban a Peón con seguridad y confianza en los ojos.

—Una pequeña comitiva cruzará el puente y traerá la

Rosa de Hierro —explicó Peón—. Los demás vamos a fortificar este extremo del puente y nos prepararemos para la llegada del enemigo, por si se atreven a venir hasta aquí.

»El que es prudente y sabe esperar al enemigo saldrá victorioso —dijo Peón, como si leyese una cita.

Gameknight miró la silueta cuadriculada de Peón y sus ojos se encontraron durante un instante. Una sombra de culpa pareció recorrer un momento el rostro de Peón, como si lo hubiesen pillado con la mano en el bote de las galletas. El PNJ apartó la mirada.

«Esa la recuerdo —pensó Gameknight—. Estaba en la pared del despacho del señor Planck, al lado del afilalápices. Era una cita de ese general chino... ¿Cómo se llamaba? Ah, sí... Sun Tzu. De su libro *El arte de la guerra*... ¿Cómo sabe esas cosas Peón?»

—Preparad munición de repuesto para los arqueros y huecos para que la caballería salga a atacar al enemigo —continuó Peón, evitando la mirada de Gameknight—. Construid obstáculos para resguardaros tras ellos, muros y columnas. Aseguraos de...

Gameknight recordó la batalla en la aldea del Constructor en la que él y Shawny se habían enfrentado a Erebus por primera vez. Parecía que hubieran pasado un millón de años. Ahora les vendría bien la habilidad táctica de Shawny... De repente, recordó algo que le había dicho su amigo.

«Se avecina una avalancha, amigos —había dicho Shawny—. No podemos quedarnos quietos, o nos sepultará. Lo que tenemos que hacer es redirigir el alud a donde nosotros queremos y estar preparados».

Se avecina una avalancha... Redirigid el alud... Aquellas palabras retumbaron en su cabeza mientras las piezas intentaban encajar en su sitio en el tablero que tenía delante. De repente se le ocurrió.

—Redirigiremos el alud y les tendremos preparada una sorpresita —dijo Gameknight en voz alta, y rompió a reír.

Peón interrumpió las instrucciones a las tropas y se giró a Gameknight con expresión confundida.

—¿Cómo? —preguntó el enorme PNJ.

Gameknight lo miró a los ojos verdes y cuadrados. Le puso una mano en el hombro y sonrió.

—Ya sé qué hacer… Algo que Shawny me enseñó en el servidor del Constructor —dijo el Usuario-no-usuario.

—¿Redirigir el alud? —preguntó Peón, claramente confundido.

—Eso es… redirigir el alud.

Gameknight bajó los escalones, se arrodilló y explicó su plan, dibujando las formaciones en la arena. Las caras pixeladas asentían y los guerreros murmuraban entre ellos, conscientes de lo astuto que era el plan de Gameknight.

Peón asentía con la cabeza mientras Gameknight explicaba su plan, con una sonrisa en su enorme cara cuadrada.

Cuando terminó, Peón se levantó y habló con su potente voz de mando:

—Mientras vosotros construís, unos cuantos empezaréis a excavar minas. Necesitamos recursos, y este es un lugar tan bueno como otro cualquiera para ponerse manos a la obra. —Peón miró a Maderente, perdido en sus pensamientos, y prosiguió—: Los constructores de luz cruzaréis el puente con nosotros por si necesitamos vuestra ayuda.

—No podemos ayudaros allí —dijo Maderente con la voz rota por la tensión, como un tablero que cediese por el peso—. Los constructores de luz se quedarán aquí y ayudarán con los preparativos de la batalla.

—Muy bien —contestó Peón—. Traeremos la Rosa mientras el resto defendéis este lado del puente. —Desenvainó la espada y la levantó en lo alto—. Los monstruos de Minecraft se llevarán una sorpresa nada agradable si tratan de venir aquí a detenernos. ¡Por Minecraft!

—¡Por Minecraft! —contestaron los guerreros con las armas en el aire.

Mientras oía los vítores de los guerreros, Gameknight tuvo el presentimiento de que los monstruos de Minecraft sí que iban a ir allí a retarlos y que habría una gran batalla en aquel puente. Casi podía oír la risa de Erebus mientras los monstruos avanzaban como una plaga y cargaban contra sus defensas con implacable desenfreno. Las imágenes de lo que podía pasar empezaron a girar en su cabeza, ahuyentando su valentía y haciéndolo temblar de miedo.

«¿Funcionará mi plan o nos llevará a la ruina? ¿Y si Erebus averigua lo que preparamos y rodea nuestras defensas? ¿Y si...?» Pero entonces, algo que su padre le había dicho una vez empezó a resonar débilmente en su cabeza. A medida que las palabras aumentaban de volumen, desplazaron a los fracasos imaginarios y le infundieron confianza.

«No pienses en lo que podría pasar —le había dicho su padre—. Olvida los "y si" y céntrate en el presente».

«El presente... Eso es, el presente. Me centraré en el presente y olvidaré el resto.»

Ahuyentó las imágenes de lo que ni siquiera había ocurrido todavía, se giró y empezó a subir por el puente ligeramente ascendente. Desenvainó su espada de diamante, ahuyentó sus miedos y avanzó hacia el presente.

—Mirad, el Usuario-no-usuario ya va en busca de la Rosa de Hierro —gritó Peón—. Nada puede detenernos si Gameknight999 es nuestra punta de lanza. ¡Su valor es un ejemplo para todos!

Los soldados lo aclamaron.

«Céntrate en el presente.»

Un repiqueteo llegó hasta sus orejas. El Constructor cabalgaba ahora junto a él, sosteniendo las bridas de un caballo con sus pequeñas manos.

—Vamos, Gameknight, al galope —dijo el Constructor.

Gameknight agarró las riendas y se subió a la silla. Desde aquella altura creía que podría ver el otro lado del puente, pero el arco aún era pronunciado y el otro extremo seguía siendo un misterio.

Peón se puso a su altura con un grupo de veinte jinetes a su espalda.

—Estamos listos —dijo Peón con voz firme—. Tú nos guías, Usuario-no-usuario. Guíanos hasta la Rosa de Hierro.

Antes de que Gameknight pudiera moverse, una mano le agarró la pierna. Miró hacia abajo y se encontró con la Tejedora, que lo miraba con el Pastor al lado.

—Sin mí no vas a ninguna parte —dijo con su voz más seria—. Yo voy siempre contigo y, hasta que vuelva mi hermana, mi deber es impedir que hagas ninguna estupidez. Tengo que protegerte y eso es lo que pienso hacer.

Gameknight frunció el ceño, pero ella hizo lo propio.

—Puedes dejarme atrás, pero te seguiré —le espetó.

—Yo también —añadió el Pastor.

—Pastor, tú tienes que estar con los... —empezó Gameknight.

—¡Tengo que estar contigo! —dijo el Pastor muy serio mientras miraba a Gameknight con sus extraños ojos, cada uno de un color—. Dijiste que creyese en mí mi-mismo. Vale, pues... pues creo. Creo que-que puedo a-ayudar... y vo-voy contigo.

Se estiró y se subió a la montura detrás de Gameknight. Este miró a su amigo el Constructor en busca de ayuda. El Constructor hizo un gesto con la cabeza y sonrió.

—Vamos, Tejedora —dijo el Constructor—, puedes cabalgar conmigo. Creo que el caballo de Gameknight ya va lleno.

La niña se rio y se subió rauda al caballo del Constructor. Cuando se deslizó en la silla, su cabello pelirrojo flotó como una ola carmesí. Se colocó delante con el arco en posición y una flecha preparada.

—En marcha —dijo, y sonrió a Gameknight.

Era una sonrisa victoriosa.

CAPÍTULO 16

EL PUENTE A ALGUNA PARTE

Recorrieron el puente curvo durante diez minutos al menos. Se arqueaba hacia arriba, tan alto que el agua fría del río quedaba totalmente fuera del alcance de la vista. Las nubes cuadradas y blancas empezaron a pasar junto a los altos pilares que sostenían el techo multicolor; la niebla difuminaba el verde, el rojo y el azul.

Gameknight creía que, por la forma de los bloques del suelo, debían de estar en el punto más alto del arco del puente; pronto empezarían a descender. Pero en lugar de encontrar la base plana de la parte superior del puente, descubrieron sorprendidos que había algo totalmente distinto: un portal.

Un rectángulo morado y gigante de luz dividía el puente en dos. Ocupaba toda la anchura del mismo y los bordes estaban construidos en los pilares de ladrillo que sostenían el tejado de colores. Gameknight vio las pequeñas partículas moradas de teletransporte que flotaban alrededor del campo iridiscente y volvían a introducirse en el portal.

Se acercó, bajó de su montura y se aproximó al borde del puente. Apoyándose en uno de los pilares de ladrillo, se asomó a mirar bajo la estructura de roca. Solo veía el borde del portal y, después de eso, aire. Podrían haber construido una pasarela para rodear el portal, pero no había ningún sitio al que ir. Solo tenían dos opciones: franquear el portal o volver atrás.

Gameknight agarró las riendas del caballo y se acercó al portal; el animal tiró de él hacia atrás, resistiéndose.

—Tranquilo, chico —le dijo Gameknight al caballo mientras le daba una palmada suave en la cabeza.

—Acarícialo así —le aconsejó el Pastor, haciéndole una caricia en el hocico.

Gameknight hizo lo que le decía el muchacho y el caballo pareció tranquilizarse un poco.

—Tenemos que cruzar —dijo Peón bajando de su caballo.

—Gameknight y yo iremos a ver qué hay al otro lado y volveremos a informaros —dijo el Constructor adelantándose con el caballo bien sujeto con una mano y la espada de hierro en la otra.

—Pastor, Tejedora, necesito que os quedéis aquí —dijo Gameknight en tono casi de súplica.

El Constructor miró a la Tejedora e hizo un gesto con la cabeza para señalar que coincidía con el Usuario-no-usuario.

—Tendremos que movernos rápido y será más fácil sin pasajeros extra en los caballos —dijo Gameknight, esta vez con algo más de confianza.

—De acuerdo, nos quedamos —dijo la Tejedora—, pero no por mucho tiempo, así que más os vale daros prisa.

El Constructor le sonrió y se volvió hacia el portal. Se aproximó al campo de partículas moradas, giró la cabeza y miró a Gameknight999. A continuación, cruzó el portal a pie con el caballo detrás. Vaciló un instante y desapareció.

Gameknight sintió que todos los ojos estaban fijos en él; los soldados esperaban a que el Usuario-no-usuario siguiera a su amigo. Sujetando con firmeza las riendas del caballo, caminó hacia el portal. Podía sentir la serpiente del miedo enroscándose alrededor de su valentía y ahogando su determinación, pero la ignoró y entró en el portal.

El campo morado inundó su visión y le hizo marearse un momento, pero enseguida había cruzado. Se sorprendió al no sentir el calor abrasador del inframundo como había ocurrido en el anterior servidor. De hecho, hacía fresco y era casi agradable...

Miró hacia arriba y vio al Constructor que lo esperaba, ya a lomos de su caballo.

—Gracias por venir conmigo —dijo el joven PNJ con una sonrisa en el rostro.

Gameknight no estaba seguro de si estaba siendo sincero o sarcástico.

—Vamos allá —dijo, mientras subía al caballo de un salto.

Se giró, dejando atrás el portal. La otra mitad del puente se extendía ante ellos; el arco descendía lentamente de nuevo hasta el suelo. No parecía haber peligro.

—Espera aquí —le dijo Gameknight al Constructor, y se adelantó.

El puente trazaba una curva descendiente idéntica a la de subida. Espoleó al caballo y esprintó a lo largo del puente. Debajo había agua, un océano enorme que se extendía bajo el puente y una playa de arena que empezaba a divisarse a lo lejos. Vio los escalones al final del puente, que llevaban hasta la orilla, pero en lugar de un bioma desierto, el paisaje era completamente pálido. En lugar de la arena habitual o las colinas rocosas a las que estaba acostumbrado, Gameknight solo alcanzaba a ver blanco. Del puente salía un camino de grava con dos hitos blancos al principio. Estaban esculpidos con la forma de dos PNJ ataviados con túnicas y capas. Ambos llevaban una espada en la mano y tenían la otra extendida como para exhortar a los que se acercaban a que se detuvieran.

Gameknight recorrió el paisaje con la mirada y no vio ningún peligro, solo las altas estatuas de los dos reyes de piedra que vigilaban la entrada a quién sabía qué. Hizo que el caballo diera media vuelta y volvió a subir por el puente para reunirse con el Constructor.

—¿Qué has averiguado? —preguntó el joven PNJ—. ¿Hay monstruos?

—No, nada —contestó Gameknight—. Solo la otra mitad del puente.

Gameknight desmontó para recobrar el aliento y dejar que el caballo descansara.

—Ve a por los demás —le dijo al Constructor—. Yo esperaré aquí.

El Constructor desmontó y agarró las riendas del caballo. Cruzó el portal con él. Desaparecieron al instante, y un minuto después, el Constructor volvió con Peón y sus soldados.

El Pastor corrió junto a Gameknight, emocionado. La Tejedora ya estaba subida al caballo del Constructor.

—¿Qué es esto? —preguntó Peón mientras subía a su montura.

—Un paraje extraño se extiende donde acaba el puente —contestó Gameknight—, pero no he visto monstruos.

—Eso son buenas noticias —dijo Peón en voz alta—. Hemos llegado hasta la primera llave antes que las criaturas de la noche. Vamos, en marcha.

Los guerreros se batieron puente abajo con Peón y el Constructor a la cabeza y Gameknight en la retaguardia. Cuando llegaron abajo, los soldados se dispersaron, formando en posición de defensa, y estudiaron el terreno en busca de peligros.

Gameknight trotó hasta donde estaban el Constructor y Peón y se detuvo a un lado.

—¿Dónde vamos, Usuario-no-usuario? —preguntó Peón. Gameknight señaló el camino de grava y espoleó al caballo, empuñando la espada de diamante reluciente. Peón y el Constructor lo siguieron. El sendero discurría entre las dos enormes estatuas, cuyas túnicas estaban hechas de arenisca y cuyos brazos estirados parecían esculpidos en bloques de hierro. Gameknight y el Pastor dirigieron una mirada nerviosa a las dos figuras al pasar entre ellas. Gameknight temió que cobraran vida y los aplastaran.

—¿Quién crees que habrá construido estas estatuas? —preguntó Gameknight.

—El Creador lo construye todo en este servidor —dijo el Constructor, como si recitase de memoria—. Este es su servidor privado, donde se desarrolla la mayor parte del código de Minecraft. Todo lo que ves es obra del Creador.

Gameknight asintió.

—Pues ojalá hubiese ideado un camino más fácil para encontrar su estúpida Rosa —replicó con tono despectivo. El Constructor y Peón contestaron con un gruñido, sin dejar de galopar, pero la Tejedora soltó una carcajada.

El camino de grava pasaba junto a las dos estatuas y daba paso a un muro alto de al menos ocho bloques de altura, tras el cual se alzaba una montaña colosal, hecha de aquellos bloques blancos refulgentes. No había vegetación a la vista: ni árboles, ni hierba, ni flores, solo un mar de antisépticos cubos blancos. Delante de ellos, vio una abertura estrecha en el muro, de tan solo dos bloques de ancho, por la que discurría el camino. Siguieron el sendero de grava hasta el muro y Gameknight tocó los bloques pálidos con la espada. Tañeron como una campana, con un sonido puro que reverberó en los bloques adyacentes, creando una armonía que se extendió por el aire.

—Bloques de hierro —dijo Gameknight mientras entraban por la abertura, tan estrecha que tuvieron que colocarse en fila de a uno—. ¿Por qué alguien iba a construir esta muralla y la montaña de detrás de bloques de hierro?

Al pasar por el hueco estrecho, Gameknight divisó la

montaña blanca con más claridad. La superficie parecía brillante y suave: más bloques de hierro. El camino de grava los llevó hasta una zona que parecía un estadio, con muros verticales empinados rodeando un amplio espacio en el centro. Debía de haber unos cincuenta bloques de pared a pared, con varias colinas suaves repartidas por el área. Al igual que ocurría en la zona al pie del puente, no había hierba en la arena, que habría sido lo normal en un bioma de colinas. Tampoco había ni rastro de flores. De hecho, el paisaje era prácticamente yermo. La única vegetación eran unas enredaderas en los muros que cubrían los bloques de hierro con sus tallos alargados.

En el centro del estadio había una colina de unos ocho bloques de altura. La cima desprendía un resplandor blanco, como si hubiese una antorcha blanca encendida en lo alto.

—Eso debe de ser la Rosa —dijo el Constructor, señalando la colina—. Vamos.

Estaba a punto de espolear a su caballo cuando Peón lo agarró del brazo.

—Espera —le interrumpió, y se giró de nuevo hacia el sendero—. Los demás venid aquí —gritó.

El ruido de los cascos de los caballos inundó el aire cuando los demás guerreros se digirieron hacia ellos al galope. Los muros de hierro devolvían el eco del sonido.

—La Rosa está en esa colina —dijo Peón—. Vamos a avanzar despacio y con cautela hasta ella. Bajad de los caballos y sacad las espadas.

Los soldados descendieron de sus monturas rápidamente y desenvainaron las espadas, preparados para lo que pudiera ocurrir: pero no pasó nada. El estadio permanecía en silencio. No se oía ni un solo sonido, ni siquiera el viento… nada.

—Pastor, quédate atrás y vigila a los caballos —dijo Peón—. El resto, seguidme.

Pastor desmontó y tomó las riendas de los demás guerreros. Tenía una expresión de decepción en el rostro, pero sabía que él era quien mejor podía llevar a cabo aquella tarea.

Peón avanzó por el sendero de grava, pero pronto se terminó, desapareciendo al borde del estadio. El suelo ahora era de hierro. Peón lo miró y dio un paso dubitativo del sendero al suelo de hierro. De repente, todo empezó a retumbar y temblar. Gameknight pensó que las paredes habían cobrado vida; los bloques cubiertos por las enredaderas empezaron a moverse. De los muros empezaron a emerger formas, cuerpos de piernas cortas, hombros anchos y brazos largos. En las enormes cabezas empezaron a abrirse pares de ojos oscuros que miraban a los intrusos, con los espesos entrecejos fruncidos de rabia.

—Gólems de hierro —dijo Gameknight, agarrando la espada con más fuerza, presa del miedo.

—En nuestra aldea había uno —dijo uno de los guerreros, adelantándose.

Dejó la espada a un lado y caminó hacia el gigante metálico que tenía más cerca.

—No hay nada que temer —dijo—. Los gólems son inofensivos para los PNJ. Protegían nuestra aldea de los monstruos. Son amistosos, ahora veréis.

El soldado se dirigió hacia el gólem. Su rostro no expresaba ningún miedo, de hecho parecía ilusionado, como si fuese a reunirse con un viejo amigo. Pero cuando estaba a diez pasos del gigante, este empezó a emitir un gruñido, como si un montón de motores se hubiesen puesto en marcha dentro de una caja de resonancia. A medida que se acercaba, el sonido se hizo más y más fuerte.

El guerrero se detuvo y estiró los brazos, como si esperase algún tipo de regalo, o que la criatura diese los últimos pasos hasta donde estaba él. Cuando llegó junto al soldado, el gólem de hierro movió los brazos muy rápido, golpeó al guerrero y lo lanzó por los aires. Gameknight vio cómo el

EL COMBATE CONTRA EL DRAGÓN

soldado parpadeaba en rojo en lo alto. Aterrizó en el suelo, volvió a ponerse de color rojo y desapareció.

—¿Qué ha pasado? —gritó uno de los soldados.

—Está muerto. El gólem ha matado al Escultor... —dijo otro.

—¿Qué vamos a hacer?

—Larguémonos de aquí...

Mientras miraban los objetos que flotaban en el suelo, que habían pertenecido al guerrero muerto, más gigantes de metal emergieron de los muros. Caminaban pesada y lentamente hacia la comitiva. Los chirridos metálicos llenaban el aire y los ojos de los gólems no se despegaban de los PNJ... ni de Gameknight999.

CAPÍTULO 17

LA BATALLA CONTRA EL HIERRO

El suelo tembló y más gigantes de metal emergieron de las paredes. Todos avanzaban hacia los PNJ, con una expresión de odio por los invasores brillando en los ojos oscuros, y el entrecejo fruncido con furia envenenada.

—Este es el plan —dijo Peón muy deprisa—. Avanzamos, cogemos la Rosa y nos batimos en retirada. El Usuario-no-usuario dirigirá el ataque.

Los guerreros volvieron junto al Pastor a por sus caballos y los montaron de nuevo... Todos menos Gameknight. El Usuario-no-usuario estaba perdido en sus pensamientos.

—Preparados... —bramó Peón.

«Este plan es un suicidio —pensó Gameknight—. ¿Puedo hacerlo? No estoy seguro de si soy lo suficientemente astuto. No soy lo bastante fuerte como para enfrentarme a uno de estos gólems. ¿Y si no lo consigo? ¿Y si fracaso?»

—Listos... —continuó Peón.

Y de repente, las piezas del rompecabezas encajaron y la solución acudió a él... una granja.

—¡Ya sé lo que tenemos que hacer! —exclamó Gameknight de pronto—. ¡Salid todos de los bloques de hierro, rápido!

Los gólems estaban cada vez más cerca.

Los guerreros hicieron dar media vuelta a los caballos y

salieron del estadio para volver al sendero de grava. Cuando el último soldado salió de los bloques de hierro, los gólems interrumpieron su avance y se dieron media vuelta. Volvieron pesadamente hacia los muros refulgentes que rodeaban el estadio y volvieron a meterse dentro, donde sus cuerpos se fundieron con el metal. Los guerreros se quedaron quietos. Algunos celebraron la desaparición de las enormes criaturas. Bajaron las armas y miraron al Usuario-no-usuario.

—Una vez construí una granja de gólems para conseguir hierro y...

—¿Que hiciste qué? —preguntó el Constructor mientras envainaba su espada.

—Una granja de gólems para conseguir hierro. Mira...

—¿Quieres decir que ma... que mataste a los gólems po-por su hierro? —preguntó el Pastor.

—Bueno... Fue cuando era un... Solo estaba... —Gameknight se interrumpió y agachó la cabeza, avergonzado—. Sí, los maté para conseguir hierro cuando era un griefer. Pero sé cómo detenerlos sin tener que luchar contra ellos... Sé cómo llegar hasta la Rosa de Hierro.

Los soldados dirigían miradas nerviosas a las enredaderas verdes que decoraban las paredes de hierro. Cada enredadera indicaba un gólem a punto de emerger para proteger su trofeo, y había muchas alrededor del estadio. Los guerreros volvieron a mirar a Gameknight999.

—Dinos qué necesitas —dijo Peón mientras envainaba él también su espada. Hizo un gesto a los soldados, que lo imitaron.

—Solo necesitamos agua, mucha —explicó Gameknight999—. ¿Alguien ha traído cubos?

Unos pocos soldados se adelantaron con cubos en las manos.

—Bien. Id al mar al pie del puente a por agua, toda la que podáis transportar —ordenó Gameknight—. El resto sacad los picos, que tenemos que cavar. No podemos permitirnos cometer errores, ya habéis visto lo que ocurre si uno intenta enfrentarse a estos monstruos.

—No son monstruos —intervino el Pastor.

—Vale, no son monstruos —convino Gameknight—, pero son letales para nosotros. Acercaos para que pueda explicaros lo que hay que hacer.

Gameknight explicó el plan a los guerreros, que asentían con las cabezas cuadradas, escuchando atentos. Cuando hubo terminado, el Usuario-no-usuario miró a cada soldado a los ojos y se aseguró de que todos sabían cuál era su cometido. Cuando estuvieron listos, se reunieron al borde del camino de grava, sin pisar el suelo de hierro del estadio... todavía.

—¿Todo el mundo listo? —preguntó Gameknight.

Los guerreros asintieron, todos con una expresión de miedo e incertidumbre pintada en el rostro.

—Muy bien —dijo Gameknight, subiéndose de un salto al caballo. El Constructor lo imitó—. Estad preparados cuando os alcancemos —le dijo a Peón—. Nuestras vidas dependen de ello.

—Estaremos preparados —contestó el enorme PNJ, con los ojos verdes brillantes de expectación.

—Ahora... ¡Por Minecraft! —gritó Gameknight. A continuación, espoleó a su caballo para que galopara, con el Constructor junto a él.

Tan pronto como sus caballos pisaron el suelo de hierro del estadio, el suelo empezó a retumbar y los gólems salieron de nuevo de los muros cubiertos de enredaderas, dirigiéndose todos hacia los dos jinetes.

Peón y el resto de guerreros esperaron un par de minutos para que Gameknight y el Constructor atrajeran la atención de los gigantes de metal y los llevasen lejos de la entrada, y después salieron corriendo cargados con picos y cubos de agua. Rápidamente, empezaron a cavar un enorme rectángulo en el suelo de hierro. Los picos, también de hierro, hacían un ruido metálico al chocar contra el suelo. Excavaron una zona de seis bloques de ancho por doce de largo.

Mientras cavaban, Gameknight y el Constructor corrieron hacia la colina brillante, y los gólems los siguieron con su lentitud característica.

—Recuerda, tenemos que avanzar como cuando nos enfrentamos a Erebus y a su ejército en tu servidor —explicó Gameknight—. Golpear y correr, la táctica del atropello, como en *Wing Commander.*

—¿*Wing Commander?* —preguntó el Constructor.

—Da igual, lo importante es que mantengamos a esos gólems lejos de Peón y los demás. Tenemos que entretenerlos hasta que Peón lo tenga todo listo.

—No parece que vaya a ser un problema —dijo el Constructor, señalando a la derecha.

Gameknight giró la cabeza y vio al menos una docena de gólems que se abalanzaban sobre ellos, moviendo los brazos con violencia. A la izquierda había otros cinco gigantes de hierro con una expresión de furia inconmensurable en las caras metálicas.

—¡Deprisa, por el centro! —gritó Gameknight espoleando a su caballo.

Galoparon entre los dos grupos de monstruos, manteniéndose fuera de su alcance. Dejaron atrás a ambos grupos, dieron media vuelta y cabalgaron hacia los muros del estadio. Gameknight fue a la izquierda y el Constructor a la derecha. Urgiendo a los caballos a correr todo lo deprisa que podían, cabalgaron por todo el perímetro atrayendo a los gólems hacia las paredes y generando una abertura en el centro.

—¡Ahora! —gritó Gameknight.

Pivotaron y se dirigieron el uno hacia el otro, empujando a los gólems de vuelta al centro del estadio. Gameknight se giró y se dirigió hacia la Rosa, mientras el Constructor avanzaba hacia Peón intentando llevar a un gólem al centro, lejos de las fuerzas terrestres, más vulnerables.

Gameknight subió la colina y corrió hasta la cima. Al llegar a la cumbre, miró hacia abajo y vio una rosa solitaria que salía de un bloque de hierro. Los pétalos metálicos desprendían un resplandor blanco y brillante que casi le hizo daño en los ojos. Apartó la mirada del trofeo y centró su atención en las bestias de metal que lo rodeaban por todas partes. Divisó a otra docena de gólems que venían a por él desde el otro extremo del estadio, balanceando los brazos con violencia. Otro grupo se aproximaba desde el lado contrario. El sonido chirriante y metálico que hacían los pesados gigantes inundaba el estadio y reverberaba en los muros de hierro, lo que hacía que pareciese que había muchos más de los que veían sus ojos.

Obligó al caballo a dar la vuelta y cambió de dirección bruscamente, dirigiéndolos a la izquierda. Cargó contra un grupo. Las criaturas parecían estar esperándolo, expectantes ante la posibilidad de aplastar al intruso, pero en el último momento los esquivó, pasando junto a un enorme puño de metal que por poco no se le estrella en la cara.

Gameknight se estremeció. Había escapado a la muerte por poquísimo.

«Eso ha estado demasiado cerca», pensó.

Agitó las riendas, giró sobre sí mismo y emprendió el rumbo al otro extremo del estadio, atrayendo a más gigantes de metal tras él. Miró hacia la entrada y vio que Peón y los demás ya habían cavado el hoyo rectangular y lo estaban llenando de agua.

«Bien… Es el momento.»

—Venga, gigantes de metal —gritó Gameknight—, seguidme si podéis.

A toda la velocidad que daba el caballo, Gameknight esprintó en zigzag, manteniendo juntos a los gólems pero desplazándolos hacia la entrada.

—Volved todos a la entrada —gritó, rumbo a la trampa acuática.

Al acercarse, Gameknight vio que habían vertido el agua por un extremo del rectángulo. Fluía a lo largo de todo el hoyo en un espacio de seis bloques y después caía a un nivel inferior de dos bloques de profundidad. Gameknight giró en un círculo cada vez más estrecho para que los gólems se acercaran, y después corrió hacia la trampa. Saltó al agua y atravesó la piscina al galope, con cuidado de no caer en la parte honda. Una vez que hubo llegado al otro lado, saltó fuera de la trampa, giró el caballo y observó. Los gólems se dirigían directos hacia él, balanceando los brazos con fuerza. Los chirridos de los gigantes metálicos eran como truenos y hacían eco al rebotar contra las paredes. Gameknight quería taparse los oídos, pero en lugar de eso desenvainó la espada con la mano libre mientras sujetaba las riendas con la otra.

El primer grupo de gólems entró en el rectángulo de agua y enseguida los derribó la corriente. La confusión sustituyó a la furia en sus caras mientras la corriente los arrastraba hasta la parte más profunda del final. Pronto se dieron cuenta de que no podían salir del hoyo y de que estaban atrapados.

Los guerreros estallaron en vítores detrás de Gameknight al ver caer en la trampa a las primeras víctimas. De repente, vio al Constructor, que llegaba al galope por el agua con otro grupo de gólems pisándole los talones. Los titanes de hierro se lanzaron a la trampa y enseguida se los llevó la corriente, arrastrándolos a la parte honda con sus camaradas. Las poderosas criaturas agitaban los brazos tratando de escapar de las fauces de la corriente, sin éxito; eran demasiado lentos para conseguir salir del agua.

Los gritos de victoria recorrieron el estadio desde la entrada mientras Gameknight bajaba del caballo. Los guerreros coreaban el nombre de Gameknight y se llevaban el puño al pecho. Entre vítores, los últimos gólems se dirigían hacia Gameknight. Lo miraban con un odio tan maligno que apostó a que deseaban poder destrozarlo con sus ojos iracundos. Nadie lo había mirado con tanta aversión excepto Erebus, su némesis. Aquellas criaturas deseaban su muerte con cada fibra de su ser, y habrían dado sus vidas con tal de acabar con la suya.

En cuestión de minutos solo quedó un gólem, pero era distinto al resto, más grande y más peligroso. En lugar de los ojos oscuros, los tenía amarillos y relucientes, como si fuesen de oro. Refulgían a la luz del sol rojo pálido que brillaba sobre sus cabezas. Las enredaderas verdes que cubrían el costado izquierdo y el brazo de la criatura también rodeaban su cabeza. Gameknight pensó que parecían una especie de corona de hojas, y advirtió una expresión majestuosa de poder en su rostro indignado.

«Este debe de ser el jefe, el rey de los gólems», pensó Gameknight.

La criatura se detuvo al borde de la trampa de agua y miró a Gameknight. Este sacó el arco y lanzó una flecha tras otra al gigante de metal, pero rebotaban en su piel metálica sin hacerle ningún daño; el gigante de hierro no se inmutó. El rey de los gólems observó el rectángulo y empezó a bordearlo por un lado, rodeando la trampa en lugar de cruzarla.

«Oh, no. No va a caer en la trampa —pensó—. Tengo que hacer algo para enfadarlo aún más y que me ataque desde ahí.»

Entonces, Gameknight divisó la colina brillante por encima del hombro del gólem.

«Por supuesto: la Rosa de Hierro.»

Se montó de un salto en el caballo y esprintó por el otro lado de la trampa, rumbo a la Rosa. Por el rabillo del ojo vio que el rey de los gólems lo seguía.

«Tengo que llegar hasta allí y desenterrarla antes de que el monstruo me dé alcance.»

Gameknight espoleó al caballo y subió corriendo la colina. Cuando llegó arriba, saltó de la montura y aterrizó en el suelo con el pico de hierro en la mano. Golpeó el bloque de debajo de la Rosa y cavó tan rápido como pudo. El sonido chirriante del gólem se oía cada vez más cerca.

—¡Sal de ahí! —gritó la Tejedora desde la entrada—. ¡Va a por ti!

—¡Muévete, Gameknight! —gritó otro—. ¡Deprisa!

Gameknight ignoró las advertencias y se concentró en cavar.

El bloque de hierro se resistía, no quería soltar su trofeo. Gameknight siguió golpeando, aunque notaba el temblor del suelo con cada paso del gigante que se aproximaba.

—¡Está cada vez más cerca, sal de ahí! —gritó alguien.

Golpeó aún más fuerte con el pico y vio que empezaban a abrirse grietas en el bloque de hierro, pero el pico también se estaba astillando y perdía fuerza.

PUM... PUM...

Los pasos del poderoso gigante agitaban el suelo con tanta violencia que Gameknight estuvo a punto de caer derribado. Quería levantar la vista y ver cuán cerca estaba de la muerte. Pero sabía que si apartaba la mirada, perdería la batalla y el bloque de hierro saldría vencedor. En cambio, golpeó aún más fuerte con el pico, balanceándolo con toda la fuerza que podía.

De repente, el pico se rompió en pedazos en el último golpe... Había perdido. Por puro instinto, Gameknight se agachó justo cuando un puño de hierro pasaba rozando junto a su cabeza. Se puso en pie y miró la rosa; cuál fue su sorpresa cuando vio que el bloque de hierro también se había roto y la rosa estaba flotando sobre el suelo. Se agachó, la levantó y se hizo a un lado cuando otro puño de hierro hendía el aire a pocos centímetros de su cabeza.

Corrió a por su caballo. En un movimiento fluido, saltó sobre la montura y puso rumbo a la piscina rectangular. Un aullido mecánico de rabia resonó por todo el estadio, proveniente del rey de los gólems. El gigante de hierro persiguió a Gameknight todo lo deprisa que pudo, con una mirada de odio inenarrable pintada en la cara metálica.

Cuando llegó a la piscina, Gameknight dirigió el caballo al centro pero, en lugar de saltar al otro lado, se quedó allí, haciendo esfuerzos para que la corriente no arrastrara al caballo. Mantuvo la posición mientras el gólem se acercaba. Gameknight abrió el inventario, sacó la Rosa de Hierro y la sostuvo en alto. Los pétalos brillantes proyectaban un círculo de luz alrededor del Usuario-no-usuario, que resplandecía como si estuviese iluminado desde dentro. Podía oír los gritos furibundos de los gólems en la trampa, pero el coro de rabia no era nada comparado con el rey gólem. Rugía con una violencia que hacía temblar las paredes del estadio.

—¿Quieres la Rosa? —gritó Gameknight al guardián—. Pues ven a por ella.

El rey de los gólems aulló de nuevo. Esta vez, el alarido fue tan fuerte que muchos PNJ soltaron las armas y cayeron al suelo, temblando de miedo.

—Devuelve lo que has robado —bramó el gigante con voz metálica y chirriante.

—¿Sí? ¡Ven a por ello! —gritó Gameknight, acercándose un paso más al borde del estanque.

Aquella vez, el gólem se lanzó al agua, balanceando los brazos con violencia. Girando el caballo en el último momento, Gameknight se apartó y el puño de metal lo alcanzó en el brazo, de forma que casi dejó caer la Rosa. El dolor le recorrió el hombro y el brazo, pero no soltó su trofeo. Espoleó al caballo contracorriente, dirigiéndose hacia el otro lado. El caballo de Gameknight saltó con todas sus fuerzas, salió de la trampa acuática y aterrizó en el suelo seco de hierro.

Otro aullido metálico emergió del rey de los gólems mientras el agua lo arrastraba hacia la parte honda del estanque, donde quedó atrapado.

«Lo conseguí —pensó Gameknight—, y hasta he escapado con vida. ¡Bravo por mí!»

Entonces, los aullidos metálicos cesaron. Los gólems dejaron de forcejear y se giraron hacia el Usuario-no-usuario, con el rey al frente.

—Recuperaremos lo que es nuestro —dijo el rey de los gólems, cuya voz sonaba como un trueno lejano— y nada podrá detenernos. Apareceremos cuando menos te lo esperes, y entonces cambiarán las tornas de la batalla. Recuperaremos lo que es nuestro. Que mueras o no en el proceso es cosa tuya.

Gameknight se echó a temblar, como si las palabras del rey gólem fuesen una especie de premonición, pero entonces le sorprendieron los gritos de júbilo. Obligó al caballo a dar la vuelta y vio que los guerreros se habían acercado adonde estaba para felicitar al Usuario-no-usuario. Gameknight desmontó y lo recibieron con palmadas en la espalda y en los hombros. Todos los soldados querían tocar a aquel que había conseguido la Rosa de Hierro. La levantó en el aire y dejó que la luz brillante de los pétalos plateados alumbrase el estadio, aunque muchos se viesen obligados a protegerse los ojos.

—Vamos, tenemos que volver con los demás y encontrar la segunda llave —dijo el Constructor en voz alta.

—Sí, volvamos con los demás —coincidió Gameknight.

Subió de un salto al caballo y empezó a galopar de vuelta al puente. Los cascos de los caballos resonaban contra los bloques de hierro. Pero mientras abandonaban el estadio y volvían al camino de grava, un sonido rítmico reverberó a su alrededor. Era un tañido, como si alguien estuviese golpeando una campana enorme con un martillo de metal, y el sonido límpido recorría el aire. Se giró hacia el lugar de donde provenía el sonido y vio al Pastor, que cavaba los bloques alrededor de la trampa de agua. Gameknight se dio la vuelta y cabalgó hasta el muchacho.

—¿Qué haces? —preguntó el Usuario-no-usuario, a gritos, para que lo oyese con el ruido.

—Están atrapados... atrapados... No-no podemos dejarlos atrapados.

—¿Cómo? —preguntó Gameknight, desmontando.

Gameknight se acercó al muchacho, con cuidado de esquivar los golpes, y le puso una mano en el hombro. Estiró el brazo y agarró el mango del pico.

Los golpes cesaron.

—Pastor, ¿qué estás haciendo?

El muchacho bajó el pico y se giró para mirar a su ídolo. Tras él se oían los forcejeos de los gólems de hierro, que luchaban con sus puños contra la corriente, destrozando los bordes de la trampa. Con cada golpe, el suelo temblaba, mientras los monstruos trataban de escapar de la prisión líquida. Solo el rey gólem estaba inmóvil, con un odio frío en los ojos, dirigido a aquel que había encerrado a los suyos: Gameknight999.

—Están atrapados —dijo el Pastor—, no p-p-pueden sa... salir.

—Esa es la idea.

—¿Qué ocurre? —preguntó una voz detrás de ellos.

Gameknight se volvió y se encontró con el Constructor. Junto a él estaba la Tejedora. Peón se acercó también, con la impaciencia pintada en el rostro cuadrado.

—Tenemos que irnos —dijo el PNJ con su voz profunda, que atronó el estadio entero.

Los gólems de hierro que estaban dentro de la trampa oyeron su voz y dejaron de forcejear. Sus ojos fríos se elevaron hacia Peón y la mirada de odio que exhibían hasta hacía un instante pareció evaporarse. Hasta el rey de los gólems parecía en paz mientras miraba a Peón, pero la mirada de odio reapareció cuando volvió a fijarse en Gameknight999.

—No podemos d-dejarlos aquí... atrapados —dijo el Pastor de nuevo, con la voz entrecortada por la emoción—. Como en el... en el spleef. No es j-justo, tenemos que... que liberarlos.

El Pastor levantó el pico de hierro de nuevo y siguió cavando, rompiendo los bloques de hierro junto a la trampa.

—Tú sabes lo que se siente estando encerrado, ¿verdad, Pastor? —dijo el Constructor con voz tranquilizadora—. Pero tenemos que irnos. Tenemos que encontrar la última llave.

El joven larguirucho ignoró la pregunta y siguió cavando.

La Tejedora sacó su pico, se acercó a él y aunó esfuerzos, cavando lentamente un canal que permitiese escapar a los gigantes de metal. Gameknight suspiró, sacó su pico y se acercó a ayudarles. En cuanto se adelantó, los gólems de hierro se agitaron y balancearon los brazos.

—No parece que les caiga demasiado bien —dijo Gameknight, retrocediendo y guardando el pico de nuevo en el inventario.

Peón le dio una palmada al Usuario-no-usuario en el hombro y avanzó con un pico de hierro brillante en la mano. Cuando se acercó, los gólems se calmaron y dejaron de balancear los puños enormes.

—Vuelve al puente, Usuario-no-usuario —dijo Peón, mirando a Gameknight por encima del hombro—. Aún tienes su Rosa de Hierro. En cuanto los liberemos, te atacarán. Será mejor que estés fuera de su alcance cuando eso ocurra.

—¿Tú crees? —contestó—. Tejedora, ven conmigo.

La niña sonrió, dejó el pico y corrió junto a él. Dio un grácil salto y aterrizó en la montura, y su cabello pelirrojo flotó en el aire como una llama.

Gameknight subió al caballo detrás de ella y galopó por el camino de grava hasta el puente. Miró por encima del hombro y vio cómo Peón liberaba el último bloque con el pico y retrocedía rápidamente para que los monstruos pudieran salir de la trampa de agua. En lugar de volver a los muros del estadio y dormirse de nuevo, todos caminaron hacia el Usuario-no-usuario y su Rosa de Hierro.

Dio la vuelta a su montura y corrió hacia el puente, con el sonido de los demás tras él. Gameknight entró en el puente de piedra tallada y volvió a mirar por encima del hombro. Los gólems de hierro salían con dificultad del estadio. El rey de los gólems, con su corona de enredaderas brillando con fuerza a la luz rojiza del sol, lo miraba fijamente. Aquella mirada de odio hizo estremecerse a Gameknight.

CAPÍTULO 18

DE NUEVO EN LA BRECHA

Cabalgaron a través del portal con Gameknight a la cabeza, con la Rosa de Hierro en el inventario, que latía como si estuviese viva. Podía sentir que lo empujaba, lo empujaba hacia el norte, probablemente hacia la segunda llave.

Gameknight se estremeció. Estaba seguro de que la segunda llave sería igual de peligrosa que la primera, si no más.

La Tejedora estiró el cuello para intentar ver el otro lado del puente.

—¿Ves al ejército? —preguntó.

—Creo que todavía estamos muy arriba. Pronto los veremos.

Espoleó a su montura al galope y emprendió la cuesta abajo, con la Rosa de Hierro como guía. Gameknight miró por encima del hombro y vio al resto del escuadrón que cruzaba el portal. El Constructor emergió de entre la niebla morada con la figura delgada del Pastor detrás de él en la silla.

Se giró y un escalofrío le recorrió la piel. Era como si alguien hubiese esparcido esquirlas de hielo sobre su cuerpo y las puntas afiladas y frías se le clavaran levemente en la carne.

«Algo no va bien», pensó.

La Tejedora lo notó tenso y giró la cabeza para mirarle.

—¿Qué pasa?

—No lo sé —contestó Gameknight—, pero algo no va bien.

Golpeó al caballo con los talones para que fuese más deprisa y bajó por el arco descendiente, girando la cabeza a izquierda y derecha por si veía algún peligro.

El escalofrío prosiguió su camino por la columna vertebral. La sensación le resultaba familiar. Había sentido algo parecido cuando soñó con su sótano, y también en la niebla del Reino de los Sueños, innumerables veces.

—Está aquí… Lo noto.

—¿Quién está aquí? —preguntó la Tejedora.

—Él… está aquí.

Al aproximarse al final del puente, vio lo que ya sabía que los esperaba. Una marea enorme de monstruos estaba atacando a sus defensas. Gameknight sabía que era una parte muy pequeña del ejército de Malacoda. La mayoría de los atacantes eran monstruos del mundo principal, había apenas unas pocas criaturas del inframundo en la horda. No era un ataque, era una prueba… una prueba mortal.

Las filas de arañas gigantes se batían contra los defensores en un muro exterior hecho de roca. Los fogonazos de los creepers que explotaban decoraban la escena, abriendo agujeros en el muro de piedra que permitían el acceso de la avalancha de monstruos.

En ausencia de Gameknight, habían construido una serie de murallas. La exterior ya estaba asediada y los monstruos entraban por los huecos y caían sobre los PNJ, demasiado lentos o desprevenidos, que no corrían para salvar la vida. Afortunadamente, la mayoría de los defensores se había batido en retirada cuando habían franqueado el muro exterior… tal y como habían planeado.

Ahora había una segunda muralla ante los monstruos, esta construida con tierra y arena. Los arqueros estaban en lo alto de la barrera terrestre, lanzando una lluvia de flechas sobre el ejército atacante, aunque sus proyectiles puntiagudos no conseguían disminuir su marcha.

En la retaguardia de la horda de monstruos, Gameknight distinguió un gran grupo de enderman, cuya piel oscura destacaba sobre la arena refulgente. Al final del grupo había una criatura alta y sombría del color de la sangre seca, un rojo muy, muy oscuro, casi negro, con dos ojos amenazantes de un fuerte color carmesí. Era Erebus, su némesis... su pesadilla.

—¿Es él? —preguntó la Tejedora.

Gameknight asintió mientras un escalofrío le recorría la espalda.

—Quizá sea hora de enseñarle que debería temernos —dijo ella, sacando el arco del inventario y preparando una flecha.

—No, deja el arco —dijo Gameknight.

La Tejedora se giró y lo miró confundida.

—Déjalo —dijo mientras llegaban al final del puente.

Guardó el arco sin dejar de mirarle, con el entrecejo fruncido por la confusión. Gameknight abrió su inventario y sacó su arco encantado; el resplandor iridiscente del arma encantada iluminó los rostros de ambos.

—Tu hermana me dio esto, pero creo que tú le darás mejor uso.

Le dio el arco iridiscente, por el que corrían olas de magia morada. Ella miró el arco y colocó una flecha. Tensó la cuerda y soltó la flecha al aire. La punta en llamas surcó el cielo azul, dejó el puente atrás y aterrizó en el río. La Tejedora se giró, miró a Gameknight y esbozó una sonrisa que le iluminó el alma.

—Estaría contentísima de que lo tuvieses tú —dijo Gameknight.

—Díselo cuando la rescatemos —contestó la Tejedora—. Porque vamos a rescatarla, ¿verdad?

—Si sobrevivimos hoy... Sí, rescataremos a tu hermana.

Ella le dedicó otra enorme sonrisa. A continuación se giró y frunció el ceño ante el ejército que se aproximaba.

Cuando el ejército estaba llegando al muro de tierra, una nube de partículas moradas se formó a la cabeza del mismo. De repente, un muro de enderman apareció ante la barrera de tierra. Las criaturas sombrías extendieron los brazos hacia los bloques de tierra y arena que sostenían los puntos clave del muro y los extrajeron. Después desaparecieron, dejando huecos en la barricada. Volvieron varias veces y fueron deshaciendo la barrera, teletransportándose adelante y atrás. Los defensores hicieron un alto el fuego mientras los enderman desarmaban su almenaje para no enfurecerlos, permitiéndoles unirse a la contienda. Así que hicieron lo único que podían hacer... batirse en retirada.

Corrieron a la última muralla y se colocaron en posición según su plan. El último muro estaba construido únicamente de arena. Tenía unas torres altas, y en lo alto varios arqueros. Los espadachines esperaban detrás del muro y la caballería estaba preparada para el último ataque. Ante el muro, la arena del desierto había sido sustituida por bloques de tierra. Desde su posición, Gameknight vio que había varios esquejes de árboles diseminados por el campo de tierra, posiblemente por cortesía de los constructores de luz.

Por fin al final del puente, Gameknight se situó en un montículo de arena a observar la batalla, con Peón y el Constructor a su lado. Veían a los monstruos acercándose, con los creepers cargados al frente de la manada. El resplandor azul que desprendían las criaturas verdes moteadas haría que la explosión fuese el doble de potente. La barrera de arena cedería sin dificultad.

—Preparados, listos... —gritó Gameknight.

Todos los ojos fueron de la muralla al Usuario-no-usuario.

—Soltemos a los perros de la guerra —musitó para sí, y se irguió en la silla.

—¡YA!

Los PNJ empujaron las palancas que activaban los circuitos de piedra roja, que hicieron saltar los pistones bajo los montículos de arena. En un instante, el muro de arena se desmoronó y cayó a una zanja en el suelo que reveló una fila de cañones de explosivos. Las estructuras rectangulares de roca, con un curso de agua en el centro, cobraron vida de repente. Acercaron las antorchas de piedra roja a los bloques de explosivos, y pronto el cielo despejado se llenó de truenos.

En aquel momento, Hierbente y Arbolente utilizaron sus poderes de constructores de luz. Unos robles enormes brotaron del suelo y obstruyeron la visión de la horda enemiga, y largas hojas de hierba atravesaron el campo de batalla, enredándose en sus pies y ralentizando el ataque.

Y entonces, los cañones les dieron la bienvenida. Algunos bloques de explosivos estallaron, y un bloque intermitente saltó por los aires. El bloque activado cayó entre los monstruos, atrapados en la hierba alta, y explotó haciendo temblar el suelo. Se abrió un tajo enorme en el suelo y la detonación se cobró la vida de docenas de monstruos.

—¡Fuego! ¡Fuego! —gritó Gameknight.

Prendieron más cañones y el aire se llenó de cubos rojos y negros que parpadeaban. Mientras los lanzaban, la caballería se preparó para el ataque.

—De nuevo en la brecha —gritó Peón—. ¡Al ataque!

Los jinetes y las amazonas cargaron contra los monstruos que estaban más cerca. Las espadas sonaban contra las armaduras de los esqueletos y chocaban con las espadas de los hombres-cerdo zombis. La contienda era terrible. Gameknight, como mucha gente que conocía, desaparecía en una nube de objetos al extinguirse sus PS; siempre los sustituía otro guerrero. No había retirada posible para los PNJ, así

que luchaban por sus vidas, por las vidas de sus familiares...
y por Minecraft.

Estaban cambiando las tornas. Los monstruos empezaban a retroceder. Pero entonces, una flecha solitaria alcanzó a un enderman. El monstruo oscuro empezó a temblar y los ojos se le pusieron blancos. Los demás enderman temblaron también, enfurecidos.

En un instante, la batalla dio un giro: los enderman se habían unido a la lucha. Las criaturas sombrías se teletransportaban de un lado a otro, atacaban a los PNJ sin piedad y creaban el caos allí donde aparecían.

Para hacerlo todo aún peor, el sonido atronador de los cañones de explosivos empezó a cambiar. En lugar del bramido sordo empezaron a oír un roce metálico, como dos superficies de metal frotándose. Gameknight se giró y se le cayó el alma a los pies.

Gólems de hierro.

Habían cruzado el portal y se dirigían hacia los PNJ. Pero, sorprendentemente, los gigantes de metal no parecieron advertir la presencia de los defensores; iban directos hacia Gameknight999.

El rey de los gólems profirió un grito metálico de rabia que paralizó a todos los que peleaban en la batalla.

—No puedo hacer esto —musitó Gameknight—. Es imposible ganar.

—No te preocupes —dijo la Tejedora delante de él. Su arco silbaba cada vez que disparaba una flecha a los monstruos desde el caballo—. Nos las apañaremos, tú solo...

Él no la escuchaba, solo oía sus propios miedos que le gritaban desde su interior: «Solo eres un niño... Corre. Escóndete».

Y eso fue lo que hizo: correr.

Espoleando al caballo, Gameknight avanzó hacia la horda enemiga, pasando de largo de los zombis, los creepers y las arañas. Mientras corría, vio a Erebus, que lo miraba sorprendido; Gameknight siguió galopando tan deprisa como podía, mirando al frente.

La Tejedora miró hacia atrás y estalló en gritos de alegría. Los gólems de hierro perseguían su trofeo, la Rosa de Hierro, y estaban cayendo sobre los monstruos. Las poderosas criaturas balanceaban los brazos lanzando a los monstruos por los aires. Cuando aterrizaban en el suelo, perecían en un torbellino de parpadeos rojos, dejando tras de sí carne de zombi, tela de araña y pólvora. Los gólems aplastaban a los monstruos que se interponían en su camino con furia. La antigua rivalidad entre los gólems y los monstruos se había reavivado y ardía con fuerza. De monstruo en monstruo, los gigantes de metal pisoteaban a todo aquel que fuese lo suficientemente estúpido como para atacarles. Balanceaban los brazos entre las criaturas y lanzaban cuerpos por los aires. En cuestión de minutos, el ejército enemigo se batía en retirada; los pocos supervivientes intentaban alejarse lo más posible de aquel lugar.

Cuando Gameknight estuvo lo suficientemente lejos, se giró y observó la contienda. Vio a Erebus en el campo de batalla; los ojos rojos e incandescentes de la criatura oscura brillaban con odio y maldad. De pronto, Erebus desapareció en una nube de bruma morada.

—Gameknight... hemos ganado —dijo la Tejedora mirándole a los ojos.

—¿Qué...? ¿Qué?

—Que hemos ganado. Mira.

Gameknight apartó la vista del lugar donde había estado Erebus y la dirigió al campo de batalla. Vio que todos los monstruos habían huido al sur, y los pocos rezagados habían sido atrapados por la caballería. Pero ahora que los monstruos se habían ido, los gólems de hierro seguirían persiguiendo al Usuario-no-usuario.

—Escucha —le dijo a la Tejedora—, voy a llevarme a los gólems de aquí, después me reuniré con el ejército.

EL COMBATE CONTRA EL DRAGÓN

—¿Se puede saber de qué hablas?

—Los gólems no pararán hasta que recuperen la Rosa de Hierro. Voy a dirigirlos al sur, quizás aún alcancemos a algún monstruo. Dile a Peón que vaya al norte, allí es donde está la siguiente llave. Os alcanzaré cuando los haya despistado. Vamos.

Le dio una pala y la empujó de la montura antes de salir corriendo al galope.

Aterrizó en el suelo hecha un ovillo, rodó y se incorporó. Observó cómo se alejaba Gameknight999 y después se dio la vuelta y dirigió sus pasos hacia donde estaba el ejército. El suelo temblaba cada vez que los gigantes de hierro daban un paso rumbo al sur tras Gameknight999. Todos menos el rey de los gólems. El majestuoso líder se acercó a ella y se detuvo; la corona de enredaderas destacaba en su frente. La Tejedora se preparó para el ataque, pero en lugar de balancear sus poderosos brazos, levantó una mano muy despacio. En su gigantesco puño había una rosa. El rojo contrastaba contra su piel metálica brillante. Con cuidado, ella cogió la rosa y vio cómo los gólems seguían su camino tras Gameknight.

Se llevó la flor a la nariz e inhaló su aroma perfumado. Levantó la cabeza al oír unos cascos que se acercaban.

—Cuídate, Usuario-no-usuario, y vuelve pronto —dijo ella—. No podemos hacer esto sin ti.

Miró su arco encantado, sonrió y pensó en su hermana. Acto seguido, miró a las montañas escarpadas que se alzaban amenazantes a lo lejos.

—Te encontraré como sea, hermana —dijo la Tejedora en voz alta, sin hablar con nadie. Volvió a mirar al lugar por el que Gameknight había desaparecido y suspiró—. Te encontraremos… Te lo prometo.

CAPÍTULO 19

EREBUS

Erebus se materializó al pie de la montaña escarpada. Cuando la neblina de partículas moradas de teletransporte se disipó, levantó la vista al pico rocoso. La masa estrecha se elevaba en lo alto, y detrás de ella se divisaban otros picos. Miraban a Erebus como las garras afiladas de una especie de mano que hubiese surgido del suelo, con los dedos torcidos como si sufriese un dolor terrible.

Aquello le hizo sonreír.

Miró a su alrededor y divisó la amplia entrada del túnel al pie de una de las montañas. El paraje estaba salpicado de árboles enfermizos y sin hojas, cuyas extremidades desnudas se extendían desesperanzadas. Al principio, aquellos árboles retorcidos le incomodaban, pero ya estaba empezando a apreciar su belleza atormentada. A la derecha, el rey de los enderman localizó varios árboles que aún conservaban las hojas. Pero se fijó bien y vio cómo se marchitaban y morían las hojas en una rama marrón; el follaje viró poco a poco del verde lustroso a un gris enfermizo, y finalmente se redujo a cenizas. Volvió a sonreír.

Mientras caminaba hacia la abertura del túnel, Erebus vio a un constructor de sombra que se aproximaba desde el lugar donde estaba ahora el árbol muerto. Era uno que no hablaba nunca... solo miraba; el de los ojos encendidos.

Zombirento nunca les había dicho el nombre de aquel constructor, pero parecía respetarlo en silencio, como si fuese el que estaba al mando en realidad... Curioso.

Erebus saludó al constructor de sombra con un gesto al llegar a la entrada del túnel. Por primera vez, se percató de que aquel constructor no tenía la nariz protuberante ni el entrecejo que solían tener todos los PNJ y los constructores de sombra en Minecraft. De hecho, aquella criatura parecía más un usuario que un PNJ. Erebus elevó la mirada y no vio letras sobre su cabello negro, ni tampoco el hilo del servidor propio de los usuarios. Definitivamente, formaba parte del servidor, igual que Erebus y todos los monstruos y los PNJ, pero él era distinto, no sabía por qué... como si fuese más importante de lo que aparentaba a primera vista.

«Interesante.»

El constructor de sombra desapareció por la entrada del túnel. Erebus empezó a seguirlo, pero se detuvo cuando el túnel se iluminó de repente. Algo en llamas se acercaba. Erebus se detuvo justo cuando aparecía un torrente de blazes seguido de un grupo de esqueletos wither, con los huesos ennegrecidos iluminados por el resplandor anaranjado que proyectaban los blazes. Detrás de los esqueletos oscuros venía el mismísimo Malacoda. El rey del inframundo se elevó en el aire en cuanto llegó a la entrada del túnel. En cuanto estuvo lo suficientemente alejado del suelo, la mirada incómoda que le hacía fruncir el ceño abandonó su rostro.

Detrás de Malacoda venían Zombirento y unos cuantos constructores de sombra más. Erebus observó que el de los ojos encendidos se quedaba atrás, entre las sombras del túnel, lo bastante cerca como para escuchar, pero invisible a la vista... excepto, por supuesto, para los atentos ojos del rey de los enderman.

A la derecha de la entrada, Erebus vio la jaula de hierro, que ahora descansaba sobre un pedestal de piedra, con su presa pelirroja en el interior. Le dedicó una amplia y maléfica sonrisa y a continuación se giró hacia Malacoda.

—¿Dónde están tus soldados, enderman? —preguntó Malacoda.

—La mayoría han sido destruidos. Algunos están de camino, pero muy pocos.

Erebus agachó la cabeza en señal de respeto, pues sabía que Malacoda podía ser peligroso cuando recibía esta clase de noticias. Invocó sus poderes de teletransporte y se preparó para escapar si el ghast lo atacaba, pero de repente se dio cuenta de que no podía reunir las partículas moradas; no podía teletransportarse.

Levantó la mirada y vio una sonrisa malvada en el rostro infantil del rey del inframundo. Sus ojos pequeños y brillantes lucían un color rojo reluciente. Las puntas de los tentáculos del ghast tenían un tono naranja suave, como si estuviesen haciendo algún tipo de magia.

—¿Ibas a algún sitio, Erebus?

—Eh... no... yo solo...

—Basta de excusas —bramó Malacoda—. Aún me resultas de utilidad, por eso sigues vivo. Ahora dime qué ha pasado con ese intento de ejército que dirigías.

—Ha sido el Usuario-no-usuario —dijo Erebus. Un gesto enervado le ensombreció el rostro cuando mencionó el nombre de su enemigo—. Cuenta con un numeroso ejército de PNJ y estaban preparados para el ataque. De alguna forma sabían que íbamos. Habían fortificado la zona de forma adecuada, aunque no lo suficiente para detenernos.

—No obstante, os han derrotado. ¿Cómo es posible, enderman?

—Tenía gólems de hierro... eh... señor.

—¿Qué? —preguntó Zombirento, adelantándose—. ¿Gólems de hierro a sus órdenes? ¿Eran todos iguales o había uno con una corona de hojas?

—Sí, uno era como dices; llevaba una corona de enredadera en la cabeza —explicó Erebus.

Zombirento se dio la vuelta y miró hacia la entrada del túnel. Erebus vio con sus ojos entrenados de enderman que el constructor de sombra que se escondía en la oscuridad estaba contrariado; los ojos le brillaban más de lo habitual. Parecía que Zombirento estableciese algún tipo de comunicación silenciosa con él. Cuando su conversación sin palabras acabó, Zombirento se giró hacia Malacoda.

—¡Tienen la primera llave! —explicó el constructor de sombra de color verdoso—. Los gólems de hierro eran los guardianes de la Rosa de Hierro, y el rey de los gólems nunca abandonaría su puesto a menos que alguien se llevara la Rosa.

Malacoda miró a Erebus como si todo fuese por su culpa.

—Ha debido de ayudarlos alguien —dijo el rey de los enderman—. Utilizaban la tierra para luchar contra nosotros. Los árboles crecían de repente y enredaron a mis arañas con hierba altísima en la última batalla… deben de estar recibiendo ayuda de alguien.

—¿Por qué nadie me ha informado de esto? —espetó Zombirento.

Se volvió hacia la entrada del túnel de nuevo, y otra vez hacia Erebus y Malacoda.

—Los están ayudando los constructores de luz —explicó Zombirento.

El constructor de sombra se llevó las manos a la boca y silbó a través de sus dedos verdes, emitiendo un sonido agudo que hizo que a todos les pitaran los oídos. El túnel se llenó de ruido a medida que los constructores de sombra emergían del pasadizo.

—Tenemos que perseguir al ejército de la luz y destruirlos —dijo Zombirento—. Tienen la primera llave y debemos destruirla también. Ha llegado la hora de atacar.

—¡No! —interrumpió Erebus.

Todos los ojos se clavaron en el enderman.

—Dejemos que el Usuario-no-usuario nos guíe hasta la segunda llave. Dejaremos que luche contra los monstruos que protegen la llave. Y una vez que haya desbloqueado el acceso a la Fuente, atacaremos.

—Hablas como si estuvieses al mando —dijo Malacoda con un punto de violencia en la voz.

Erebus invocó sus poderes de teletransporte, pero una vez más su habilidad estaba bloqueada, por el momento. Vio que los extremos de los tentáculos de Malacoda volvían a estar levemente iluminados; así era como anulaba sus poderes de teletransporte. Erebus miró a Malacoda a los ojos llenos de odio, se inclinó y extendió los largos brazos ante él en una reverencia.

—Solo deseo servir al rey del inframundo —dijo con su voz chirriante.

Malacoda observó a Erebus y sonrió.

—Me gusta que sepas cuál es tu lugar, enderman —dijo Malacoda—. Pero he decidido que seguiremos al Usuario-no-usuario y lo destruiremos cuando yo diga. —Se giró hacia los esqueletos wither—. Reunid a las tropas, partiremos lo antes posible.

—¿Qué hacemos con la prisionera? —preguntó uno de los blazes con su voz mecánica y sibilante.

—Nuestra mascota se quedará aquí. Mis esqueletos wither la vigilarán y mantendrán a salvo mi trofeo.

—Es usted sabio —dijo Erebus con tono dócil—. Pero quizá sea mejor llevarla dentro de los túneles y rodearla de lava para que le resulte imposible escapar.

—No necesito lava para mantener a buen recaudo a mi mascota —espetó Malacoda—. Dejaré a algunos de mis esqueletos wither para que la vigilen. Ellos no van a fallarme como has hecho tú.

Malacoda miró al esqueleto wither general y le hizo un gesto con la cabeza. El monstruo oscuro levantó el arco refulgente que le había confiscado a la Cazadora en señal de asentimiento y reunió a los suyos. Los esqueletos cenicientos se arremolinaron alrededor de la jaula de hierro donde estaba la prisionera; eran al menos una veintena, con las armas desenvainadas.

El rey de los enderman fue hasta sus secuaces y les habló en voz baja.

—Quedaos aquí y vigilad a la prisionera, pero que no os vean. Informadme de cualquier cosa que ocurra —dijo Erebus—. ¿Entendido?

Los enderman asintieron, se retiraron y desaparecieron entre los árboles sin hojas. Sus siluetas alargadas tenían un aspecto tan inerte como las ramas desnudas de los árboles.

De repente, Erebus notó un cosquilleo por todo el cuerpo. Era como si de pronto se hiciese más fuerte. Miró a su alrededor y no vio nada fuera de lo normal, ni nadie pareció notar los cambios que estaba experimentando en su cuerpo rojo oscuro. Pero cuando miró hacia la entrada del túnel, vio que el constructor de sombra de los ojos encendidos estaba trabajando en algo, con las manos moviéndose en un torbellino de actividad. Cuando sus manos dejaron de moverse, el cosquilleo cesó. El constructor de sombra levantó la vista desde la oscuridad del túnel y miró fijamente al rey de los enderman con sus ojos refulgentes. Entonces esbozó una sonrisa maléfica, como si supiese algo que el enderman no sabía...

CAPÍTULO 20

SONAMBULISMO

Gameknight soñaba despierto mientras cabalgaba rumbo al norte. Quería darle un descanso al caballo después de la persecución agotadora huyendo de los gólems de hierro, y ahora estaba relajándose un poco.

Había llevado a los gigantes de metal por un corredor estrecho para atraparlos en el otro extremo y había funcionado. Le habían seguido por la grieta como ratones detrás de un trozo de queso, pero cuando estaban al otro lado del pronunciado barranco, él se había dado la vuelta, había cruzado la pasarela y había destruido el puente de tierra con explosivos, dejando a los monstruos atrapados al otro lado. El barranco se extendía hasta donde alcanzaba la vista en ambas direcciones; los gólems no podrían salir de allí… ¿hasta cuándo? Gameknight aún recordaba la mirada furiosa del rey de los gólems, cuyos ojos oscuros brillaban de odio. La voz metálica del monstruo aún resonaba en su cabeza.

«No escaparás a nuestra furia —le había dicho el rey de los gólems desde el otro lado del barranco—. Y nada podrá detenernos. Recuperaremos lo que es nuestro. Que mueras o no en el proceso es cosa tuya.»

Se estremeció al recordarlo, muerto de miedo. Gameknight sabía que el rey de los gólems no pararía hasta recuperar la Rosa de Hierro.

Con el trote del caballo, el bamboleo del animal lo sumió en una especie de *duermevela*. Los recuerdos de *personas* de su *pasado* afloraron desde el subconsciente... *sus* padres... *su hermana*... Shawny... el *equipo de Minecraft* al que pertenecía, el *equipo Apocalipsis*... hasta que los troleó y lo echaron. Mientras *su mente flotaba entre* los recuerdos como en un sueño, *una voz familiar empezó a aflorar* en un rincón de su cabeza. Era una *voz que llevaba* mucho tiempo *sin escuchar, la voz de su amigo*, probablemente su único amigo.

Era Shawny.

Estaba llamando a Gameknight, tecleando su nombre una y otra vez. Así es como Gameknight había conseguido contactar con Shawny en la aldea del Constructor. Recordar aquella aldea le arrancó un suspiro. Extrañaba aquellos días, cuando todo era sencillo y solo estaban en Minecraft, no en aquella batalla a vida o muerte a la que se enfrentaban ahora. Pero justo cuando iba a contestar a su amigo, la voz desapareció y fue sustituida por otra, también familiar... la Cazadora.

Una visión cruzó por la mente de Gameknight: una imagen de la Cazadora encerrada en una jaula de hierro. Zarandeaba los barrotes y gritaba su nombre mientras un grupo de esqueletos wither la vigilaba, riéndose a carcajadas, acompañadas de un repiqueteo de huesos. Tras ella se alzaban varios picos rocosos muy elevados. Una niebla plateada envolvía las cumbres y bajaba en hilachas flotantes por las laderas. Las montañas eran esbeltas y escarpadas, como columnas de piedra que un ser maligno y lleno de odio hubiera retorcido. Al pie de uno de los picos, vio la amplia entrada de una cueva, tan oscura que le dio escalofríos.

De repente, la Cazadora dejó de gritar y miró fijamente a Gameknight. La niebla plateada la rodeó y los esqueletos wither parecieron desvanecerse.

—*Usuario-no-usuario, tienes que venir a por mí* —dijo *con voz pausada mientras los barrotes de hierro desaparecían lentamente.*

Ahora flotaba en el aire envuelta en grandes corrientes circulares de niebla plateada. Su cabello rojo vibrante flotaba de un lado a otro llevado por la corriente y era como si tuviese una especie de aura de fuego mágico. Sus ojos marrón oscuro miraban fijamente a Gameknight, que sabía que ella también podía verlo.

—*Es la hora de que seas el Usuario-no-usuario que anunciaba la profecía. Tu momento ha llegado, pero primero tienes que rescatarme. Sé cuál es su plan. El ejército se dirige a una trampa. Erebus y Malacoda van a...*

De repente, fue expulsado del Reino de los Sueños. Su caballo empezó a galopar: un creeper había salido de detrás de un árbol y había iniciado el proceso de ignición. La explosión provocó un gran cráter en el suelo, pero la velocidad del caballo lo había salvado.

—Tengo que salvarla antes de que sea demasiado tarde.

Espoleó su montura y corrió hacia el norte. Mientras atravesaba aquella tierra como un relámpago, empezó a vislumbrar la cola de un ejército.

Era la retaguardia.

Vieron a la figura solitaria que se acercaba y cerraron filas en formación de defensa; los espadachines al frente, los arqueros detrás. Pero cuando Gameknight se hubo acercado un poco más, los guerreros lo reconocieron y estallaron en vítores.

—¡El Usuario-no-usuario ha vuelto!

Mientras Gameknight atravesaba el ejército hasta el frente, la noticia de su llegada se extendió y lo precedió. Cuando llegó delante del todo, el ejército había hecho un alto.

Peón ya había bajado del caballo cuando llegó hasta él. La Tejedora estaba sentada delante del Constructor en su caballo, con el arco reluciente en la mano y la flecha preparada. Gameknight cabalgó hasta donde estaba Peón y desmontó, y se reunieron con el Constructor y la Tejedora.

—Veo que el Usuario-no-usuario ha sobrevivido a la prueba contra los gólems y ha regresado con nosotros —dijo Peón—. Espero que no te los hayas cargado a todos.

—Están a salvo —contestó Gameknight—. Los he retrasado un poco, pero como no nos demos prisa, aún pueden sorprendernos.

Notó cómo unos brazos lo rodeaban por detrás. Miró hacia abajo y vio a la Tejedora, que lo miraba sonriente.

—Sabía que volverías —dijo—. Le dije al Constructor que...

—No hay tiempo que perder —interrumpió Gameknight—. Malacoda y Erebus planean algo, Peón. El ejército se dirige a una especie de trampa.

—¡Una trampa! —dijo el enorme PNJ, desenvainando su espada en un gesto entrenado y fluido.

El sonido de las espadas saliendo de las fundas resonó alrededor cuando los guerreros que estaban más cerca vieron la reacción de Peón y se prepararon para la batalla.

—La trampa no es aquí... al menos eso creo —explicó Gameknight.

—¿Entonces dónde está? —preguntó el Constructor desde detrás de la Tejedora. Él también había sacado la espada.

—No lo sé, la Cazadora me dijo...

—La Cazadora... ¿Has hablado con mi hermana?

—Sí. Hablé con ella en el Reino de los Sueños. Oyó a los monstruos contando sus planes. Tenemos que ir a salvarla, ¡y tenemos que ir ya!

—Espera —dijo Peón, apartando la espada—. ¿Has hablado con la Cazadora en un sueño y quieres que lleve a todo el ejército a salvarla?

—Eso es —contestó el Usuario-no-usuario.

—¿Y dónde está?

Gameknight se quedó en silencio de repente. No estaba seguro de dónde estaba. Miró alrededor y no vio nada que le diese una pista de dónde tenían encerrada a su amiga, pero entonces sus ojos se detuvieron en cinco picos afilados que sobresalían por encima del follaje, a lo lejos. Eran cinco montañas altas y estrechas que se retorcían de un lado a otro y se elevaban en el aire. Cerró los ojos y recordó la visión de aquellas montañas en su sueño, el aspecto retorcido y enfermizo, los árboles desnudos repartidos por su superficie. Gameknight abrió los ojos, desenvainó su espada de diamante encantada y apuntó a los picos.

—Está allí —dijo, con la voz inundada de confianza—, y yo voy a ir a buscarla.

—Mira, Gameknight… Entiendo que te sientas culpable por que capturaran a la Cazadora en la fortaleza de Malacoda en el inframundo —dijo Peón—. Pero embarcarse en una aventura a ciegas, basándonos únicamente en un sueño, no la va a traer de vuelta. No puedes hacer nada más.

—¡No! Voy a salvarla… Lo haré solo, si es necesario, pero voy a salvarla.

—¡No lo harás solo! —saltó la Tejedora, con el arco encantado en la mano.

—¿Tú también? —preguntó Peón, exasperado.

La Tejedora asintió.

Gameknight sacó la Rosa de Hierro de su inventario. Inundó todo el espacio de luz blanca; sus pétalos metálicos brillaban con tal pureza que parecían amortiguar la luz rojiza del sol enfermo. Le dio la Rosa a Peón.

—Llévatela y sigue su rumbo hacia la segunda llave —dijo Gameknight—. Yo salvaré a la Cazadora y volveré.

—¿Cómo vas a encontrarnos si no tienes la Rosa? —preguntó Peón.

—Yo… yo l-lo traeré de v-vuelta —dijo alguien tartamudeando.

El Pastor dio un paso adelante y se paró junto a Gameknight, muy erguido.

—Puedo sentir a mis… mis animales d-desde lejos. Ell-ellos nos gui-guiarán hasta vosotros.

Gameknight miró al muchacho desgarbado, estiró el brazo y le dio una palmada en el hombro. Podía oír las risitas y los comentarios dirigidos al Pastor. Él se encorvó un poco y miró al suelo mientras los matones sin rostro lo torturaban susurrándole sus insultos. Solo quería ayudar a su amigo, y Gameknight lo respetaba. El Usuario-no-usuario miró primero al Pastor y luego a la Tejedora. Luego se cuadró y se volvió hacia Peón.

—Somos tres y salvaremos a la Cazadora.

—Tres no, cuatro —dijo el Constructor. Dio un paso adelante y le puso el brazo en el hombro al Pastor. El muchacho miró al Constructor y sonrió, y después volvió a mirar a Gameknight con los ojos llenos de admiración por su héroe.

Gameknight levantó cuatro dedos de la mano y le sonrió a Peón.

—Pues parece que somos cuatro —dijo el Usuario-no-usuario.

—Los Cuatro Fantásticos —bromeó Peón, y sonrió también.

«Solo que ninguno somos calvos», pensó Gameknight, recordando la película.

—Volveremos pronto con nuestra amiga y derrotaremos a Malacoda y a Erebus.

Peón asintió y le hizo un gesto a uno de los soldados que estaban más cerca para que trajese los caballos. Cuando hubieron montado, Peón se acercó a Gameknight y le habló en voz baja, de modo que no les oyese nadie más.

—No olvides nunca cuál es el objetivo aquí: salvar Minecraft.

—Claro.

—Morir para salvar a una sola persona no sirve de nada.

—No voy a dejar a nadie atrás —le dijo Gameknight—. La devoción por nuestros amigos es lo que nos diferencia de los monstruos.

«Y de los matones», pensó.

—Volveremos, te lo prometo.

—Te tomo la palabra —dijo Peón, y esbozó su característica sonrisa enorme y contagiosa.

Gameknight le devolvió la sonrisa, tiró de las riendas del caballo y puso rumbo a las montañas escarpadas, junto a sus tres amigos.

CAPÍTULO 21

LAS MONTAÑAS ESCARPADAS

Cabalgaron hacia las montañas escarpadas en silencio, cada jinete obligando a su montura a ir todo lo deprisa posible sin agotar del todo a los animales. Al acercarse a los altos picos, Gameknight se dio cuenta de que la base de las montañas era enorme, tenía al menos cien bloques de diámetro.

«¿Cómo voy a saber en cuál está prisionera la Cazadora y en qué punto del perímetro?»

La tarea parecía casi imposible.

—¿A qué montaña vamos primero? —preguntó el Constructor.

—No lo sé. Solo he visto el lugar donde la tienen cautiva desde cerca. Desde lejos parece todo igual.

—¿Sabes? —dijo el Constructor—. Mi tía abuela, Panadera, me dijo una vez que «cuando pierdes el rumbo, a veces solo hay que cerrar los ojos y escuchar… a Minecraft y a ti mismo».

—Eso es, cerrar los ojos —dijo Gameknight mientras conducía a su caballo hasta la base de un enorme roble junto a uno de los picos amenazantes.

Desmontó y se tumbó en la hierba.

—¿Qué haces? —le preguntó la Tejedora.

—Voy a encontrar a la Cazadora —contestó Gameknight—. Bajad de los caballos, porque no sé cuánto voy a tardar.

Se ajustó la espada y la armadura, tratando de estar cómodo, y cerró los ojos. Pero lo último que vio antes de cerrarlos fue al Pastor, que corría hacia el bosque musitando algo. Se incorporó corriendo, miró al Constructor y luego de nuevo al muchacho.

—Pastor, ¿adónde vas? —preguntó Gameknight.

—Más amigos… Ne-necesitamos más amigos —contestó, y acto seguido desapareció entre las tupidas ramas de los árboles.

—¿Volverá? —preguntó Gameknight.

—Claro que sí —contestó la Tejedora.

—¿Cómo lo sabes?

—Porque nunca te abandonaría —explicó la Tejedora—. Eres como un padre para él. Te respeta y te admira, y solo busca tu aprobación… ¿No lo ves? Todo lo que hace lo hace para agradarte. Eres su única familia, como la Cazadora es la mía. El Pastor y yo nos parecemos mucho: nunca abandonamos a la familia.

Se quedó dándole vueltas a aquellas ideas… «Como un padre… Pero si solo soy un niño. No puedo verlo como a un hijo. Así no… Como un hermano pequeño, vale, como mi hermana. Soy solo un niño.» Suspiró, notando de repente el peso de la responsabilidad en su interior. Cerró los ojos e intentó dormir. Por supuesto que no era fácil, con el Pastor lejos, la Tejedora y el Constructor mirándolo y la montaña amenazante sobre ellos, pero cerró los ojos y pensó en el Reino de los Sueños… *Y de repente, estaba allí.*

La niebla plateada se arremolinó a su alrededor. Desenvainó la espada y se movió entre la bruma con cautela. Aquel reino pertenecía a Erebus tanto como a él, tenía que andarse con cuidado. Hizo un esfuerzo e intentó localizar a la Cazadora, percibir su tenacidad y su valentía, su empeño en vivir… Y la encontró.

Gameknight estaba de pie en la linde de un bosque extraño, cuyos árboles estaban desprovistos de hojas, con las ramas desnudas. Aquello les daba un aspecto torturado y enfermizo que hizo que Gameknight no tuviese ningunas ganas de tocar la corteza de sus troncos inertes. Se asomó por detrás de uno de ellos y vio a la Cazadora dentro de una jaula de hierro que descansaba sobre un pilar de piedra. Una docena de esqueletos wither, si no más, la rodeaban en posición de guardia, todos con una expresión de odio en los cráneos. La enorme entrada del túnel, a oscuras, se abría junto a su celda, bajo un saliente escarpado que emergía de la montaña un poco más arriba. A la izquierda, Gameknight vio una cascada que brotaba de una grieta en la ladera de la montaña. El agua caía desde una altura de al menos veinte bloques e iba a parar a un amplio lago.

Miró a su alrededor y vio más árboles inertes y de aspecto enfermo. Así era como la encontraría.

—Despierta... despierta... despierta.

Gameknight abrió los ojos y sonrió.

—¿La has encontrado? —preguntó la Tejedora.

Gameknight sonrió y asintió con la cabeza.

La niña rodeó al Usuario-no-usuario con sus brazos y lo estrechó con fuerza, tanto que este se alegró de llevar puesta la armadura de diamante. La muchacha aflojó el abrazo y lo miró a los ojos.

—¿Por dónde?

Gameknight observó los cinco picos y vio que todos tenían árboles diseminados en la superficie, pero el más cercano solo tenía troncos sin hojas.

—Ese —dijo Gameknight.

—Pues vamos allá —repuso la Tejedora.

—Pero ¿qué hacemos con el Pastor? —preguntó el Constructor mientras tiraba de los caballos.

—Tendrá que alcanzarnos luego —contestó Gameknight mientras subía de un salto—. Estoy seguro de que sabrá cómo encontrarnos. Tengo fe en él. Ahora vamos, en marcha. Tenemos que llegar hasta la Cazadora antes de que anochezca.

Los tres amigos se encaminaron a la montaña. Mientras cabalgaban, Gameknight escudriñaba el bosque con la esperanza de ver al Pastor corriendo hacia ellos, pero no vio nada. A veces, oía los aullidos de los lobos… muchos lobos, pero ni rastro del Pastor.

Suspiró y siguió galopando. Esperaba haber hecho lo correcto.

CAPÍTULO 22

EL ATAQUE DE LOS LOBOS

Gameknight encabezaba la marcha guiando a su caballo por el lindero del bosque. La montaña se alzaba amenazante ante ellos como una gran garra que se elevaba hasta el cielo. Veían el pie de la montaña, pero el perímetro era amplio y, sin la visión de Gameknight en el Reino de los Sueños, habrían necesitado días para rastrear toda la zona.

Con la mayor cautela posible, el Usuario-no-usuario buscaba la señal que les indicara que se encontraban cerca.

Y entonces la vio.

Se trataba de un árbol sin vida y enclenque, con todas las ramas desnudas. Al acercarse a él, Gameknight descubrió pequeños montones de ceniza en el suelo, como si las hojas se hubiesen quemado de alguna forma. El Constructor miró las cenizas y, con una reverencia, puso la mano sobre el árbol y palpó el tronco nudoso. Gameknight advirtió que, mientras acariciaba la corteza, una lágrima le caía por la mejilla y que sus sabios ojos de anciano se llenaban de rabia.

—¿Qué tipo de criatura podría hacerle esto a un árbol inocente? —bramó el Constructor.

—¿Insinúas que no ha ocurrido de forma natural? —preguntó Gameknight.

—No —replicó el muchacho—. Ha sido intencionado.

—Apartando la vista del árbol, lanzó una mirada fulminante a Gameknight999 y añadió—: Tenemos que encontrar a esa criatura y destruirla antes de que haga más daño a Minecraft.

—¿Qué tal si primero salvamos Minecraft? —replicó Gameknight—. Y después buscamos a tu asesino de árboles.

—No ha matado a los árboles —soltó el Constructor—. Los ha herido. Les ha arrebatado la capacidad de crecer y los ha dejado sufriendo una vida inútil y llena de dolor. Aquí ya no crecerá nada, ni siquiera si talamos el árbol. La criatura ha dañado Minecraft y debemos atraparla.

—Como ha dicho el Usuario-no-usuario —interrumpió la Tejedora—, primero vamos a salvar Minecraft, y para eso necesitamos encontrar a mi hermana.

Gameknight desmontó y ató las riendas a las ramas desnudas del árbol. Después indicó a los demás que hicieran lo mismo.

—A partir de aquí iremos a pie —susurró—. Ahora mismo es más importante ser sigilosos que rápidos, y el sonido de los caballos podría delatarnos.

Los otros dos asintieron y desmontaron. Ataron las riendas a las ramas desnudas del árbol. Gameknight desenvainó la espada y avanzó con cautela, asegurándose de evitar las ramas caídas y las hojas secas del suelo. Mientras caminaba, pensó en el Reino de los Sueños y en lo que rodeaba a la jaula de la Cazadora. Recordaba los árboles sin vida por todas partes, aunque también había algo más… Una cascada en lo alto de la ladera de una montaña.

Gameknight se detuvo durante un momento, cerró los ojos y escuchó.

—¿Qué ocurre? —preguntó el Constructor, mirando alrededor con ojos nerviosos en busca de peligro.

Gameknight alzó la mano para mandar callar a su amigo e inclinó levemente la cabeza cuadrada. Aguzó todos los sentidos y escuchó la música chirriante y artificial de Minecraft. Oyó el cloqueo de unas gallinas que estaban cerca... Luego, los mugidos de una vaca... Los aullidos de unos lobos... Después...

Percibió el sonido de una cascada.

Abrió los ojos y señaló hacia la izquierda.

—Por ahí —susurró.

Gameknight se agazapó y comenzó a avanzar lentamente. La Tejedora y el Constructor repararon en que las letras que flotaban sobre la cabeza de Gameknight perdían intensidad cuando se agachaba y las siguieron de cerca con las armas preparadas. A medida que avanzaban por el bosque, se oía mejor el sonido de la cascada, pero también un repiqueteo de huesos.

Esqueletos...

Gameknight se dio la vuelta y miró al Constructor, que asintió al reconocer el sonido.

—¿Los oyes? —susurró.

—Sí.

—Parece que son muchos —dijo el Usuario-no-usuario.

—Necesitamos un plan —sugirió el Constructor.

—Primero vamos a acercarnos y a echar un vistazo, después pensaremos en algo.

El Constructor asintió y prosiguió. Los tres compañeros avanzaban con cuidado por el bosque, moviéndose de un árbol a otro para evitar ser vistos.

El brillo iridiscente de la espada de Gameknight y del arco de la Tejedora proyectaba un leve resplandor azul a su alrededor. Gameknight se preguntó si el resplandor los delataría. Envainó la espada y le indicó a la Tejedora que guardara ella también el arco encantado. Con las armas mágicas en el inventario, el trío se camufló entre los árboles. La luz rojiza del sol se filtraba entre las hojas que quedaban en los árboles y proyectaba tenues retazos de luz sobre sus cuerpos.

A medida que se acercaban al repiqueteo de los esqueletos, Gameknight se percató de que cada vez más árboles tenían aquel aspecto enfermizo y desnudo, con pequeños montones de ceniza gris por todas partes. El Constructor tocaba con una reverencia la corteza de todos los árboles junto a los que pasaba y murmuraba entre dientes con una mueca de enfado creciente.

Gameknight999 se detuvo un instante, apoyó la espalda contra el árbol sin hojas y escuchó. La Tejedora y el Constructor hicieron lo mismo. Ahora oían claramente a los esqueletos, el repiqueteo de sus voces guturales difíciles de entender. Parecía que se encontraban en la colina próxima. Gameknight se agazapó de nuevo y comenzó a ascender por la ladera con cautela, indicando a sus compañeros que se quedaran donde estaban. Se escondió tras un gran roble sin hojas y se asomó por un lado del tronco. Divisó tras la cima de la colina la gran grieta en la ladera de la montaña con el saliente rocoso en lo alto. Vio la alta cascada a lo lejos, una columna de agua que caía por una pared vertical hasta un lago. Lo había encontrado.

Avanzó hasta el árbol siguiente para ver mejor la zona. Frente a la entrada del túnel oscuro había un claro en el que pululaba un grupo de esqueletos wither. A un lado de la entrada, Gameknight vio a la Cazadora atrapada en una jaula de hierro sobre tres bloques de piedra. El corazón de Gameknight se encogió, pues distinguió claramente a los esqueletos wither. Debían de ser unos veinte, cada uno de ellos armado con una espada de hierro y un arco encantado.

«¿Cómo vamos a enfrentarnos nosotros tres a veinte de esos monstruos?»

Necesitaba abrir la jaula y conseguir que la Cazadora se hiciese con un arco. Entonces serían cuatro atacantes para luchar contra los esqueletos, y, conociendo a la Cazadora, probablemente contaría como dos guerreros. Entonces recordó un proverbio que estaba en la pared de la clase del señor Planck, una de las citas de *El arte de la guerra*, de Sun Tzu: «En medio del caos también hay oportunidad». Eso era lo que necesitaban: caos... una distracción. Necesitaban algo que distrajera la atención de los esqueletos, para que así alguien pudiese liberar a la Cazadora y darle un arco.

Regresó en silencio, se colocó al lado del Constructor y le hizo señas a la Tejedora para que se acercara.

—He visto a la Cazadora... Está ahí.

A la Tejedora se le iluminó la cara por la emoción y la esperanza.

—Pero hay al menos veinte esqueletos wither haciendo guardia.

El brillo de los ojos de la Tejedora se atenuó un poco.

—Necesitamos una distracción —continuó Gameknight— para ahuyentar a los esqueletos. Así podremos abrir la jaula en la que está atrapada. El problema es que tendremos que...

De repente, el bosque estalló en aullidos de lobos que parecían rabiosos... y hambrientos. Gameknight sabía que todavía estaban lejos, aunque se acercaban rápido.

—¿Lobos? —preguntó la Tejedora—. ¿Qué hacemos?

Luchar contra una jauría de lobos era horrible. Atacaban por todas partes, sus mandíbulas voraces desgarraban a sus enemigos con despiadada eficacia. Y ahora mismo parecía que la jauría se dirigía directa hacia ellos.

—¡Rápido, detrás de mí! —dijo Gameknight mientras desenvainaba la espada—. Espalda contra espalda.

La Tejedora y el Constructor se pusieron detrás del Usuario-no-usuario y sacaron las armas, preparándose para la batalla.

Fue entonces cuando lo oyeron: el sonido de patas que corrían por el bosque, ramas que se partían, el crujir de hojas secas. Como una tormenta que se avecina, el sonido de la carrera se hacía más intenso a medida que se aproximaban. Los aullidos sonaban con más fuerza y ahora les acompañaban gruñidos furiosos… Aquellos animales estaban realmente rabiosos.

Pequeños cubos de sudor se formaron en la frente de Gameknight cuando empuñó la espada, dispuesto a enfrentarse a la amenaza inminente. Recordó que una vez había intentado luchar contra una jauría de lobos cuando Minecraft no era más que un juego. Aquello no había terminado bien. Y ahora tenía que volver a hacerlo. Se volvió para mirar al Constructor y a la Tejedora y les sonrió con la esperanza de levantarles un poco el ánimo. Ambos parecían aterrorizados, pues sabían cuál era el resultado más probable tras una lucha contra una jauría entera de lobos.

Los tenían encima.

Enormes criaturas blancas y furiosas corrían directamente hacia ellos. Gameknight advirtió que estaban furiosos: tenían un resplandor rojo brillante en los ojos. A lo lejos vio que había al menos treinta lobos grandes; no tenían ninguna posibilidad de sobrevivir a un ataque como ese. Todos los lobos llevaban un collar de color alrededor del cuello, pero Gameknight no le encontraba el sentido. El miedo y el pánico se habían apoderado de su mente. Empuñó la espada con firmeza y se preparó para el primer grupo de fauces.

La gigantesca jauría de lobos pasó de largo a toda velocidad. Pasaron rozándoles como balas blancas que agitaban los desnudos árboles. Los lobos corrieron ladera arriba y después se precipitaron al otro lado de la colina como una imparable ola blanca.

Cuando pasó el último lobo, la Tejedora gritó:

—¡Es el Pastor!

Gameknight giró bruscamente la cabeza y vio al Pastor dando zancadas detrás del último lobo.

—Hola, Gameknight —dijo el chico larguirucho mientras pasaba corriendo con una amplia sonrisa en la cara.

—¿Cómo? —Gameknight estaba confuso.

—¡Venga, van a atacar a los esqueletos! —gritó el Constructor mientras echaba a correr colina arriba.

Todavía desconcertado, Gameknight subió a toda prisa por la colina hasta detenerse en la cima. Lo que vio lo dejó pasmado. El caos reinaba en el claro; los lobos blancos luchaban contra los cenicientos esqueletos wither. Los dientes afilados rechinaban contra los huesos oscuros y las espadas desgarraban la carne peluda.

—¡Vamos, tenemos que ayudarles! —gritó la Tejedora.

—¡No, libera a tu hermana! —gritó Gameknight lanzándole un pico de diamante.

La Tejedora cogió la herramienta al vuelo y salió corriendo en dirección a la jaula de hierro. Gameknight fue tras ella. Corrió hacia el campo de batalla blandiendo la espada encantada con toda la fuerza que le quedaba. Esquivó una espada de hierro, rajó a un esqueleto, luego giró y bloqueó un golpe con la espada de diamante. Rodó bajo otro filo de hierro y golpeó las piernas de un atacante según se volvía para atravesar a otro de los oscuros monstruos huesudos.

Por encima del hombro vio al Constructor atrapado en un baile mortal con uno de los monstruos. El alto esqueleto estaba haciendo retroceder a su amigo, pero entonces dos lobos atacaron a la oscura bestia, le partieron las piernas y le despedazaron los brazos. El monstruo desapareció en una nube de huesos y esferas de PE. Poco a poco, los esqueletos estaban perdiendo terreno, pero todavía quedaban unos cuantos con vida, y uno bastaba para matarte.

Se lanzó hacia delante para detener el brazo de un esqueleto que empuñaba una espada justo cuando estaba a punto de abatir a un lobo herido. Le arrancó la espada del brazo huesudo y empujó al esqueleto al suelo, donde otros dos lobos se abalanzaron sobre él y consumieron sus PS en cuestión de segundos.

¡Clank!

Una flecha rebotó en su armadura de diamante, haciéndole retroceder tres pasos. Le habían disparado con un arco... un arco encantado.

Se dio la vuelta y divisó al otro lado del campo de batalla un esqueleto armado con un arco que lo apuntaba con una flecha. El esqueleto disparó. Gameknight vio la espiral que describía el proyectil por el aire mientras se dirigía directo hacia él. Era como ver una película a cámara lenta. La flecha lo paralizó, su mente aparentemente paralizada por la experiencia. Entonces, el Pastor se lanzó sobre él y le hizo caer al suelo. Oyó cómo la flecha le rozaba la oreja al caer al suelo. Miró al esqueleto y advirtió que había colocado otra flecha y le apuntaba a la cabeza. Al caer, había perdido el casco y la espada. Estaba indefenso. El esqueleto wither le dedicó una sonrisa huesuda mientras tensaba el arco y apuntaba a la cabeza del Usuario-no-usuario. Pero justo antes de que pudiese disparar, una flecha atravesó al monstruo por un costado, lo que provocó que se tambalease. El esqueleto disparó justo antes de que otro proyectil lo alcanzara en el pecho.

—¡Nadie les lanza flechas a mis amigos! —gritó la Cazadora—. ¡Y desde luego, no te he dado permiso para utilizar mi arco!

La saeta del esqueleto se clavó en el suelo cerca de Gameknight mientras que los proyectiles de la Cazadora golpeaban al monstruo en el pecho una y otra vez... Y otra vez... Y otra vez. El oscuro monstruo desapareció en una nube de huesos y carbón.

—¡Muerde el polvo! —exclamó la Cazadora.

Luego corrió junto a Gameknight mientras los lobos acababan con el último de los esqueletos wither.

—¿Estás bien? —preguntó la Cazadora al ayudarle a levantarse.

Gameknight asintió, después se dio la vuelta en busca

del Pastor. Lo encontró en el suelo con una flecha en el costado. Gameknight extendió la mano cuadrada y ayudó al joven a levantarse.

—¿Estás bien? —preguntó Gameknight.

El Pastor tocó la flecha que le salía del costado e hizo una mueca de dolor. Luego le dirigió una gran sonrisa.

—T-te dije... te dije que necesitábamos m-más amigos... amigos —tartamudeó el Pastor.

—Bueno, lo que está claro es que has traído a los adecuados —contestó Gameknight, dándole una palmada en la espalda que hizo que volviera a esbozar una mueca de dolor.

—Menos mal que encontraste una manada de lobos y no una piara de cerdos —añadió el Constructor, que se aproximaba con una gran sonrisa en el rostro.

Gameknight se rio por primera vez en... quién sabe cuánto tiempo. La imagen de una piara de cerdos acudiendo al rescate de la Cazadora le hizo soltar una risita ahogada.

La Tejedora llegó corriendo y se lanzó a los brazos de su hermana. La Cazadora tiró de inmediato el arco y abrazó a su hermana menor mientras las lágrimas le rodaban por las mejillas. Se quedaron allí, inmóviles, abrazadas y agradecidas de estar ambas a salvo.

—Me asusté mucho cuando vi que aquel monstruoso ghast te llevaba de vuelta al inframundo —susurró la Tejedora al oído de la Cazadora—. Te llamé a gritos, pero estaba demasiado lejos. Cuando por fin conseguí salir de la fortaleza... ya no estabas.

—¿Estabas allí? ¿Dónde?

—Me llevaron prisionera después de que... después de que arrasaran nuestro pueblo —explicó la Tejedora, dejando que un instante de tristeza interrumpiera las lágrimas de alegría—. Mamá y papá...

—Sí... Lo sé... Han muerto.

La Tejedora y la Cazadora lloraban de nuevo, pero esta

vez la tristeza reemplazó a la alegría: tenían que asumir que sus padres habían muerto. Su familia había sido destruida a causa de los malvados planes de Malacoda, y ahora solo se tenían la una a la otra. Comprender esto les hizo prolongar su abrazo hasta que, al final, la Tejedora se separó y miró a su hermana mayor.

—Hice prometer a Gameknight999 que vendría a salvarte —dijo la Tejedora mientras se secaba las lágrimas de los ojos. Después sonrió al Usuario-no-usuario—. Y aquí estamos.

—Bueno, he de decir que me alegro de que cumpliera su promesa —contestó la Cazadora sonriendo a Gameknight—. Pero ¿quién es el nuevo? Creo que no te conozco.

Cuando se acercó a estrecharle la mano al Pastor, vio la flecha que le salía del costado.

—¡Oh, no! Estás herido —le dijo.

—No es… no es nada —contestó el Pastor—. Me han… m-me han pasado cosas peores.

—Qué mentiroso eres, Pastor —soltó la Tejedora—. ¿Me estás diciendo que te ha pasado algo peor a que te dispare un esqueleto wither?

El chico delgaducho apartó la mirada con culpabilidad, arrastrando los pies.

—Lo que yo decía —dijo la Tejedora—. Pero has estado increíble, Pastor. No sé cómo habríamos conseguido salvar a mi hermana sin tus lobos. Gracias.

Le dio un beso en la mejilla y después un gran abrazo.

Avergonzado, el chico se puso colorado y apartó la mirada. En ese momento, la Cazadora agarró la flecha y tiró de ella para sacarla. El Pastor gritó de dolor y sorpresa. De repente, un coro de gruñidos inundó el claro. Una veintena de lobos supervivientes se acercaba poco a poco al Pastor. Él se colocó delante de la manada con los brazos extendidos.

—Son amigos del Pastor —dijo el chico—. Tratadlos como me trataríais a mí.

Los animales se calmaron, y sus ojos rojos se fueron tornando amarillos.

—Tenemos que irnos. ¡Ahora! —dijo la Cazadora—. Sé lo que está planeando Malacoda y debemos darnos prisa.

—¿El qué? —preguntó el Constructor.

—Os lo explicaré por el camino. Espero que hayáis traído caballos, la velocidad es la única ventaja que tenemos ahora mismo.

—Están en ese sendero —dijo Gameknight, señalando hacia ellos con su espada fulgurante.

—Entonces, pongámonos en marcha —instó la Cazadora.

El grupo cabalgó por el bosque a toda velocidad hacia las montañas; la manada de lobos los acompañaba. Sin embargo, ninguno de ellos vio al oscuro enderman que había presenciado toda la batalla desde lo alto del saliente rocoso encima del claro. El monstruo sombrío vio correr al grupo a través de los árboles hasta que los perdió de vista. Después, una niebla de partículas moradas envolvió a la criatura, que se teletransportó al encuentro de su rey... Erebus.

CAPÍTULO 23

EL PLAN DE MALACODA

Después de que el enderman le informara de la huida de la Cazadora, Malacoda gritó enfurecido con una voz estridente que resonó por toda la llanura. Los chillidos desgarradores y gritos espeluznantes hicieron que todos los monstruos en las proximidades se taparan las orejas con las garras para no oír aquel ruido espantoso.

Erebus no se inmutó, permaneció inmóvil. Había tomado la precaución de mantenerse fuera del alcance de los tentáculos de Malacoda al darle la mala noticia, pues sabía a qué velocidad era capaz de atacar con esos nueve brazos y no quería ser su próxima víctima.

—¿Cómo que ha escapado? —bramó Malacoda.

—Él la rescató —contestó Erebus con voz ahogada a causa de los nervios.

—Él... Te refieres a...

—Sí, el Usuario-no-usuario rescató a la prisionera de los esqueletos wither. ¿Recuerda aquella vez en la fortaleza del inframundo, cuando le dije que el tal Gameknight999 podía hacer lo más inesperado en el momento más inoportuno?

Malacoda gruñó y apartó la mirada.

—Bueno, pues eso es exactamente lo que ha hecho —dijo Erebus—. Interrumpió la búsqueda de la segunda llave de la Fuente para salvar a este PNJ.

—Pero no tiene sentido —bramó Malacoda mientras se elevaba flotando por el aire con los ojos iluminados de un rojo intenso—. ¿Por qué habría de desviar a todo su ejército solo para salvar a un PNJ?

—No iba acompañado de un ejército —contestó Erebus con una sonrisa burlona—. Eran solo el Usuario-no-usuario y otros tres PNJ.

El enderman que se encontraba junto a Erebus susurró algo a su rey.

—¡Ah, sí! Y una manada de lobos —añadió.

—¿Cuatro guerreros y unos chuchos han conseguido derrotar a mis esqueletos wither? —preguntó Malacoda con la incredulidad y la rabia reflejadas en el rostro moteado. Las cicatrices en forma de lágrima que tenía bajo los ojos comenzaban a brillar por la rabia que sentía.

—Oh... ¿He mencionado ya que Gameknight era el único usuario? Los otros tres eran PNJ.

—¿Qué?

Erebus sonrió.

Malacoda estaba poseído por la rabia. Descendió hasta un blaze cercano, estiró los brazos y azotó el cuerpo llameante con los nueve tentáculos. Los golpes sonaban como relámpagos; los PS de la desafortunada criatura se extinguieron en cuestión de segundos. El único vestigio que quedó de la existencia del monstruo de fuego fueron unas varas resplandecientes.

—¿Cómo has podido dejar que ocurriera algo así? —increpó Malacoda a Erebus.

El enderman dio un paso adelante y habló en voz baja, para que solo le oyera el rey del inframundo.

—Recuerde... su excelencia... que sugerí que se trasladase a la prisionera al interior de los túneles para que estuviera rodeada de lava. —Erebus calló. Después retrocedió para asegurarse de que volvía a estar fuera del alcance de los tentáculos y habló para que todos le oyeran—. Con esta ofensa, el Usuario-no-usuario se ha burlado de todos los monstruos del mundo principal y del inframundo, pero pronto nos vengaremos.

—¡Quiero vengarme ahora! ¡Quiero acabar con él! ¡Ahora! —bramó Malacoda—. Nos prepararemos para atacar y destruir a esos PNJ del mundo principal de inmediato.

—No —dijo Erebus rápidamente mientras retrocedía un paso más.

—¿Qué acabas de decir? —gruñó Malacoda con la voz felina llena de rabia.

—Sería un error... su suprema realeza. —Erebus se acercó de nuevo, exponiéndose a la ira del ghast. No obstante, bajó la voz para que solo le oyera el rey—. Deberíamos dejar que esos estúpidos PNJ nos conduzcan hasta la segunda llave y que se enfrenten a lo que sea que la custodia. Una vez que nos hayan conseguido la llave, nos vengaremos. —Erebus retrocedió uno o dos pasos y alzó la estridente voz para que todos le oyeran—. Robaremos las llaves de la Fuente a esos insignificantes PNJ y entonces tomaremos la Fuente... y la destruiremos.

Erebus se teletransportó a la cima de una pequeña colina para estar a la misma altura que Malacoda. Contempló el ejército de monstruos, extendió los brazos y clamó:

—Hermanos y hermanas, tenemos la victoria al alcance de la mano. Esos PNJ no son suficientes para enfrentarse a nosotros. Seremos como una tormenta imparable y caeremos sobre ellos con tanta violencia que desearán que su creador, Notch, no se hubiese molestado nunca en concebirlos en el código de Minecraft.

Los monstruos estallaron en vítores.

Erebus se volvió para mirar a Malacoda. El rey del inframundo parecía inquieto, cada vez más furioso. Sabía que todavía tenía que tener cuidado... pero no por mucho tiempo.

Con una sonrisa, el rey de los enderman continuó:

—El rey del inframundo nos conducirá a la mayor batalla nunca vista… La batalla final de Minecraft. Y una vez que hayamos obtenido la victoria, ¡iremos al mundo físico y lo dominaremos todo!

Los monstruos volvieron a vitorear.

—Pero debemos ser pacientes y esperar a que llegue el momento adecuado —añadió mientras los ojos iridiscentes de Malacoda se clavaban en él—. ¡Viva Malacoda, rey del inframundo!

Erebus extendió un largo brazo oscuro hacia el ghast flotante y levantó los puños. Los monstruos volvieron a vitorear. Los gemidos y alaridos resonaban por todo el paraje. Erebus observó el ejército y advirtió la mirada fría y sin vida de los monstruos que, con la sed de violencia reflejada en el rostro, miraban a Malacoda, aunque muchos también lo miraban a él. Con el rabillo del ojo distinguió a Malacoda. El ghast sonreía ante aquella adulación momentánea y se impregnaba de cada instante con los ojos resplandecientes de satisfacción.

«Imbécil.»

Pronto serían sus soldados y se libraría de aquel estúpido ghast. «Malacoda, tienes los días contados», pensó mientras levantaba el puño y vitoreaba. Una sonrisa burlona apareció en el oscuro rostro del rey de los enderman cuando pensó en su plan para eliminar a aquel imbécil.

CAPÍTULO 24

SHAWNY

Cabalgaron a toda prisa en dirección noroeste, hacia el Peón y el ejército. Gameknight iba a la cabeza, marcando el vertiginoso paso con el Pastor a su lado, y un círculo de animales de pieles blancas rodeaban al grupo en todo momento. La Tejedora, que se había negado a separarse de su hermana la Cazadora, montaba con ella en un solo caballo. Las dos no paraban de hablar: se contaban todo lo que había ocurrido desde que atacaran su pueblo. Y el Constructor, oteando el horizonte con sus resplandecientes ojos azules, iba a la retaguardia.

En algún momento de la tarde, abandonaron el bioma de bosques y altas colinas y se adentraron en la inusual y seca sabana. Las extrañas acacias de copa plana salpicaban el llano paisaje con aquellas hojas de color verde grisáceo que parecían enfermas bajo el rojizo resplandor del sol de Minecraft. Sus troncos separados y angulares y sus cortezas grises parecían casi alienígenas comparados con los enormes y majestuosos robles y los exuberantes pinos verdes del bioma del bosque. Pero a Gameknight le gustaba este terreno llano; podía divisar monstruos desde lejos. Vieron algún zombi y alguna araña acercarse por la sabana, sus cuerpos surcando la hierba de color amarillo como tiburones entre las olas del mar, pero la Cazadora acabó con ellos rápidamente con el arco. Los monstruos nunca llegaban lo bastante cerca como para que hiciera falta desenfundar la espada.

Prosiguieron el resto del día y toda la noche, por lo que avanzaban a buen ritmo. Al alba, Gameknight vio que el sol empezaba a iluminar el horizonte por detrás de él, en el este. Al igual que la mayoría de los usuarios y los PNJ, se alegraba de ver el amanecer, ya que la noche era de los monstruos. Aunque no habían visto muchos durante su carrera hacia Peón.

A medida que se iluminaba el paisaje, Gameknight se volvió hacia el Constructor y sonrió.

—Siempre me ha gustado el amanecer —dijo a su joven amigo, que ahora cabalgaba en la delantera.

—Ya, a mí también —contestó el Constructor girando la vista hacia el sol cuadrado con una sonrisa—. Mi tataratío Taylor solía decir que el amanecer es el saludo de Notch a aquellos que sobreviven a la noche. Es un renacer: la superficie amarilla del sol se lleva todos los pecados de la noche.

Pero no tardó en sustituir la sonrisa por el ceño fruncido.

Gameknight sintió la tensión en la mirada de su amigo y miró hacia el este. El sol tenía su habitual tono rojo profundo, pero al ascender por el cielo, su superficie mantenía aquella moteada decoloración. Tiñó de carmesí oscuro el paisaje, cubriéndolo todo de un resplandor rosado oscuro, como si el amanecer durara el día entero.

—Está empeorando —dijo el Constructor.

—Malditos creadores de sombra —exclamó la Cazadora—. Ellos le están haciendo esto a Minecraft.

—Pero ¿por qué? —preguntó Gameknight mientras ordenaba a su caballo que acelerara.

—Nunca lo dijeron —explicó la Cazadora—. El verde, Zombirento, era el que más hablaba, pero me di cuenta de que no estaba al mando. Había otro con los ojos como encendidos... ese era el jefe, aunque nunca hablara.

—Creo que tenemos que aceptar que estos creadores de sombra están ayudando a los monstruos de Minecraft —afirmó la Tejedora, que iba delante de la Cazadora—. A fin de cuentas, nosotros tenemos a los creadores de luz de nuestra parte... tiene sentido pensar que ellos tienen a los creadores de sombra.

Gameknight asintió y espoleó a su caballo para que acelerara el paso. Miró a su alrededor y vio pocos animales en este bioma, a excepción de caballos. Parecían proliferar de forma natural en la sabana. A Gameknight solía inquietarle que un monstruo saliera de un agujero o de la entrada de algún túnel y los sorprendiera. Pero aquel día estaba inusualmente tranquilo. Quizá fuera por la jauría de lobos que los rodeaba y protegía, obedeciendo órdenes del Pastor. Si apareciera una araña o un creeper, se encargarían de inmediato, dejando que Gameknight se relajara un poco con el vaivén de la montura.

En su avance, el movimiento monótono del caballo le fue animando a dormir. Sus párpados empezaron a pesar. La batalla para liberar a su amiga y la cabalgata nocturna lo habían dejado cansado, pero sabía que no podían parar. Tenían que regresar junto al ejército antes de que llegaran hasta la segunda llave. Y así fue cómo, lentamente, fue dejándose llevar a ese lugar intermedio entre la vigilia y el sueño... al Reino de los Sueños.

Una niebla plateada surgió del suelo, haciendo que pareciera que su caballo caminaba sobre una nube. La niebla arremolinada cubrió lentamente la hierba alta y los matorrales, dejando que solo sobresalieran sobre el vapor las cimas planas de las acacias. Sentado sobre su alto caballo, la cabeza de Gameknight asomaba del plateado velo, pero el resto de su cuerpo se sentía frío y húmedo. A izquierda y derecha podía ver a sus compañeros montados a caballo, pero tenían aspecto transparente, como si no estuvieran del todo allí.

Estaba solo en el Reino de los Sueños.

Miró a su alrededor y oteó el horizonte en busca de monstruos, pues no quería que lo sorprendieran en aquel argénteo paisaje. No había otras criaturas a su alrededor... estaba realmente solo. Entonces Gameknight creyó oír algo. Miró hacia atrás, pero no vio nada. Estaba convencido de haber oído algo.

—Gamekn...

Volvió a oírlo, pero esta vez sonó más fuerte y a su derecha. Tiró de las riendas y se dirigió a la derecha para averiguar de dónde venía. Frente a él, un paisaje de hierba alta y árboles extraños. Estaba solo.

—Gameknight...

Venía de detrás de él. Dio un giro hacia el sonido con la espada de diamante en mano.

Nada.

Tiró de las riendas y espoleó a su caballo para que fuera a medio galope hacia sus amigos. Debía de estar volviéndose loco, porque esta vez sonó como...

—Gameknight999, ¿estás ahí?

Shawny... sonaba como Shawny, su amigo, el único amigo que tenía en el mundo físico. Había ayudado a Gameknight a salvar el servidor del Constructor hacía, según le parecía, miles de años. ¿Cómo podía ser?

—Gameknight999, ¿estás ahí?

Tuvo que reunir toda su habilidad de Minecraft, se concentró en el ordenador de su sótano. Imaginó sus manos sobre el teclado y pulsó con sus pensamientos y su mente las teclas. Con cuidado, despacio.

—S... H... A... W... N... Y.

—Gameknight, ¿eres tú? Dios mío... hemos estado buscándote. Todo el mundo está...

Era Shawny. Oír su voz era maravilloso, si es que aquello podía considerarse oír. Era como si la voz procediera de la niebla plateada, así como del interior de su mente. Al ce-

203

rrar los ojos, Gameknight pensó que también podía ver las letras en su cabeza, como si estuviera leyendo el texto de la pantalla de su ordenador.

—Shawny, ¿eres tú de verdad o estoy soñando?

—Claro que soy yo. Me alegro mucho de que no estés muerto, ¿sabes? Después de la última batalla y todo eso. ¿Dónde estás? ¿Qué ha ocurrido?

Gameknight miró la niebla plateada a su alrededor, que se arremolinaba junto a él, y sonrió. Había encontrado a Shawny... ¡HABÍA ENCONTRADO A SHAWNY! Estaba tan contento... y aliviado... Quizá le pudiera ayudar.

—¿Recuerdas que el Constructor se sacrificó en la batalla contra Erebus y los monstruos del mundo principal? —preguntó Gameknight.

—Claro.

—¿Y recuerdas cuando detoné todos aquellos explosivos y salté por los aires?

—Claro que lo recuerdo. Todos los usuarios han oído hablar de eso.

—Bueno, obviamente no morimos. Ascendimos al siguiente plano de servidor y seguimos luchando por salvar Minecraft.

—¿Quiénes? —preguntó Shawny—. ¿A quiénes te refieres?

—El Constructor sigue vivo, pero ahora es un muchacho... reapareció en el cuerpo de un joven PNJ.

—Minecraft es capaz de cosas muy raras —afirmó Shawny.

Gameknight asintió y gimió afirmativamente.

—¿Qué está ocurriendo? —preguntó Shawny.

—Bueno, nos enfrentamos a Erebus y Malacoda en el último servidor, pero no pudimos detenerlos.

—¡¿Erebus sigue vivo?! —exclamó Shawny.

—Sí, y su nuevo amigo, el ghast Malacoda, es todavía más aterrador —explicó Gameknight.

—Te rodeas siempre de lo mejor de cada casa... —bromeó Shawny entre risas—. ¿Dónde estás ahora?

—Seguimos a Erebus, Malacoda y su ejército a este servidor, a la Fuente.

—¿En serio estás en la Fuente? ¿Cómo es? ¿Puedo verla? ¿Cuál es tu IP?

—Calma, Shawny, no es tan fácil. Primero, no sabemos dónde está la Fuente, ahora mismo la estamos buscando. Segundo, Erebus y Malacoda también la están buscando, y tienen muchos más monstruos que nosotros PNJ, así que estamos apañados. Me vendría bien un estratega experto como tú.

Gameknight hizo una pausa y miró a su alrededor. Vio a sus amigos transparentes avanzando fatigosamente sobre sus monturas. Los lobos del Pastor estaban ocultos por completo en la niebla plateada. Satisfecho al ver que no había monstruos cerca, prosiguió:

—Dime, ¿dónde estás y qué ha pasado con los demás usuarios?

—Pues estamos en la aldea del Constructor. Dile que su gente está a salvo. Y los demás...

—¿Cómo? —preguntó—. ¿Los demás?

—Sí, todos los usuarios están aquí conmigo.

—¿Qué? No lo entiendo. ¿Todos los usuarios están allí?

—Claro —explicó Shawny riendo—. Todos los usuarios se enteraron de tu sacrificio. Lo creas o no, Gameknight999 es un héroe. —Shawny se rio de nuevo—. Además, el servidor del Constructor es el único que todavía sigue online. No podemos acceder a ningún otro servidor de Minecraft. Si quieres jugar a Minecraft, tienes que venir aquí. En realidad no estamos jugando, estamos preparándonos.

—¿Para qué? —inquirió Gameknight.

—Para la guerra —respondió Shawny—. Hemos visto desaparecer todos los servidores de Minecraft. Es la única explicación a lo que está ocurriendo.

—¿Conseguiste que los demás usuarios te ayudaran? —preguntó Gameknight—. Sabes que con las cosas que he hecho en el pasado, no soy el jugador más popular de Minecraft.

—¿Estás de broma? Después del numerito de los explosivos y de volar por los aires a todos aquellos monstruos así... eres un héroe. Todo el mundo quiere ayudar al gran Gameknight999.

—¿Cómo?

—Sí, lo creas o no, todo el mundo quiere ayudarte. Así que estamos en el pueblo del Constructor preparándonos para la batalla final. Esperamos participar de algún modo y poder ayudarte a salvar Minecraft.

—No sé si podré traeros a todos a este servidor —explicó Gameknight—, pero si puedo, lo haré. Sin duda necesitaremos vuestra ayuda contra el descomunal ejército al que nos enfrentamos.

—¿Qué necesitas de nosotros?

Gameknight reflexionó y trató de imaginar la batalla final, pero las piezas del puzle no se habían materializado aún en su mente. No sabía cómo sería el campo de batalla, ni la formación que adoptarían los ejércitos, ni... Había demasiadas incógnitas, demasiadas variables. Sabía que tendrían problemas con todos aquellos monstruos, pero no se le ocurría una solución. Pero entonces recordó lo que había dicho el Constructor y le hizo sonreír: las piezas del puzle por fin se colocaron en su sitio.

—Esto es lo que necesito...

Y Gameknight le explicó la primera parte de su plan para la batalla final de Minecraft.

CAPÍTULO 25

SER, SIN MÁS

Gameknight emergió del Reino de los Sueños despertado por una risa. Miró a su alrededor y vio a la Tejedora, que lo miraba con una sonrisa enorme.

—¿Ya estás con nosotros? —preguntó.

—¿Qué?

—Has estado mascullando cosas raras —explicó el Constructor mientras acercaba su caballo al de Gameknight.

—¿Mascullando? —preguntó, confundido.

—Estabas en el Reino de los Sueños, ¿verdad? —preguntó la Cazadora.

Gameknight asintió.

—Has estado despierto en el Reino de los Sueños —explicó con un tono casi reverente—. Gameknight999, ahora eres un sonámbulo en toda regla, igual que yo, igual que mi abuela, la Curandera, y mi abuelo, Astillero. No es nada habitual ser sonámbulo; muy pocos conocen siquiera la habilidad.

—Por lo que dices, en tu familia es habitual el sonambulismo —dijo Gameknight—. ¿La Tejedora también es sonámbula?

La Cazadora estiró el brazo, le dio una palmada en el hombro a su hermana menor y agitó la cabeza.

—No, es muy raro que haya más de una persona con ese

don en la familia. Para mí ha sido una carga desde que era joven, y ahora es mi deber mantener a salvo el Reino de los Sueños. Porque si mueres en el Reino de los Sueños, mueres de verdad. Los sonámbulos deben vigilar a los visitantes ocasionales del reino y asegurarse de que estén a salvo... como hice yo cuando soñaste con Erebus en casa de tus padres la primera vez.

—¿Qué? —preguntó Gameknight.

—¿Recuerdas? Soñaste que estaba en el mundo físico y que los monstruos del mundo principal invadían tu casa —explicó la Cazadora—. Luchaste contra Erebus y, mientras, yo hice lo propio con los monstruos en el piso de arriba. Fue una batalla magnífica. No le di tregua al arco y me hice cargo de todos los zombis, las arañas y los creepers. Pero cuando me quedé sin flechas, tuve que abandonar el Reino de los Sueños y despertarte. Fue cuando te tiré de la cama. ¿Te acuerdas?

Él asintió con la cabeza. Aquella fue la noche que conocieron a la Cazadora en la aldea. Gameknight levantó la mano y se rascó el cuello donde Erebus lo había estrangulado, aunque la piel ya se había curado.

—¿Y para qué sirve el sonambulismo? —preguntó Gameknight.

—Para proteger a los que viven en el Reino de los Sueños... Es tu responsabilidad.

Gameknight asintió de nuevo, sopesando toda esta información nueva. Justo cuando iba a hablar, la voz del Pastor resonó en la sabana.

—El ejército... El ejército: están aquí.

Gameknight levantó la mirada y vio al Pastor delante de ellos. Había querido ir primero para buscar al ejército. Ahora levantaba los brazos largos y delgados por encima de su cabeza y gritaba con todas sus fuerzas, mientras sus lobos aullaban excitados. Volvió junto a los compañeros y galopó hasta situarse junto a Gameknight.

—El ejército está al ot-otro lado de la… la pr-próxima colina. Parece que están de-descansando… Po-podemos darles alcance.

Gameknight miró a lo alto y vio que el sol estaba ya muy cerca del horizonte; el bloque cuadrado era cada vez más rojo. Quería estar a salvo junto al ejército, así que espoleó al caballo para que galopara.

—Vamos, reunámonos con el ejército antes de que anochezca —dijo Gameknight al resto de la comitiva.

Llegaron al campamento justo cuando el último rayo de sol carmesí se hundía en el horizonte, tiñendo la sabana de un rojo oscuro que solo permaneció unos instantes hasta que la oscuridad envolvió el paraje. Los recibieron con gritos de júbilo al entrar en el campamento. Todos los guerreros coreaban el nombre de Gameknight como si fuese algún héroe mítico.

—¡Gamenight999 ya está aquí! Que se preparen los monstruos…

—El Usuario-no-usuario nos guiará hasta la victoria…

—Nuestro líder ha vuelto…

Los elogios seguían haciendo sentirse incómodo y falso a Gameknight. Él no era el líder allí, era Peón. El enorme PNJ era un líder nato, con una confianza, un sentido de mando y de decisión que hacía que los demás guerreros se sintiesen seguros y a salvo. En cambio él, Gameknight, era solo un niño cobardica, siempre asustado de lo que pudiera pasar si tomaba una decisión equivocada o cometía un error. Y ahora que habían vuelto, que podía ver que todos esperaban que él los protegiese, el terrible peso de la responsabilidad…

—¡Usuario-no-usuario! —atronó una voz.

Gameknight se dio la vuelta y se encontró a Peón, que se dirigía hacia ellos. Frenó su caballo, desmontó y todos lo imitaron.

—Veo que has traído una invitada —dijo Peón con una enorme sonrisa—. Bienvenida de vuelta, Cazadora.

—No gracias a ti, según tengo entendido —replicó la Cazadora.

—Teníamos que concentrarnos en encontrar la última llave de la Fuente —dijo Peón—. Pero todo el mundo se alegra de tu regreso. Mucha gente te admira. Tu destreza con el arco se ha hecho legendaria en tu ausencia.

—Sí, ya —dijo, dándose la vuelta y alejándose como una exhalación, con la Tejedora pegada a los talones.

—Deberíais comer algo antes de que nos vayamos —les dijo Peón.

—¿Irnos? ¿Adónde? —preguntó el Constructor.

—Hay una fortaleza un poco más adelante, bajo tierra —explicó Peón—. Aquí es donde nos ha guiado la Rosa de Hierro. —Abrió su inventario, sacó la flor metálica y se la tendió a Gameknight. Sus pétalos brillantes lo alumbraban todo como si estuvieran de pie en el centro de una supernova—. Deberías llevarla tú. Toma, aquí tienes.

Gameknight estiró el brazo y tomó la flor de la mano cuadrada de Peón. Al rodear el tallo con sus propios dedos, la notó vibrar como si estuviese viva. Gameknight cerró los ojos y oyó un estruendo lejano, como ráfagas de truenos que peinaran la tierra. Cuando la guardó en su inventario, sintió que la Rosa de Hierro lo empujaba al norte, hacia la fortaleza subterránea.

—Quiero ver dónde nos ha traído la llave —dijo Gameknight, agarrando las riendas de su caballo.

—Te mostraré el camino —dijo Peón.

—No, tengo que ir solo —respondió Gameknight, subiéndose al caballo.

Peón lo miró inquieto, asintió con la cabeza y se hizo a un lado.

—Come algo, Constructor —dijo Gameknight—. Y tú también, Pastor.

—Pu-puedo ir... con... contigo.

—No, iré solo. Además, tienes que ir a ver a tus animales y comprobar que están todos bien. Tienes una responsabilidad y todos confían en ti.

El Pastor asintió y se arrodilló para susurrarle algo al oído a uno de sus lobos. Después, se alejó corriendo hacia el rebaño con sus compañeros peludos tras él.

—Volveré pronto —le dijo Gameknight a Peón—. Asegúrate de que el ejército esté listo para partir. No podemos estar al descubierto mucho tiempo. Somos un blanco atractivo para Erebus y Malacoda.

Gameknight se acercó al PNJ y bajó la voz.

—La Cazadora conoce sus planes. Pretenden que los guiemos hasta la segunda llave y atacarnos cuando derrotemos a los guardianes.

—Entonces tenemos que conseguir la llave rápido y llegar hasta la Fuente —dijo Peón, y se alejó mientras daba órdenes a sus tropas.

Gameknight salió del campamento en la dirección que le marcaba la Rosa de Hierro. Podía sentir su pulsión desde el inventario; no cabía duda de qué camino debía tomar. Cuando hubo dejado atrás el campamento, la Cazadora lo alcanzó de repente a lomos de su caballo. Además, un grupo de lobos corría junto a él, sin duda enviados por el Pastor.

Gameknight miró a los lobos y sonrió, y después se dirigió a la Cazadora.

—Quería ir solo… para pensar.

—Peor para ti. No pienso dejar que hagas ninguna estupidez más ahora que me has rescatado, así que más te vale acostumbrarte a mi compañía. ¿Dónde vamos?

—Quiero ver qué nos espera en la segunda llave. Peón dijo que estaba en una fortaleza, así que quiero verla.

—Una idea genial —dijo, sarcástica, poniendo los ojos en blanco.

Gameknight emitió un gruñido como única respuesta y cabalgó en la dirección marcada por la Rosa de Hierro, con el círculo de lobos alrededor. Diez minutos más tarde, llegaron a un hoyo en el suelo, iluminado con antorchas. Un escuadrón de arqueros vigilaba cerca; debían de ser guardas apostados por Peón. Todos se irguieron al ver acercarse a Gameknight y se llevaron el puño al pecho a modo de saludo, pero lanzaron miradas de cautela a los lobos. La Cazadora observó los enérgicos saludos, miró a Gameknight y se echó a reír.

—Cállate —le susurró el Usuario-no-usuario a su amiga, y después sonrió—. He venido a echar un vistazo a la fortaleza —dijo Gameknight a los arqueros mientras desmontaba, igual que la Cazadora—. ¿Alguien ha entrado?

—No, Usuario-no-usuario —contestó uno de los arqueros—. Peón señalizó la entrada con antorchas y nos dijo que vigilásemos hasta su regreso.

Uno de los arqueros miró a los lobos y se rio. Le dijo algo a uno de sus compañeros, que se rio también y miraron a Gameknight.

—¿Qué pasa? —preguntó Gameknight al soldado—. ¿Qué habéis dicho?

—Solo decía que parece que el chico cerdo ha enviado a sus mejores amigos para que te hagan compañía —dijo el arquero—. Menudo detalle.

Los guerreros se rieron y empezaron a hacer muecas en un intento de imitar al Pastor.

Gameknight gruñó entre dientes y trató de ignorar a los PNJ, pero el comentario había conseguido enfadarle. Dirigió una mirada al soldado, desmontó y se acercó a la entrada. Era solo un agujero inocuo en el suelo, con unos escalones que se adentraban en la tierra. Todos los ojos estaban fijos en él, en espera de alguna declaración o un acto heroico por parte del Usuario-no-usuario. Gameknight podía intuir qué había abajo en la fortaleza, y solo pensarlo le daba escalofríos.

Bajó los escalones y oyó a la Cazadora detrás de él con paso seguro, cosa que le hizo tranquilizarse un poco. Bajaron unos treinta escalones hasta que llegaron a la fortaleza. Estaba construida de roca, como la mayoría, con algún bloque cubierto de musgo. Olía como huelen las cosas antiguas y extraordinarias, como un tesoro que llevara siglos escondido. Era un aroma que evocaba estructuras antiquísimas con secretos guardados en los corredores oscuros, pero aun así había algo que no encajaba. Gameknight inhaló profundamente tratando de descifrar aquel olor, pero era engañoso y cambiaba constantemente. Agitó la cabeza para no distraerse y siguió avanzando.

La fortaleza era un laberinto de pasadizos, con túneles sin salida y otros que daban vueltas sobre sí mismos en un remolino confuso. Por fin dio con un túnel largo y encontró un cofre con algunos objetos dentro; nada importante. Continuó y llegó hasta algo que parecían celdas de una prisión. Eran unos recintos con barrotes de hierro en la parte de delante y una puerta conectada a un botón en el exterior de la celda. Gameknight nunca había entendido por qué había celdas en las fortalezas, pero era algo que nunca faltaba.

Sabía que no habría nada dentro, así que pasó de largo y continuó su camino por el pasadizo principal. Había algunas antorchas en los muros que proyectaban un círculo de luz que hacía retroceder a la oscuridad, pero no lo iluminaban todo. Había estancias sumidas por completo en las sombras. Gameknight las evitaba y colocaba un bloque de tierra en los accesos para que nada saliese de ellas.

Continuaron caminando por los laberínticos túneles hasta que llegaron a una biblioteca. Era impresionante: las paredes estaban repletas de hileras e hileras de libros, y había también estanterías altas en el centro de la habitación. Gameknight se puso de puntillas y vio que podía leer los títulos en los lomos de los libros, cosa que no podía hacer cuando jugaba solo por diversión. En aquel entonces, los libros estaban escritos con las letras crípticas y extrañas del alfabeto galáctico estándar, unos caracteres ilegibles. Pero ahora aquellas letras parecían encerrar algún tipo de significado para él.

Estiró el brazo y sacó dos libros de un estante. Sopló para quitar el polvo de la cubierta. Uno se titulaba *La gran invasión zombi*, y el otro, *La Unión*. Quería sentarse a leerlos y conocer la auténtica historia de Minecraft, pero sabía que no tenían tiempo.

—Cazadora, ¿tú has leído algún libro de temas como estos? —preguntó Gameknight.

La Cazadora agitó la cabeza mostrando un desinterés absoluto por la enorme colección de pensamiento que descansaba en aquellos estantes antiguos. Dejaron los libros en su sitio y caminaron por la biblioteca hasta llegar al otro extremo, de donde salía un pasadizo largo y polvoriento. A ambos lados había unas puertas de hierro que llevaban a una zona distinta de la fortaleza. Mientras se desplazaban de una sala a otra, Gameknight empezó a notar que la Rosa de Hierro vibraba cada vez con más fuerza. Era como si sintiese que la segunda llave estaba cerca y no pudiese esperar a reunirse con su homóloga. Estaban cerca. Gameknight desenvainó la espada y se movió con sigilo.

Finalmente, la pareja llegó al punto más profundo de la fortaleza. Todo indicaba a que algo antiguo y maligno había estado encerrado allí durante mucho, mucho tiempo, y allí era adonde los había llevado la Rosa de Hierro. Dirigió una mirada furtiva a la Cazadora y avanzó por un largo pasillo, dejando atrás otro cofre decorado, hasta llegar a la última sala. En cuanto cruzó el umbral, a Gameknight se le cayó el alma a los pies. Supo al instante lo que tenía delante.

En el suelo había un estanque de lava de tres bloques de longitud. El calor que desprendía la lava le trajo recuerdos terribles de la última gran batalla contra Malacoda y sus criaturas del inframundo. Unos escalones llevaban a un segundo nivel de bloques dispuestos en círculo, a una altura de dos bloques por encima de la lava. Estos bloques, divididos en grupos de tres, tenían un aspecto muy extraño. En el centro de cada bloque había un hueco oscuro, como si faltase algo que había que colocar dentro. Tenían un tono verdoso y unas líneas amarillas muy sutiles recorrían la superficie. Parecían sacados de un planeta extraterrestre.

—¿Qué es esto? —preguntó la Cazadora.

Gameknight suspiró.

De pronto, oyeron un sonido como si algo arañara y se deslizara, algo que hubiese salido de su madriguera. Una lepisma se escurrió desde la parte trasera de la cámara, trazando un camino sinuoso. Las aletas erizadas del lomo reflejaban la luz de la lava y parecía que estuviera iluminada por algún tipo de poder mágico. La cola larga y segmentada se arrastraba detrás de la criatura mientras se deslizaba a toda velocidad por la habitación con un ruido que hacía eco en la sala, haciendo que pareciese que había más de una.

Gameknight sacó la espada y bajó los escalones. Sabía que la tenía que matar rápido, porque las lepismas heridas podían atraer a sus hermanas, haciendo que más criaturas pequeñas salieran de los bloques ocultos. Podían formar un enjambre de monstruos que atacarían a cualquier usuario o PNJ que se les pusiera por delante. Y sobrevivir a un enjambre de lepismas no era fácil. Agarró firmemente la empuñadura y se preparó para atacar, pero antes de que pudiera hacer nada, la Cazadora disparó dos flechas rápidas a la criatura, que parpadeó en rojo, se dio la vuelta y desapareció.

—Buen disparo —dijo Gameknight. Era muy difícil disparar a una lepisma.

La Cazadora sonrió y preparó otra flecha.

Gameknight miró los escalones que llevaban a la plataforma sobre el estanque de lava y vio de dónde había salido la asquerosa criatura: un generador de monstruos. Una jaula metálica del tamaño de un bloque descansaba en lo alto de los escalones. Despedía chispas y ceniza, y algo irreconocible giraba en el centro. Con el pico en la mano, Gameknight se acercó y propinó seis golpes al generador. El último golpe destrozó el bloque justo cuando iba a salir la siguiente lepisma.

Miró hacia abajo y vio un cofre en el rincón de la cámara. Se acercó y abrió la vieja caja de madera. Se formó una nube de polvo y las bisagras oxidadas crujieron y chirriaron. Pero cuando volvió a mirar, Gameknight descubrió doce esferas verdes y extrañas. Parecían doce ojos de extraterrestre que lo observaban.

Se inclinó sobre el arcón polvoriento y las cogió, subió de nuevo los escalones y colocó los extraños orbes ante él.

—¿Qué es eso? —preguntó la Cazadora, pero Gameknight no contestó, solo suspiró.

Sabía exactamente qué era aquello, y la certeza de lo que iba a ocurrir a continuación le hizo estremecerse de miedo.

Con cuidado, colocó cada una de las esferas en los huecos oscuros de los bloques; los ojos de extraterrestre adquirían una forma cuadrada al ajustarse al espacio. Cuando hubo colocado el último, se activó un portal que inundó la estancia con una extraña luz verde. Gameknight advirtió que este portal no era morado como los que llevaban al inframundo. No, este era distinto. Estaba lleno de estrellas, como si diese paso a las profundidades del espacio exterior.

—Gameknight... ¿qué es esto?

Se apartó un poco del portal y miró a la Cazadora. Una expresión de miedo y derrota cruzó su rostro.

«No puedo hacer esto», pensó.

Podía sentir al monstruo que había al otro lado del portal, y estaba aterrorizado. Lo perseguiría, lo atacaría, lo torturaría y acabaría con él. Iría tras él como todos aquellos abusones del colegio. Los fuertes siempre atacaban a los débiles.

«¿Por qué no puedo ser valiente?»

—¿Estás bien? —preguntó la Cazadora.

Gameknight suspiró y se estremeció. Notaba que la Rosa de Hierro lo empujaba hacia el portal, y solo pensarlo le infundía terror.

—No puedo hacer esto, Cazadora, no soy el líder que quieren ver en mí... Nunca lo he sido.

—Pero ¿qué dices? Nos guiaste hasta la victoria en la fortaleza de Malacoda.

—Aquello era distinto. Este portal lleva a algo terrible, y ese algo va a ir a por mí.

—Gameknight, no lo sabes...

—Sí lo sé. Lo noto, y estoy asustado. Siempre estoy asustado... Los monstruos de Minecraft me recuerdan a los matones del colegio... No puedo superar mis miedos.

La Cazadora suspiró y lo miró con cariño.

—Todos esos miedos a los que te aferras con tanto empeño empañan quién eres en realidad —explicó la Cazadora—. Te impiden ser tú mismo: el auténtico Gameknight999... el auténtico Usuario-no-usuario. Y hasta que aprendas a lidiar con esos miedos, nunca podrás ser la persona que estás destinado a ser. —Guardó el arco encantado en el inventario y le puso una mano pixelada en el hombro—. No eres consciente de lo grande que eres, de cuánto ayudas a los demás ni de lo buen amigo que eres, y todo por ese miedo y esa inseguridad que te hacen dudar de ti mismo.

Gameknight suspiró, miró al suelo y asintió.

—Quería defender a los demás chicos que sufrían acoso... Quería defender al Pastor, pero siempre tengo miedo. Pienso en lo horrible que sería si los abusones dejasen de burlarse del Pastor y decidieran acosarme a mí en su lugar; por eso, aunque sé que no está bien, nunca digo nada. Solo me escondo de mis miedos.

—Eso es lo que haces en Minecraft. Escondes el auténtico líder que podrías ser por mero miedo. Lo veo cuando los guerreros se burlan del Pastor. Veo cómo miras para otro lado, como si no te dieras cuenta, porque tienes miedo.

Gameknight asintió con la cabeza, avergonzado. Se sintió mal por todos los niños a los que podía haber defendido en lugar de esconderse en un rincón... y por el Pastor. Su miedo le había impedido ser un buen amigo y sabía que podía haberlo hecho mejor.

—¿Y si no soy lo suficientemente fuerte para llegar hasta el final de esta batalla? —preguntó Gameknight—. ¿Y si no puedo aguantar cuando estemos al borde de la destrucción? ¿Y si, en el momento clave, cuando todos los ojos estén fijos en mí y todos esperen que sea fuerte, me acobardo y salgo corriendo? ¿Y si...?

La Cazadora lanzó un gruñido, desesperada.

—¡Gameknight! —gritó, y su voz retumbó en las paredes.

Él se giró y miró a su amiga. Ella se erguía ante él con el cabello pelirrojo brillando a la luz del portal. Podía apreciar la confianza y el orgullo en su pose, que traslucía que sabía cuál era su cometido en Minecraft y que no tenía miedo a nada.

«¿Por qué no puedo ser fuerte como ella?»

Sabía que la Cazadora adivinaba la indecisión y el miedo en su rostro cuadrado.

—Gameknight, sabes perfectamente lo que tienes que hacer. Siempre sabes lo que tienes que hacer, es solo que nunca llegas a ello con la suficiente antelación. —Se acercó un paso más y bajó la voz—. Haz lo que mejor sabes hacer.

—¿Y qué es? —preguntó Gameknight—. ¿Qué hago yo mejor que los demás?

—¡Ser Gameknight999! Sabes ser Gameknight999 mejor que nadie. ¡Sé alguien que resuelve puzles! ¡Sé un gran guerrero! ¡Sé el líder del ejército...! ¡Sé un griefer! Sé todas esas cosas y hazlas lo mejor que sepas. Lucha con todas tus fuerzas y trolea al ejército de Malacoda y Erebus como nunca has troleado a nadie. —Se detuvo para que sus palabras calaran y bajó la voz—. Sé, sin más.

Se acercó al portal y se asomó al vacío plagado de estrellas.

—Bueno, ¿me vas a contar qué es esto?

Él suspiró e intentó sonar fuerte y seguro de sí mismo, pero no le salió muy allá.

—Es un portal al Fin.

—¿El Fin? ¿Qué es eso?

—Es un lugar donde solo hay usuarios... y enderman... y un dragón. El dragón más terrorífico que puedas imaginar. La segunda llave de la Fuente debe de estar ahí, así que ahí es donde tenemos que ir.

Ella se quedó en silencio un momento, sopesando la información, y finalmente se encogió de hombros y dijo:

—Bueno, nunca he matado a un dragón... Suena divertido.

La Cazadora se rio y le dio una palmada a Gameknight en la espalda. Luego se giró hacia el portal con el arco encantado en la mano y una flecha preparada. Mientras estaban allí de pie, oyeron entrar a Peón y a un grupo de guerreros en la fortaleza, listos para seguir al Usuario-no-usuario a la batalla una vez más. Pero Gameknight no podía pensar en el ejército, ni en el Fin ni en el dragón. Solo pensaba en el consejo de la Cazadora, cuyas palabras no dejaban de dar vueltas en su cabeza.

«Ser, sin más... ¡A lo mejor eso sí puedo hacerlo!»

CAPÍTULO 26

LA DECISIÓN DEL PASTOR

Peón entró como una exhalación en la sala donde estaba el portal con la espada en alto, con el Constructor al lado, ambos listos para la batalla. Gameknight levantó una mano para indicarles que no había peligro y envainó su propia arma.

—Estamos bien —dijo Gameknight, mientras un puñado de guerreros entraba en la sala tras ellos. Las armaduras entrechocaron al apretarse para cruzar el umbral. Entre la multitud de figuras acorazadas distinguió al Pastor, que se ponía de puntillas para mirar la estancia desde detrás del grupo, con una mirada de terror absoluto y la Tejedora al lado.

—No hay peligro —dijo Gameknight con voz suave—. Podéis bajar las armas.

El Constructor se adelantó y se situó junto a Gameknight. Miró los escalones que llevaban al portal del Fin y observó las paredes bañadas en la luz verde lima.

—¿Dónde está el resto del ejército? —preguntó Gameknight a Peón.

—Están esperando en la entrada —dijo el enorme PNJ, señalando el techo con un dedo pixelado—. Esperan tus órdenes, Usuario-no-usuario. Hemos bajado para asegurarnos de que no estabais en peligro.

Gameknight asintió y sonrió a Peón.

«En peligro… ¡Qué risa! ¡No tienes ni idea del peligro que nos espera!»

—¿Qué es este lugar? —preguntó el Constructor.

—Creo que deberíamos hablar fuera de la sala del portal —dijo Maderente. Todos se sorprendieron de verlo. El constructor de luz había entrado en la estancia con gran sigilo, abriéndose paso sin esfuerzo entre los guerreros acorazados, tanto que parecía que acababa de materializarse allí—. Venid, vamos a la sala de reuniones.

—¿La sala de reuniones? —preguntó el Constructor.

Gameknight se encogió.

El constructor de luz se giró y se abrió paso entre los soldados que ocupaban el umbral, de forma que todos pudieron ver su espalda. Caminó con paso seguro por los pasadizos hasta la sala de reuniones. Sabía perfectamente qué túnel coger en cada ocasión y se movía con paso confiado y firme, como si aquello fuese suyo.

Salieron de la cámara del portal y siguieron a Maderente por el laberinto de túneles hasta una cámara amplia en el centro. Tuvieron que darse prisa para seguir el paso veloz del constructor de luz. Finalmente, tras subir unas escaleras de piedra destartaladas y medio en ruinas, llegaron a su destino: la sala de reuniones. Gameknight reconoció al momento la columna que se alzaba en el centro de la estancia. Tenía antorchas en la parte superior, en todos los lados. Proyectaban una cálida luz amarilla que iluminaba toda la cámara y desterraba las sombras; la luz siempre hacía sentir a salvo a Gameknight en Minecraft.

Peón y su docena de guerreros entraron en la sala con el Constructor y la Tejedora detrás. Se repartieron por la cámara, sin apartar la vista de los túneles conectores, con las armas en alto, en busca de peligro. A un lado, Gameknight divisó al Pastor en una esquina en sombras, con el miedo aún pintado en la cara.

—¿Qué es este lugar? —preguntó el Constructor—. No recuerdo que los PNJ hayan construido nada parecido a esto.

—Las fortalezas no las construyen los PNJ —explicó Maderente—. Son mucho más antiguas. Se construyeron antes de las guerras y los conflictos. Incluso antes de la Unión —pronunció aquellas palabras con reverencia, como si todo el mundo supiera lo que significaban. Algunos PNJ se miraron entre ellos, confundidos. No sabían de qué hablaba el extraño constructor de luz—. Antaño, las fortalezas eran un lugar de aprendizaje. Los PNJ se reunían para discutir ideas, debatir y aprender.

—¿Y por qué hay celdas? —preguntó la Cazadora—. No parece un lugar muy acogedor para venir a leer un rato.

Uno de los guerreros se rio, pero la mirada enojada de Maderente lo hizo callar.

—Sí, es cierto que hay celdas —prosiguió Maderente—. Todo empezó en la época de la Gran Vergüenza. La gente empezó a hacer las cosas solo por sí mismos. Dejaron de ayudar a los demás. Cometían delitos. —Sus frases breves y entrecortadas resonaban en la cámara como una ametralladora—. Se traía a los delincuentes a las fortalezas para ser juzgados. Si era necesario, se los encerraba.

—Un sitio muy agradable —apostilló la Cazadora.

Más risas. Más miradas amenazantes de Maderente.

—Tras la Gran Vergüenza y la Unión —continuó el constructor de luz—, ya no se necesitaban las celdas ni las fortalezas. Como podéis ver, están abandonadas.

Gameknight miró a su alrededor y vio telarañas en los rincones y bloques que faltaban. La estructura estaba en ruinas y parecía que Minecraft la estuviese reclamando. Entonces se dio cuenta de que el olor provenía de allí. No olía a misterios antiguos ni a secretos ocultos. Era el olor de la decadencia; el aroma de una era olvidada. Levantó la mirada y se encontró con Maderente, que observaba al Usuario-no-usuario.

—Has estado en una fortaleza antes, ¿no?

—Sí —contestó Gameknight.

—Entonces sabes lo que hay al otro lado del portal.

Gameknight asintió con la cabeza y suspiró.

—¿Qué es? —preguntó el Constructor—. ¿Qué hay al otro lado de ese extraño portal?

—¡Un dragón! —gritó la Cazadora.

Los guerreros no daban crédito a lo que oían.

—Gameknight, ¿es eso cierto? —preguntó el Constructor.

—Sí, es el Dragón del Fin, y solo existe en un reino llamado el Fin. Debe de ser el guardián de la segunda llave de la Fuente, y me temo que sé qué es esta llave. —Hizo una pausa y esperó para asegurarse de que todos le escuchaban, de que todos los ojos estaban fijos en él, y continuó—: La segunda llave es el huevo del Dragón del Fin, ¿verdad, Maderente?

El constructor de luz asintió.

—Tenemos que ir al Fin y enfrentarnos al Dragón del Fin para llevarnos su huevo —explicó Gameknight—. Ese es el próximo desafío que tendremos que superar para llegar hasta la Fuente.

—No entiendo nada —dijo el Constructor, y su voz cortó el silencio—. ¿Qué es el Fin? Nunca hemos oído hablar de este lugar.

—Es un lugar solo para usuarios, no para PNJ —explicó Gameknight—. Yo he estado allí muchas veces cuando jugaba a Minecraft. Algunas sobreviví al Dragón del Fin, pero otras no. —Algunos guerreros lo miraron sorprendidos—. El Dragón del Fin es la criatura más fiera de Minecraft, y el Fin es el lugar más extraño que jamás veréis. Este desafío pondrá a prueba nuestro valor y nuestro arrojo. Pero tenemos que superar este obstáculo si queremos llegar hasta la Fuente y protegerla de Malacoda y su horda de monstruos.

Gameknight999 miró a los ojos de cada uno de los individuos que tenía alrededor. Vio miradas de emoción, de esperanza, de indecisión, de confusión... Todas las emociones posibles estaban concentradas en aquellos ojos, pero la mayoría irradiaban incertidumbre y miedo.

—Os diré algo, con sinceridad: me da muchísimo miedo volver al Fin. Cuando fui siendo usuario, tenía todos los encantamientos posibles, las mejores armas que conseguí robar y todos los parches piratas del software que pude descargarme, y aun así varias veces fracasé en mi intento de derrotar a ese monstruo volador. —Los recuerdos de las incontables batallas se reprodujeron en su memoria en un instante. Las garras enormes extendidas hacia él, las feroces fauces dando dentelladas, los ojos... los terribles ojos morados... Se percató de que estaba temblando y se detuvo para tomar aire e intentar tranquilizarse—. Pero no tenemos elección. Tenemos que ir al Fin y enfrentarnos al dragón, para bien o para mal. No sé cómo vamos a derrotar a esa bestia, pero tenemos que intentarlo o todo estará perdido.

—¡Pero, por lo que dices, parece casi imposible! —gritó alguien desde la multitud.

—Yo no he dicho que sea imposible, he dicho que lo he intentado varias veces y algunas lo conseguí.

—¿Cuántas veces lo conseguiste? —preguntó una voz aguda.

Gameknight se detuvo y miró hacia la voz que había formulado la pregunta. Encontró a la Tejedora, que lo miraba con el arco en la mano. Tenía una expresión de determinación en los ojos, como si estuviese retando al Dragón del Fin a que se pusiera frente a ella para poder aniquilarlo.

—Una vez —contestó, avergonzado—. Solo conseguí derrotarlo una vez sin hacer trampas.

Aquello desató una avalancha de preguntas, algunas para Gameknight999 y algunas para otra gente. La sala de reuniones era un caos después de que la confesión de Gameknight hubiese puesto en peligro la fuerza y el coraje de los guerreros.

—¿Por qué tenemos que hacerlo? —gritó alguien.

—¡Solo lo has derrotado una vez! —acusó otro.

—¿Cómo vamos a salir con vida? —preguntó otro.

—Estamos perdidos...

Gameknight los dejó quejarse y protestar, dejó que lo acusaran. El miedo y la inseguridad eran acuciantes y debilitaban su valentía. Dejó que discutieran, que debatieran, y finalmente levantó las manos para pedir silencio.

—Sé por qué fracasé todas las demás veces, y sé por qué conseguí vencer al dragón al fin.

—¿Por qué, Usuario-no-usuario? —preguntó el Constructor—. Dinos qué aprendiste después de todas aquellas batallas contra el Dragón del Fin.

—Todas las que perdí, fue porque fui al Fin yo solo.

—¿Por qué fuiste solo si sabías lo peligroso que era? —preguntó la Tejedora.

—Porque yo era Gameknight999, el rey de los griefers. Y porque, por ser quien era, no tenía amigos y nadie iba a venir conmigo a ayudarme. Intenté vencer al Dragón del Fin solo porque no tenía a nadie.

—¿Y la vez que lo conseguiste? —preguntó.

—Al fin hice un amigo, Shawny, que estaba dispuesto a estar a mi lado incluso aunque a veces lo trataba mal. —Hizo una pausa al acordarse de su amigo y sonrió—. Conseguí... Conseguimos derrotar al Dragón del Fin porque trabajamos en equipo y nos ayudamos mutuamente. Ese es el secreto para combatir al Dragón del Fin. —Se detuvo y desenvainó la espada, apuntando al mar de rostros que tenía ante sí—. Mirad a vuestro alrededor... ¿Estáis solos? ¡No! ¿Hay alguien que vaya a ayudaros y a cubriros las espaldas? ¡Sí! —Esperó mientras cada PNJ miraba al que tenía al lado, y luego volvían a mirarle a él—. Os diré una cosa: tengo miedo, pero tenemos que ir al Fin y enfrentarnos al dragón. Tenemos que vencer a esa criatura para salvar Minecraft.

«Y a mi familia.»

—No sé cómo acabará esta batalla —miró a la Cazadora, y de nuevo al mar de rostros—, pero puedo prometeros que voy a ser el mejor Usuario-no-usuario que puedo ser, y que emplearé hasta el último resquicio de fuerza para defender Minecraft. Tengo tanto miedo como vosotros, pero tenemos que...

—No... n-no... no... —tartamudeó el Pastor.

Gameknight se giró hacia el muchacho. Vio que el Pastor temblaba con una violencia casi incontrolable; hasta el cabello oscuro le temblaba.

—Pastor, ¿qué ocurre?

—Peligroso... p-peligroso —dijo el Pastor, con la voz rota por el miedo—. N-nece... necesito más. El portal del Fin es peligroso... es p-peligroso. Más... m-más...

Gameknight fue hasta su lado y le habló en voz baja.

—¿De qué estás hablando? Mírame.

Le agarró la cara y lo obligó a mirarle. El Pastor estaba aterrorizado, al borde del pánico, y sus ojos tenían una expresión de locura absoluta.

—Lo noto —susurró el Pastor, con la voz quebrada del miedo—. El dr-dragón... lo... lo noto... y noto lo que hay más all-allá —Se llevó las manos a la cabeza y se tapó los oídos, apretando muy fuerte.

—No pasa nada, Pastor, aquí estamos a salvo —dijo, pero el Pastor era ya presa del pánico y no le oía. Gameknight dejó a un lado la espada y le agarró la cabeza con las manos para mirar directamente a los ojos bicolor del Pastor.

—El dr-dragón... más... m-más... —tartamudeó el Pastor. Hablaba como si hubiese perdido la cabeza.

—Pastor, tranquilízate. Todo va a salir bien, vamos a librar juntos esta batalla. Puedes quedarte en la retaguardia, allí estarás a salvo —dijo Gameknight.

Los ojos del Pastor enfocaron poco a poco los de Gameknight y el tembleque empezó a remitir.

—Déjalo, chico cerdo, tampoco serías de mucha utilidad allí —dijo alguien desde algún lugar de la cámara.

Gameknight giró la cabeza y lanzó una mirada furibunda a los guerreros, retando al que había hablado a hacerlo de nuevo, pero no dijo nada. Se volvió de nuevo hacia el Pastor y le habló en voz baja y suave, solo para los oídos del muchacho.

—Pastor, estarás a mi lado todo el tiempo. Yo te protegeré. Juntos sobreviviremos a la batalla. ¿Entiendes?

—El portal os… el portal oscuro… es p-peligroso —dijo el Pastor, como un oráculo que estuviera prediciendo el futuro—. El dragón es ma… malo. Necesitamos m-más… El Pastor puede ayudar. El Pastor sa-sabe qué hay que… qué hay que hacer.

Y antes de que Gameknight pudiese decir nada, el Pastor se dio la vuelta y salió corriendo de la sala de reuniones hacia la superficie.

—¡Pastor! ¡Espera!

Gameknight salió corriendo tras el chico, abriéndose paso entre los cuerpos acorazados que se agolpaban en la sala de reuniones, pero su propia armadura le dificultaba ponerse a la altura del ágil joven.

—¿Adónde va el Usuario-no-usuario? —preguntó alguien.

—¿Está huyendo?

—¿Qué ha pasado?

—¿Adónde va?

Gameknight corrió por los pasillos. Podía sentir la confusión y el miedo del PNJ. Sabía que tenía que alcanzar al Pastor y averiguar qué iba mal. Algo dentro de él le decía que era importante, que el Pastor era la clave del éxito.

Mientras corría, oyó pasos detrás de él, muchos. Miró por encima de su hombro y vio a Peón y a la Tejedora, que lo seguían con las armas preparadas y una expresión de incertidumbre y confusión en el rostro. Tras ellos iba el resto de los PNJ, apretujados unos contra otros en los estrechos pasadizos.

—¡Quedaos ahí, no me sigáis! —gritó, pero nadie lo oyó por el ruido atronador de los pasos y el chocar de las armaduras que llenaban el corredor.

Ignoró a sus perseguidores y corrió con la esperanza de alcanzar al Pastor, que parecía conocer con exactitud el camino para salir de la fortaleza, y se movía de un pasillo a otro sin vacilar. Finalmente, llevó a Gameknight hasta las escaleras que subían a la superficie. El Pastor estaba ya a medio camino del conjunto de escalones cuando Gameknight llegó.

—¡PASTOR... Detente! —gritó.

—Malo... peligroso... más...

No alcanzó a oír sus últimas palabras por el eco de los pasos.

—No puedes... no puedo...

—¡Pastor, espera!

Subió los escalones como un relámpago en pos del joven PNJ, hasta llegar a la entrada de la fortaleza. Se detuvo a recuperar el aliento y vio cómo el Pastor corría por la sabana rumbo al bosque de colinas a lo lejos, con la manada de animales blancos y peludos junto a él.

CAPÍTULO 27

EL PORTAL DEL FIN

Eso es, chico cerdo, huye —gritó uno de los arqueros. Gameknight se encogió, avergonzado.

—¡Cállate! —gritó la Tejedora, subiendo las escaleras. Se dirigió como una exhalación al guerrero que había hecho el comentario y se puso frente a él para mirarlo directamente a los ojos. Este, avergonzado, miró al suelo y retrocedió unos cuantos pasos. La Cazadora salió de la fortaleza y fue junto a su hermana. Le puso una mano en el hombro, tiró de ella y volvieron con Gameknight, que miró a la niña e intentó sonreír.

—¿Adónde va el chico? ¿Por qué ha huido? —preguntó Peón al salir del túnel.

—No lo sé —contestó Gameknight—, no entiendo qué ocurre. —Suspiró y observó la sabana, y al fondo la diminuta silueta del Pastor que finalmente desapareció de su vista.

—Quizá su coraje se ha quebrado del todo y huir es la única vía de escape —sugirió el Constructor, de pie junto a su amigo, jadeando para recuperar el aliento.

—No… no huye —dijo Gameknight con voz mansa.

—¿Qué quieres decir? —preguntó Peón—. Mira… Se ha ido corriendo, literalmente. El chico se ha ido, nos ha abandonado.

Una ráfaga de comentarios indignados se originó entre

los soldados, llamándolo cobarde, fracasado, y hasta traidor. Profirieron todos los insultos que se les ocurrieron.

—Os equivocáis —dijo Gameknight—. No sé qué hace, pero no nos está abandonando, él no es así. Sea lo que sea lo que está haciendo, su objetivo es ayudarnos.

Nadie escuchaba al Usuario-no-usuario, su voz y su convicción acerca del Pastor sonaban débiles.

«Quizás haya huido —pensó—. No, él no haría algo así. No abandonaría a sus amigos. Pero entonces, ¿por qué? Debería defenderlo, declarar a voz en grito su inocencia, pero lo odian tanto y están tan enfadados... ¿Cómo voy a hacerlos cambiar de opinión? Soy solo un niño, una sola voz... Pero al menos tengo que intentarlo. Es mi amigo, y él haría lo mismo por mí.»

—Está haciéndolo lo mejor que puede. Está siendo el mejor Pastor que puede ser, y tenemos que confiar en él —dijo Gameknight—. No nos falló cuando fuimos a rescatar a la Cazadora, y no nos fallará ahora... creo... espero.

Nadie le escuchaba. Su voz era demasiado insegura, demasiado tímida.

—Nos ha abandonado en el momento de mayor necesidad —bramó Peón—. Necesitamos a todos los soldados disponibles para enfrentarnos a ese dragón de ahí abajo y hasta ese chico flacucho podría habernos sido de ayuda... Por mi parte, no quiero saber nada más de él.

—No dejes de creer en él tan rápido, Peón —dijo el Constructor—. El Pastor todavía puede sorprendernos. Ten fe e intenta comprender que sea lo que sea lo que le pasa, ahora mismo es importante para él. Debemos ser amigos de verdad y ayudarle en lo que podamos.

Gameknight miró al Constructor y asintió con la cabeza, pero aún no estaba seguro.

«Pastor... ¿Qué pretendes?»

Dando media vuelta, Gameknight bajó un par de escalones hacia la entrada de la fortaleza y se detuvo ante Peón.

—Y bien, Usuario-no-usuario, ¿cuál es el plan? —preguntó Peón.

Miró al grupo de PNJ que rodeaban la entrada de la fortaleza. Había combatientes de todas las formas y tamaños: hombres, mujeres, jóvenes y ancianos. Observó sus rostros y vio carniceros, panaderos, constructores de antorchas... Los granjeros estaban junto a los carpinteros, los excavadores al lado de los astilleros, los agricultores con los cazadores. Todos los oficios de Minecraft estaban ante él, todos con los ojos oscuros fijos en él, mirándolo como si estuviesen a punto de escuchar un plan magnífico que los salvara y lo arreglase todo.

«No sé si puedo hacer esto. Estoy tan cansado que apenas puedo pensar. El Dragón del Fin... es tan grande, tan despiadado, tan...»

Y entonces pensó en algo de lo que se había dado cuenta en aquella aventura: la única manera de superar sus miedos era enfrentándose a ellos. Así que empezaría por el dragón.

Los murmullos a su alrededor irrumpían como un torrente en sus oídos. Gameknight observó al ejército y vio ojos esperanzados que lo miraban. Su supervivencia dependía del Usuario-no-usuario. Pero en cada par de ojos veía una mirada de determinación en las pupilas cuadradas, un sentimiento de unión en sus caras. Aquello no era solo un ejército, era una comunidad; no, más aún: era una familia, donde cada persona ayudaba a los demás en lo que necesitasen.

No estaba solo, y aquella era la clave.

Podría enfrentarse a su miedo siempre y cuando no estuviera solo y tuviese gente a su lado cuya fe en él aumentase su valentía y su fuerza. Gameknight999 cerró los ojos y se imaginó enfrentándose al Dragón del Fin, mirándolo a los malvados ojos morados, con sus amigos al lado.

«Me niego a rendirme, Dragón —pensó para sí—. ¡Me niego a rendirme a mis miedos!»

Y para su sorpresa, sintió que se erguía un poco más, como si fuese más alto. No era que Gameknight ya no estuviese asustado, no, seguía aterrorizándole pensar en las garras afiladas del dragón. Era más bien que no se sentía atrapado por el miedo. Su determinación de enfrentarse a él, con sus amigos cerca, había hecho que Gameknight fuese al fin él mismo.

Las palabras de la Cazadora acudieron a su mente como una marea, empujando a un lado la incertidumbre y el miedo restantes.

«Sé, sin más.»

Gameknight respiró para tranquilizarse y pensó en todas las veces que había estado en el Fin. Podía visualizar las garras del dragón extendiéndose hacia él. Destrozó todo lo que había construido allí, cualquier bloque excepto la piedra base, la obsidiana y la piedra del Fin. Y los enderman, los muchísimos enderman que habitaban el Fin, y que serían implacables en su ataque. ¿Cómo iban a hacerlo?

Entonces, una de las piezas del puzle encajó en su lugar: los cristales del Fin... sí, quizás esa fuera la solución. ¿Por qué no se le había ocurrido antes?

Pero ¿cómo iban a bajarlos?... Sí, claro, eso podía funcionar. ¿Y si...? Vale, sí, eso podría funcionar, pero solo si... Las piezas del puzle empezaron a girar en su cabeza hasta encajar.

A medida que el plan tomaba forma en su mente, se dio cuenta de que era muy arriesgado. Iban a caminar por el filo de la navaja, y cualquier tropiezo les haría precipitarse en el abismo. Si una sola pieza fallaba, toda la estrategia se desmoronaría... y muchos perecerían. Pero faltaba algo... algo que tenía que ver con el Pastor. Aún le faltaban respuestas, y no estaba seguro de poder llevar aquello a buen puerto.

Pero era Gameknight999... tenía que intentarlo.

Abrió los ojos y miró a la comunidad que lo rodeaba y sus expresiones de esperanza.

—Bien, esto es lo que vamos a hacer. Primero, necesitaremos cubos de agua, muchos. En segundo lugar, necesitamos...

Y Gameknight999 explicó su plan para la batalla contra el Dragón del Fin.

Mientras los PNJ reunían todo lo necesario por el mundo principal, Gameknight esperaba impaciente en la entrada de la fortaleza. Mientras tanto, revivió todas las batallas que había librado en el Fin. En sus incontables viajes para enfrentarse al Dragón del Fin, Gameknight nunca había tenido miedo, porque sabía que no sentiría dolor. Era solo un juego.

Pero esta vez era diferente.

Cerró los ojos e imaginó las garras gigantes y afiladas del dragón atravesando las armaduras de hierro de los guerreros como si fuesen de papel y le recorrió un escalofrío. Muchos morirían en el intento, y no podía hacer nada contra eso.

«Sé, sin más.»

Ahuyentó los pensamientos de lo que podía ocurrir y se centró en el presente, como le había enseñado su padre.

Muchos de los PNJ habían vuelto ya con los suministros y esperaban cerca de la entrada, la mayoría con miedo a aventurarse en la extraña fortaleza. Paseaban nerviosos, todos tensos y asustados, hablando entre ellos. Pudo oír cómo algunos se preguntaban por qué habría huido el «chico cerdo».

«Odio ese mote —pensó Gameknight—. Tendría que haber dicho algo al respecto... De alguna forma tendría que haberlos obligado a dejar de llamarle así hace mucho tiempo.»

Era irónico que se sintiese tan valiente y tan fuerte ahora que aquel al que acosaban se había ido. Le recordó al colegio: los matones lo acosaban, le ponían motes y le quitaban la gorra… Todo aquello en apariencia no tenía importancia, era un simple juego, pero cuando se acumulaban todas las cosas, la víctima vivía con miedo hasta a ser visto, como si fuese menos importante, menos persona que los matones.

«Odio a los abusones… Odio cómo me hacen sentir.»

Llegaron más PNJ con los suministros que faltaban. Estaban casi listos.

«Tendría que haber dicho algo… Tendría que haberles contado a los demás que yo también sufrí acoso de mis compañeros, así el Pastor no se habría sentido tan solo.»

Se oían cada vez más voces en el mundo principal, más comentarios acerca del cobarde «chico cerdo»; decían que se había ido corriendo a casa con su mamá. Oyó que la Cazadora les decía algo a los guerreros, pero la rabia no le permitió distinguir sus palabras.

«¡Odio a los abusones! Si hasta siguen metiéndose con él ahora que no está.»

—¡Se llama Pastor! —gritó Gameknight a todo el mundo, a nadie, a sí mismo. Su voz resonó por el paraje como si fuera el mismísimo David encarando a Goliat. Se giró y miró a los PNJ. La ira brotaba de su interior como un volcán imparable—. ¡Se llama Pastor y es mi amigo! No se merece vuestras burlas. No ha hecho nada a nadie para que lo acoséis, todo lo contrario, siempre ha ayudado a quien lo ha necesitado. Quiero que todos sepáis, en este preciso instante, que acepto al Pastor como es, aunque sea distinto a mí. ¡El Pastor es mi amigo!

La voz de Gameknight era como un trueno. Todos los murmullos y los comentarios cesaron al instante y los ojos de todo el ejército se clavaron en el Usuario-no-usuario. Él se volvió y lanzó una mirada enfurecida a los que tenía más cerca. Colocó un bloque de roca en el suelo y se subió en él para poder mirarlos a todos. Tenía la rabia y la furia pintadas en el rostro cuadrado.

—Es mi amigo y su nombre es Pastor, no «chico cerdo». No se merece que lo acoséis ni que lo maltratéis. Siempre es el primero que se ofrece a pelear, el primero que se ofrece a ayudar a los demás. —Miró a la Cazadora y continuó—. De hecho, de no ser por el Pastor, probablemente nunca habríamos salvado a la Cazadora. Lo conseguimos gracias a él. Cuando volvimos, nos disteis palmaditas en la espalda a todos, pero nadie le dijo nada al Pastor. Debería daros vergüenza.

«Debería darme vergüenza a mí.»

—Los monstruos de Minecraft os han acosado a todos alguna vez. Todos sabéis lo que se siente, y aun así se lo hacéis a uno de los vuestros. —Gameknight hizo una pausa y paseó la mirada por la multitud—. La única razón por la que luchamos para salvar Minecraft es porque estamos hartos de los matones como Erebus y Malacoda. Que sean más fuertes que nosotros no les da derecho a hacer lo que les venga en gana. No vamos a quedarnos parados y a dejar que los monstruos nos sigan tratando así, pero bien que os habéis quedado todos parados mientras acosaban al Pastor... yo el primero. —Gameknight miró al suelo un momento y una sombra de vergüenza recorrió su rostro—. Todos hemos tenido la oportunidad de ponernos de su lado y demostrarle que sí tenía amigos, pero no hemos hecho nada. —Suspiró y levantó la vista de nuevo, con un gesto renovado de determinación en la cara—. Es el mejor de todos nosotros, y se merece que lo tratemos mejor, incluso ahora que no está. Si no podéis aceptar esto, quizá deberíais daros media vuelta y no venir conmigo al Fin.

El silencio lo envolvió todo mientras bajaba del bloque. Pudo ver cabezas cuadradas agachadas por la vergüenza, ojos clavados en el suelo y algunos que se miraban entre ellos, sin saber muy bien qué hacer. La Tejedora le dijo algo, pero no la oyó, solo se dio la vuelta, bajó las escaleras como una exhalación y se adentró en las profundidades en sombra de la fortaleza. Le daba igual quién lo siguiera. Lo haría solo si era necesario, aunque probablemente fracasaría en el intento, pero no iba a quedarse esperando a gente que abusaba de los más débiles, de los que eran diferentes o de los inocentes.

Gameknight oía sus propios pasos resonando por la escalera mientras bajaba. Sonaban como un redoble de tambores, o más bien de un tambor solitario. Despreciaba la forma en la que habían tratado al Pastor, sobre todo él. Le recordaba demasiado a cómo lo habían tratado a él en el colegio. «¡Estoy muy enfadado!» Odiaba estar allí, en Minecraft, siempre con miedo por su vida, con miedo al liderazgo, con miedo al fracaso, siempre muerto de miedo... Siempre sintiéndose un cobarde.

De pronto, otro tambor se unió al redoble, y luego otro, y otro más. La gente le hablaba, pero no podía oír por culpa de la rabia. Solo avanzó rumbo a la sala del portal. Los pasos ensordecedores se hicieron inteligibles a medida que más y más gente seguía a Gameknight; el eco ahora era una tormenta. Cuando llegó al pie de los escalones y empezó a recorrer los amplios pasadizos, miró a un lado. Su amigo el Constructor estaba allí, con la espada en la mano. Al otro lado estaban la Cazadora y la Tejedora, ambas con los arcos encantados listos y sendas flechas preparadas. Sus rostros mostraban una expresión seria de determinación mientras caminaban por el corredor. Sabía que estaban preparados para librar aquella batalla junto al Usuario-no-usuario, y que darían su vida si era necesario para protegerle y para proteger Minecraft. Cuando miró atrás, vio que muchos más caminaban junto a él. Soldados grandes y pequeños lo seguían por la fortaleza con las armas en alto y la misma determinación en el rostro que sus amigos. Seguían a su líder, el Usuario-no-usuario, y estaban dispuestos a hacer lo que fuera necesario, a pagar cualquier precio que les pidieran para proteger a sus amigos y proteger Minecraft.

No iba a dejar que el Dragón del Fin lo acosara, igual que no dejaría a Malacoda y a Erebus volver a hacerlo.

—¡Soy Gameknight999, el Usuario-no-usuario —gritó en voz alta, sin importarle quién le estuviese oyendo— y no volveré a tener miedo! —Los vítores se alzaron detrás de él, tan fuertes que le dolieron los oídos—. No voy a mantenerme al margen cuando vea que maltratan a alguien, ni cuando vea que Minecraft está bajo amenaza. —Más vítores, esta vez más alto—. Soy el Usuario-no-usuario y defenderé a todo el mundo: a los pequeños, a los grandes, a los valientes y a los cobardes. ¡No dejaré que los monstruos de la noche amenacen vuestro mundo ni el mío!

Gameknight entró en la sala del portal reluciente. Se paró en lo alto de los escalones, se giró y miró al ejército... a su ejército.

—Voy a ir al Fin para destruir al Dragón del Fin y llevarme el Huevo del Dragón. Y después llegaré a la Fuente. Malacoda y Erebus nos seguirán y su ejército es enorme, pero no me achantaré. Voy a detener esta guerra y a derrotar a los monstruos para siempre. Aunque me deje el último aliento y el último resquicio de vida, no me importa. Estoy cansado de tenerles miedo, cansado de tener miedo de defender lo que es correcto. Eso se acabó, este es el comienzo de un nuevo día. Seguidme si queréis, pero sabed que el Fin pondrá a prueba hasta la última gota de vuestro valor, y cuando lleguemos a la Fuente será aún peor. Pero no tengáis dudas: vamos a salvar Minecraft.

Acto seguido, se giró hacia el portal y desenvainó su espada encantada.

—Venga, Dragón... ¡vamos a bailar!

Gameknight entró en el portal del Fin y desapareció.

CAPÍTULO 28

LA CREACIÓN DE EREBUS

E l blaze se abrió paso entre los monstruos hasta llegar ante su rey, Malacoda.

—Señor, el ejército de PNJ ha desaparecido —dijo la criatura en llamas, acompañando sus palabras de un silbido mecánico.

—¿Cómo?

—Que han desaparecido —explicó el monstruo—. Los vimos moverse por el terreno, recopilando cosas. Como ordenó, nos escondimos para que no nos vieran, pero cuando salimos de nuestro escondite habían desaparecido. Solo vimos a uno de ellos, a un niño que huyó.

Algunos monstruos se rieron, pensando que el PNJ cobarde tendría miedo del rey del inframundo. Malacoda levantó un tentáculo para mandar callar a la turba.

—Han debido de meterse en ese túnel subterráneo —dijo Erebus con su voz chirriante habitual—. Están buscando la segunda llave.

—Por supuesto que sí —confirmó Malacoda—, tal y como esperaba.

Erebus se rió entre dientes. «Este idiota no esperaba nada.»

Malacoda lanzó una mirada fulminante a Erebus y volvió a mirar al blaze.

—¿Queda alguno en la superficie?

—No, señor, se han ido todos.

—¡Entonces deberíamos atacarlos ahora! —atronó Malacoda—. No nos esperan. Los aplastaremos y luego...

—¡No! —chirrió Erebus.

Malacoda se dio la vuelta y miró al enderman. Una bola de fuego anaranjado empezó a formarse entre los tentáculos del ghast.

—Eh, digo... Que quizá no sea la mejor opción... señor —matizó rápidamente Erebus—. Deberíamos dejar que el ejército de PNJ derrote primero al siguiente guardián por nosotros. Que consigan la segunda llave y desbloqueen la Fuente primero.

—Pero eso es lo que esperan —objetó Malacoda.

—Mire a su alrededor. No pueden derrotar a este ejército. Es el grupo de monstruos más grande que se ha reunido jamás. Somos una fuerza imparable que caerá sobre ellos como una tormenta feroz. No pueden hacer nada, y esta vez Gameknight999 no tiene a sus queridos usuarios para ayudarle. Están arrinconados y atrapados, y pronto los habremos destruido.

Malacoda flotó sobre el suelo, perdido en sus pensamientos. Mientras sopesaba las opciones, Erebus observó al ejército. Estaban ansiosos por luchar, querían destruir a todos aquellos PNJ y, lo más importante, querían llegar hasta la Fuente y destruirla. Aquel ejército de monstruos del mundo principal y del inframundo tenía sed de libertad, quería abandonar los confines de Minecraft: querían ser libres en el mundo físico. Recorrió el mar de criaturas con la mirada y sus ojos se detuvieron en los constructores de sombra. Estaban todos juntos y hablaban de algo, pero sus cuchicheos eran ininteligibles por encima de los lamentos de los zombis, los chasquidos de las arañas y los silbidos mecánicos de los blazes. Erebus se teletransportó entre un grupo de cubos magmáticos y vio que el constructor de sombra de los ojos encendidos estaba en el centro del grupo.

Estaba construyendo algo, pero Erebus no sabía qué era. Parecía algo oscuro, pero el cuerpo verde de Zombirento ocultaba la mayor parte de la silueta. Mientras observaba, Erebus empezó a notar un cosquilleo por todo el cuerpo, como si algo estuviese creciendo dentro de él, pero no acertaba a saber qué. Entonces sintió que las partículas moradas de teletransporte empezaban a formarse a su alrededor... pero no podía controlar su poder... ¿Qué estaba ocurriendo? Miró de nuevo a los constructores de sombra; el de los ojos encendidos dejó de construir de repente. Al mismo tiempo, la sensación de cosquilleo cesó y la bruma de teletransporte desapareció. Estaba a punto de darse la vuelta cuando el constructor de sombra se levantó de pronto y miró fijamente a Erebus con sus ojos encendidos y refulgentes.

—El héroe de un bando es el villano del otro —dijo el extraño constructor de sombra con su voz áspera.

—¿Qué? —preguntó Erebus. Pero era demasiado tarde; el misterioso constructor de sombra había desaparecido.

Desapareció sin hacer ruido, sin partículas de teletransporte, sin hacer sonido alguno como cuando se agotaban los PS. El constructor de sombra de los ojos refulgentes simplemente dejó de estar allí. Erebus miró a su alrededor y escudriñó la zona, pero no encontró a la criatura... Volvió a girarse y vio que los demás constructores de sombra lo miraban con sonrisas maliciosas en los rostros cuadrados. Zombirento hizo un gesto afirmativo con la cabeza, como si él y Erebus tuviesen algún tipo de entendimiento mutuo. Se giró y volvió con Malacoda. Al mirar a la monstruosidad gigante, Erebus advirtió que estaba dando órdenes.

«Será mejor que vuelva y me asegure de que ese idiota no hace ninguna estupidez.»

Invocó sus poderes de teletransporte y se materializó rápidamente delante del rey del inframundo. Ni siquiera notó las partículas de teletransporte, si es que habían llegado a formarse... Interesante.

Malacoda bajó la mirada hacia el enderman.

—He decidido que esperaremos a que los PNJ consigan la segunda llave —atronó Malacoda—. Después los aplastaremos en el umbral de la mismísima Fuente.

—Qué plan tan brillante, realeza —se burló Erebus.

Malacoda lo miró con una mueca de ira.

«Pronto podré prescindir de este imbécil», pensó Erebus mientras invocaba de nuevo sus poderes de teletransporte. Aquella vez, Erebus sintió más poder, como si lo hubiesen amplificado. Podía notar la diferencia, y sabía que eso cambiaba las cosas.

«Definitivamente, podré prescindir muy pronto de este idiota, y entonces seré el rey de todos los monstruos… y Minecraft y el mundo físico pronto serán míos.»

Erebus se rio con su risa fantasmal y escalofriante de enderman, y después sonrió a Malacoda.

CAPÍTULO 29

EL FIN

Gameknight999 se materializó en una extraña llanura de bloques amarillo pálido y altos pilares oscuros. Pero «llanura» no era quizá la palabra más adecuada. Sabía que aquello era en realidad una isla enorme, hecha de bloques de piedra del fin, de color beis, que flotaba en un vacío oscuro que se extendía en todas direcciones. No había nada alrededor de la isla, ni siquiera estrellas: solo el vacío.

Gameknight bajó la vista y vio que había aparecido sobre una plataforma de obsidiana de cinco bloques por cinco. Afortunadamente para él, la plataforma estaba dentro de la isla, no flotando en el abismo; era una suerte.

Se acercó al borde de la plataforma y observó los alrededores. Tenía delante una colina de diez o doce bloques de altura que le impedía ver el resto de la zona. Se puso de puntillas para mirar más allá de la montaña y vio unos pilares de obsidiana con la parte superior envuelta en llamas. Gameknight saltó de la plataforma, recorrió una distancia de dos bloques y cayó en la piedra del fin, con la espada en la mano. Se cercioró de que no había peligro, guardó el arma y subió por una ligera pendiente ascendente. Recorrió el Fin con la mirada y divisó varias siluetas oscuras de enderman repartidas por la isla amarilla. Las criaturas vagaban y se teletransportaban de un sitio a otro. Debía de haber al menos un centenar de aquellos terroríficos monstruos en la isla flotante, algunos reunidos en grupos reducidos y otros diseminados. Sus primos pequeños, los endermites, correteaban cerca de ellos. Mientras vigilaba la zona, oyó cómo se materializaban también los demás detrás de él. El ejército fue llegando poco a poco de la fortaleza subterránea a aquella tierra extraña y amenazante. Gameknight notó una presencia junto a él, se giró y se encontró con el Constructor.

—Bienvenido al Fin —dijo Gameknight, dándole una palmada en el hombro a su amigo.

El Constructor miró alrededor y se estremeció.

—Mira esos enderman... Están por todas partes.

Gameknight le dio la espalda a su amigo y observó el Fin. Desde lo alto de la colina, podía admirar todo el Fin sin nada que obstruyera su visión. Los enderman estaban, en efecto, por todas partes, pero lo que llamó la atención de Gameknight fueron las torres sombrías. Los oscuros pilares de obsidiana se elevaban en el aire por todas partes como centinelas haciendo guardia. Por experiencia, Gameknight sabía que habría unos veinte, pero desde su posición solo veía seis. Encima de cada uno había un cristal morado que flotaba dentro de un anillo de fuego, expulsando humo y cenizas al cielo oscuro y vacío. Las llamas que lamían los cristales morados les daban un aspecto muy hermoso; a Gameknight le recordaron a las velas de la tarta de su último cumpleaños en Minecraft. Sonrió. Aquellos cubos morados eran los cristales del Fin, el secreto de la fuerza del Dragón del Fin.

Serían su primer objetivo.

Gameknight dio media vuelta, bajó de la colina y se dirigió al ejército.

—Amigos, el Dragón aún no nos ha visto, pero lo hará pronto —dijo Gameknight—. No podemos enfrentarnos directamente a este demonio por muy fuertes que nos creamos. Si intentamos plantarle cara y entablar una lucha directa, podemos infligirle daño, pero entonces volará hasta los cristales del Fin que están sobre esos pilares de obsidiana y se curará. Nuestro primer desafío no es enfrentarnos al Dragón, sino destruir esos cristales.

»Arqueros, formad un círculo alrededor de los pilares y disparad a los cristales. Un solo disparo bastará para detonarlos. Hay que hacerlo rápido. Espadachines, cubrid a los arqueros. Cavad zanjas de tres bloques de ancho y llenadlas de agua. Arqueros, meteos dentro del agua; eso os protegerá de los enderman. Recordad: si veis que el dragón se dirige hacia vosotros, corred. No os quedéis parados ni intentéis luchar contra él a menos que hayáis perdido toda esperanza y queráis presenciar el fin de vuestras vidas. Y ahora, en marcha.

Sacó la espada, se giró hacia el pilar más cercano y echó a correr.

—¡¡¡Por Minecraft!!! —gritó.

—¡¡¡Por Minecraft!!! —se hizo eco el ejército mientras lo seguían a la batalla del Fin.

Avanzaron por la llanura como una marea imparable. Todos los enderman detenían su deambular sin sentido y se giraban hacia los invasores, con los ojos brillantes a la luz tenue del Fin. Algunas de las criaturas oscuras empezaron a acercarse al ejército, atraídos por una curiosidad maligna.

El primer grupo de arqueros llegó hasta el pilar más cercano y empezó a disparar. Era difícil calcular la distancia. Al principio se quedaban cortos y, como resultado, las flechas se clavaban en los lados del pilar de obsidiana.

—¡Más alto, apuntad más alto! —gritó Gameknight mientras pasaba junto a ellos corriendo, rumbo a la siguiente torre—. ¡Arqueros, dispersaos y asediad todos los cristales del Fin, rápido! ¡Guerreros, protegedlos!

Entonces, una de las flechas alcanzó un cristal del Fin. Una explosión resonó por todo el Fin al explotar el bloque morado. El ejército de PNJ estalló en una ovación rápidamente interrumpida por el rugido de furia que recorrió la llanura… el dragón sabía que estaban allí.

—¡Aquí viene! —gritó alguien.

Gameknight levantó la vista y percibió movimiento en el cielo. Era difícil distinguir con claridad qué era, porque el humo y la ceniza que salían de los cristales oscurecían la silueta. Pero entonces los vio: dos ojos morados que refulgían llenos de odio.

Con un potente rugido, el dragón planeó sobre sus cabezas, mirando a los intrusos con sus terribles ojos. Al pasar, Gameknight vio su cola recorrida por escamas que flotaba tras su cuerpo alado como una serpiente negra gigante. Las escamas grises que lo recorrían a lo largo relucían a la luz lúgubre del Fin, y las puntas afiladas brillaban incluso un poco más. Al pensar que el solo roce de aquellas escamas significaba una muerte casi segura, le recorrió un escalofrío.

El enorme monstruo trazó un enorme arco y viró el rumbo, con las alas extendidas. Gameknight alcanzó a ver las puntas afiladas de las alas y supo que aquello también era peligroso. Pero entonces el monstruo enderezó el vuelo y planeó sobre el ejército de nuevo. Esta vez, Gameknight999 consiguió mirar directamente a los ojos llenos de odio de la bestia. Rugió, abriendo por completo las fauces. Vio un resplandor morado que salía de las entrañas del monstruo; el extraño fuego de color lavanda que le ardía en los ojos también lo hacía dentro de su cuerpo. De pronto, cerró la boca de golpe. Los colmillos entrechocaron como una sierra de acero.

Al pasar, el monstruo mantuvo la mirada de Gameknight999. La cabeza del reptil no quitaba ojo al Usuario-no-usuario, preparándose para su primer ataque.

Gameknight se estremeció y apartó los ojos de la trayectoria de vuelo de la bestia. Reunió todo el valor que pudo y corrió hasta el siguiente pilar. Vio a la Cazadora y a la Tejedora, que disparaban flechas encantadas a un cristal del Fin. Los proyectiles afilados surcaban el aire como misiles en llamas y se clavaban en el pilar. Volvieron a apuntar y dispararon de nuevo. Las flechas encendidas trazaron un arco en el aire y se clavaron en el cristal, haciendo que la parte superior del pilar prendiera fuego y la explosión se oyera en todo el Fin. Habían destruido uno más.

Se giró y vio a un grupo de arqueros que asediaban una de las torres con un círculo de espadachines como protección. Maderente colocaba bloques de tierra en el suelo, seguido por Hierbente, que plantaba hierba tras él. Estaban protegiendo uno de los flancos, y los espadachines protegían el otro. Justo entonces, un enderman se carcajeó desde detrás de un guerrero. Este se dio la vuelta y blandió su espada, golpeando al enderman en el pecho.

—Oh, no —oyó Gameknight que decía el PNJ.

Aquello enfureció a la criatura, cuyos ojos se volvieron de un blanco brillante. Se alejó del PNJ y chilló con todas sus fuerzas. El sonido atravesó el Fin como un cuchillo desgarrando la carne, obligando a muchos PNJ a soltar las armas y a taparse los oídos. Todos los enderman del Fin empezaron a temblar y estremecerse, con los ojos blancos de odio; se estaban enfureciendo. El enderman se volvió hacia el PNJ y lo golpeó con los puños una y otra vez, implacable, hasta que solo quedó una pila de objetos de su inventario.

—Ya ha empezado —musitó Gamkenight para sí al ver cómo la horda de enderman se teletransportaba hasta el ejército—. ¡Los enderman nos atacan! ¡Preparaos!

—¡Gameknight, al suelo! —gritó la Cazadora.

Se tiró al suelo en el preciso momento en que cuatro garras afiladas pasaron rozando junto a su cabeza. Rodó hacia un lado, se puso en pie y corrió hacia un grupo de arqueros que estaban siendo atacados por los enderman. Miró al cielo y vio las flechas que la Cazadora le estaba lanzando al dragón, alcanzándolo en un costado. El monstruo ignoró los proyectiles y voló hasta un cristal del Fin. Cuando estuvo lo suficientemente cerca, un rayo deslumbrante de energía morada brotó del cristal y curó al dragón en un instante. El monstruo se dio la vuelta grácilmente en el aire y arremetió contra un conjunto de arqueros.

—¡Corred! —gritó Gameknight, pero estaba demasiado lejos.

El dragón cayó sobre los guerreros desprevenidos, volando entre el grupo con las garras extendidas. El monstruo atravesó las armaduras como si fueran de papel, reduciendo el grupo a la mitad en cuestión de segundos. Cuando se alejaba volando, los enderman se teletransportaron junto a los arqueros supervivientes y los atacaron con una ferocidad que Gameknight no había visto nunca antes. Las pesadillas negras aparecieron junto a los arqueros y los golpearon con sus puños oscuros, destruyendo a los supervivientes. Gameknight presenció la matanza y se sintió responsable de cada muerte.

«Vinieron aquí por mí y no he conseguido protegerlos… No valgo para nada.»

Pero entonces una voz resonó en su memoria, insuflándole fuerza… «Sé, sin más.»

«No voy a sentir lástima de mí mismo. Soy Gameknight999, el Usuario-no-usuario, y me niego a darme por vencido.»

—¡Espadachines, rodead a los arqueros con agua! —gritó—. ¡Protegedlos!

Un enderman apareció junto a Gameknight. Este se giró y atacó a la criatura, golpeándolo con todas sus fuerzas con su espada. Le alcanzó dos veces. Dio media vuelta, vio dónde había reaparecido el monstruo y volvió a atacar. Cuando estaba al alcance de su mano, se agachó bajo los puños oscuros que se extendían hacia él y lo golpeó de nuevo, una y otra vez, hasta que volvió a marcharse. Reapareció en otro sitio y él volvió a atacar a su adversario, rajándolo a su paso. Lo golpeó una y otra vez hasta que sus PS se consumieron y dejó tras él solo una esfera morada en el suelo.

—Espadachines, atacad a los enderman con la táctica del

atropello —gritó Gameknight—. No os quedéis parados…
Golpead y corred, golpead y corred. ¡Arqueros, seguid disparando a los cristales del Fin!

Oyó una carcajada a su izquierda, se giró y atacó a otro
enderman, pero mientras se acercaba a él vio que el dragón
venía planeando por la derecha. Cuando estaba muy cerca, se
tiró al suelo y rodó lejos de las garras oscuras.

Las explosiones asolaban la llanura cada vez que los arqueros, protegidos por círculos de agua, destruían más cristales del Fin. Miró al cielo y vio que el dragón estaba cada vez
más rabioso; los ojos le brillaban con más y más fuerza. Bajó
en picado hacia una comitiva de espadachines que estaba atacando a un grupo de enderman. Las oscuras criaturas desaparecieron de la batalla en cuanto las garras del dragón arrasa-
ron las filas de PNJ. Los guerreros no pudieron hacer nada,
sus armaduras no eran lo suficientemente resistentes. Gameknight suspiró, muy triste, pero sabía que no tenía tiempo de
pararse a hacer el saludo a los muertos. Ahora tenía que hacer lo que mejor sabía hacer: trolear.

Corrió hasta un grupo de enderman que estaban tratando
de dar alcance a unos arqueros. Gameknight los atacó por las
oscuras espaldas sin dejar de correr. Cuando se dieron la
vuelta para encarar a su adversario, él los rodeó y los atacó
por el lado contrario, justo cuando explotaban más cristales
del Fin. Los enderman se giraron hacia el Usuario-no-usuario y avanzaron mientras este retrocedía.

—¡Atacadlos por la espalda! —gritó Gameknight a los
arqueros.

De repente, una lluvia de flechas cayó sobre las sombrías
criaturas. Cuando se giraron para enfrentarse a sus nuevos
atacantes, Gameknight999 atacó por detrás, causando estragos con su reluciente espada de diamante. Más enderman desaparecieron, dejando tras ellos las características perlas moradas del Fin. Los monstruos que habían sobrevivido al
ataque se teletransportaron lejos, tratando de escapar de la

espada y las flechas, batiéndose en retirada de aquel minúsculo sector de la batalla.

Los arqueros estallaron en vítores, pero fueron acallados al instante por el Dragón del Fin, que voló directo hacia ellos y los destruyó con sus poderosas garras.

—¡Noooooo! —gritó Gameknight mientras se agachaba bajo una de sus alas sombrías.

El dragón continuó haciendo estragos entre la infantería, arrasando escuadrones de espadachines mientras los arqueros lo acribillaban con sus flechas. Pero después de cada ráfaga, el monstruo se elevaba en el aire y encontraba un cristal del Fin. No podrían hacer nada contra el dragón hasta que hubieran destruido todos los cristales. Se giró y se encontró con la Cazadora y la Tejedora.

—Solo quedan dos cristales, pero están demasiado altos; no llegamos con los arcos —explicó la Cazadora.

—¿Dónde?

La Cazadora apuntó con su arco encantado hacia el extremo contrario de la isla flotante de piedra del fin. Gameknight distinguió dos altos pilares de obsidiana a lo lejos, cuya parte superior desprendía un resplandor morado iridiscente. Corrió en aquella dirección, dejó la espada y sacó su pala.

—Protegedme —dijo por encima del hombro mientras empezaba a excavar la pálida piedra del fin.

Cavó todo lo deprisa que pudo y extrajo al menos veinte bloques de la piedra amarillo pálido. Se rompían con tanta facilidad como si fuese nieve, aunque pesaban en su inventario. Dejó la pala y siguió corriendo hacia los dos últimos cristales.

—Tejedora, lleva a todos los arqueros hasta el otro extremo del Fin y atacad al dragón cada vez que se acerque. Necesito que lo entretengáis un rato. Idead alguna distracción. —«En medio del caos también hay oportunidad», pensó Gameknight; era una de las frases que el señor Planck tenía en la pared—. Verted mucha agua alrededor de los arqueros para protegerlos de los enderman. Cazadora, tú ven conmigo.

La Tejedora se dio la vuelta y echó a correr en dirección contraria, gritando con todas sus fuerzas. En cuestión de segundos, pudo oír a Peón dando órdenes, al mando del resto del ejército.

—¿Cuál es tu plan? —preguntó la Cazadora.

Gameknight miró los dos enormes pilares de obsidiana y analizó la situación, intentando encajar las piezas del rompecabezas. Los dos pilares estaban uno al lado del otro, casi se tocaban. Uno era más alto que el otro; por ese era por el que tenían que empezar. Pero ¿cómo? Recordó la primera araña a la que se enfrentó cuando apareció en Minecraft, y aquello le dio una idea.

—Esto es lo que quiero que hagas —dijo Gameknight, y a continuación le explicó su plan.

Cuando llegaron a la base de los pilares de obsidiana, la Cazadora siguió corriendo mientras Gameknight se quedaba construyendo su propio pilar con piedra del Fin. Saltaba para apilar los bloques, cada vez más alto.

«Si el dragón me atrapa aquí arriba, soy hombre muerto —pensó—. «Nadie puede sobrevivir a una caída desde esta altura.»

—Espero que estés lista, Cazadora —dijo en voz alta, sin hablarle a nadie.

Escudriñando el cielo, vio la flecha llameante de la Tejedora surcando el aire hacia un blanco invisible. Debía de ser el dragón.

Tenía que darse prisa.

Colocó los bloques cada vez más deprisa y siguió ascendiendo; cada vez estaba más cerca de la cima de aquel pilar ridículamente alto. El cristal del Fin brillaba más a medida que se acercaba e iluminaba la cima de obsidiana con un resplandor lúgubre. Ya casi estaba, pero tenía que ser rápido. Siguió apilando bloques tan deprisa como podía, pero de repente... se quedó sin piedra del fin.

«¡Oh, no!»

El Dragón destruía cualquier bloque que tocaba excepto la obsidiana, la piedra base y la piedra del fin. Usar cualquier otra cosa era muy arriesgado, pero no tenía elección. Rebuscó en su inventario, sacó un montón de roca y continuó su ascenso. Si el dragón lo pillaba ahora, podría sobrevivir a sus garras afiladas gracias a la armadura de diamante, pero destruiría la roca que estaba apilando. Y eso significaría precipitarse a su muerte. Debía darse prisa.

Las manos de Gameknight se movían en un torbellino mientras colocaba los bloques grises de roca, uno tras otro, saltando en el aire con agilidad. Ya casi estaba... cinco bloques más. «Espero que consigan entretener al dragón». Tres más. Iba cada vez más deprisa, salto, bloque, salto, bloque... salto, bloque.

Por fin estuvo arriba. Gameknight se asomó al borde del pilar y le recorrió un escalofrío al ver lo alto que estaba. El pilar debía de tener unos treinta bloques de altura, si no más. Nunca sobreviviría a una caída desde aquella altura; debía tener cuidado.

Se alejó del borde y observó maravillado lo que tenía ante sí. El cristal del Fin: un cubo morado bañado por las llamas, suspendido sobre un bloque de piedra base. Alrededor del cristal había un marco metálico muy complejo... No, eran dos marcos que rotaban alrededor del cristal como si la gravedad no les afectara. En las caras del cristal, Gameknight pudo distinguir unos símbolos extraños, difíciles de descifrar, pero que había visto antes. Probablemente fueran letras del alfabeto galáctico estándar... alguna referencia rara que Notch había introducido en el juego. Hasta le daba pena hacer lo que se disponía a hacer.

Agarró la espada con fuerza y destrozó el cristal del Fin. Reventó en una explosión de humo y calor abrasador que lo empujó hacia atrás. El peto y las calzas de su armadura de diamante se resquebrajaron, pero aún aguantaban. En aquel preciso instante, oyó al dragón rugir desde la otra punta del

Fin. La Cazadora le gritó algo desde abajo, pero estaba demasiado lejos para poder oírla.

Se acercó al borde del pilar y miró la columna de al lado. Era unos cuatro o cinco bloques más baja que la otra, y debía de estar a unos seis bloques de distancia. Sacó más roca y se puso a pensar en cómo construir un puente para pasar de un pilar a otro, pero entonces oyó un grito proveniente de abajo.

—¡D...!

No conseguía oír las palabras de la Cazadora, pero por instinto se tiró al suelo, justo cuando cuatro garras afiladas se hundían en su armadura de diamante. El dolor se le extendió por todo el brazo. Rodó hacia un lado y miró arriba: el dragón voló en un enorme arco, lo enfiló otra vez y se preparó para atacar de nuevo. Bajó en picado hacia él, con los ojos morados resplandecientes de odio y los colmillos blancos bien visibles en las terroríficas fauces. Así que aquel era el momento justo antes de morir. Reunió todo el valor que pudo y miró al monstruo con un gesto de determinación en el rostro. Pero en el último momento, una flecha llameante surcó el aire y alcanzó al dragón en el pecho, y luego otra, y otra más. El monstruo interrumpió la trayectoria y se dio la vuelta, alejándose de la Cazadora y sus disparos mortales.

«Voy a necesitar una cura», pensó Gameknight.

Se puso en pie y miró el último cristal del Fin. Se colocó en la otra punta del pilar, esprintó hasta el borde y saltó con todas sus fuerzas. Mientras volaba por el aire, vio la silueta diminuta de la Cazadora en el suelo, con el cabello pelirrojo cayéndole por los hombros, que lo miraba con incredulidad. Aterrizó con un golpe seco, haciéndose algo más de daño, aunque eso ahora daba igual. Sacó su espada, se acercó al último cristal del Fin y esperó.

—Rómpelo... ¡deprisa, que viene! —gritó la Cazadora desde el suelo.

Gameknight esperó.

—¡Rómpelo antes de que el cristal cure al dragón!

Esperó mientras el miedo le recorría la espina dorsal.

A lo lejos, Gameknight oía los rugidos de la bestia. Se dio la vuelta para ver al terrible monstruo.

—¡DEPRISA, ROMPE EL CRISTAL! —gritó la Cazadora.

Pero Gameknight esperó un poco más.

El dragón se aproximaba volando bajo por la llanura del Fin, bien lejos del alcance del arco de la Cazadora. A medida que se acercaba, un haz de luz iridiscente empezó a brotar del cristal del Fin y salió disparado hacia el dragón.

Era su oportunidad.

Aferró la espada con fuerza y la descargó sobre el cristal del Fin. Detonó igual que la vez anterior, generando una onda expansiva de calor y de humo, pero esta vez oyó al dragón rugir de dolor. La explosión del cristal había dañado también al dragón.

Giró sobre sí mismo, buscando al monstruo, y vio dos puntos morados que se dirigían hacia él. La bestia rugió y aceleró el vuelo, con las garras estiradas y las fauces abiertas para devorar a su enemigo. La última explosión había infligido aún más daño a Gameknight, así que no sabía si sobreviviría si las garras lo alcanzaban.

Dio un paso atrás y se acercó al borde del pilar. No tenía a dónde ir. Envainó su espada y se colocó pegado al borde, tanto que podía sentir muy cerca el vacío bajo los pies. Se giró y miró al monstruo a los ojos, consumido por el terror.

—Espero que estés lista, Cazadora —dijo en voz alta a nadie.

El dragón rugió mientras giraba, echó las alas a un lado y se lanzó en picado sobre su presa. Surcó el aire como un misil oscuro, como una tormenta imparable… como la muerte. Y justo cuando el dragón estaba a punto de alcanzarle con sus garras afiladas, Gameknight999 dio un paso atrás y se dejó caer desde lo alto del pilar.

CAPÍTULO 30

LA DESOLACIÓN DEL DRAGÓN DEL FIN

E l tiempo parecía ir cada vez más despacio mientras Gameknight caía. Podía ver a la Cazadora que lo miraba con una expresión de sorpresa y terror en el rostro. Giró la cabeza y vio a la Tejedora y al Constructor corriendo en su ayuda. Mientras el viento le azotaba la cara, pensó en su hermana y en la felicitación de cumpleaños que le había hecho unas semanas atrás. Era un dibujo de él y su hermana cogidos de la mano, paseando por un paisaje rosa con flores gigantes, moradas y azules. Le encantaba pintar y dibujar; estaba seguro de que algún día sería una gran artista… si es que tenía la oportunidad.

De una forma u otra, todo el mundo quería dejar huella en la vida. Para algunos profesores, como el señor Planck, probablemente esa huella era cómo influía en sus alumnos. Para sus padres, su legado eran sus hijos. Pero ¿y los matones que abusaban de los más pequeños y débiles? ¿Qué huella dejaban ellos? Las únicas personas que los recordarían serían sus víctimas, y recordarían a sus acosadores por patéticos y débiles: cobardes con miedo a ser ellos mismos.

Gameknight había sido un matón en Minecraft tiempo atrás. Pero ahora quería cambiar la huella que iba a dejar tras de sí. Quería ser recordado como una persona que hacía lo correcto, no lo fácil ni lo que más le convenía. Quería que lo recordaran como una persona que plantaba cara a los monstruos, a las criaturas que hacían que todos tuvieran miedo de la noche. Todos aquellos pensamientos cruzaron por su cabeza mientras caía. No se molestó en mirar hacia abajo para ver lo que le esperaba, porque no iba a cambiar el hecho de que sobreviviera o no a aquella caída. Solo esperaba haber hecho lo suficiente para cambiar la huella que dejaba. Miró a sus nuevos amigos y deseó que todo fuese bien.

De repente, Gameknight cayó salpicándolo todo y se vio de pie con el agua por las rodillas.

«He sobrevivido, ¡he sobrevivido!», pensó.

La Cazadora había cumplido su parte del plan y había colocado la piscina justo donde la necesitaba. Gameknight miró alrededor y vio que la piscina tenía el agua justa para amortiguar la caída. Levantó la vista hacia el pilar del que acababa de caer y se dio cuenta de la suerte que tenía y de lo cerca que había estado de la muerte. Se estremeció un poco al ser completamente consciente de todo aquello.

«Me he tirado desde ahí arriba y he caído en la piscina de milagro. He tenido suerte.» Recordó algo que su padre le había dicho una vez: «A veces, la suerte es solo la consecuencia de un plan bien trazado y del trabajo bien hecho». Bueno, fuera lo que fuese, le había servido para caer en aquella piscina y se alegraba de ello…

—Casi no me da tiempo a llenarla —dijo la Cazadora, con un cubo vacío en la mano—. Menos mal que escuché tu plan. —Sonrió y le palmeó la espalda.

Él hizo una mueca de dolor y salió de la piscina. Justo entonces llegaron la Tejedora y el Constructor, ambos sin resuello debido a la carrera. La Tejedora sacó el arco y escudriñó el cielo en busca del Dragón del Fin.

—Está ahí —dijo—. Lo noto.

—Vamos, tenemos que reunirnos con el resto del ejército —dijo Gameknight desenvainando la espada—. Es ahora o nunca. El dragón ya no puede rellenar sus PS. Es vulnerable. ¡Vamos!

Gameknight salió corriendo hacia el centro del Fin sin esperar a que los demás reaccionaran. A lo lejos, vio a Peón corriendo a su encuentro, con el ejército entero detrás. Cuando ya estaba llegando hasta ellos, oyó rugir al dragón. Sacó la pala, dejó de correr y cavó rápidamente en línea recta hacia abajo; aquello era algo que normalmente no se le ocurriría hacer en Minecraft, pero las circunstancias lo exigían. Gameknight cavó cuatro bloques y se encogió todo lo posible. Al levantar la vista, vio cuatro garras afiladas que arañaban la piedra del fin y por poco no le arrancan la cabeza; el dragón había calculado mal la profundidad.

Saltó fuera del hoyo y siguió corriendo hacia el ejército con la espada en la mano de nuevo. En cuestión de segundos, lo recibieron con algarabía y el ejército se arremolinó a su alrededor, con Peón a su lado.

—Qué alegría ver que sigues vivo, Usuario-no-usuario —dijo Peón sin dejar de mirar al cielo en busca del monstruo volador.

—Yo también estoy bastante contento de estar vivo —respondió él, lo que arrancó una carcajada a todos los que estaban allí cerca.

—¿Cuál es tu plan? —preguntó el robusto PNJ.

—Deprisa, formad en grupos: los arqueros en el centro, los espadachines en el círculo exterior. Los arqueros son los únicos que pueden derribar al Dragón del Fin, así que hay que protegerlos de los enderman... y del dragón. Bien, cuando...

—¡Nos ataca! —gritó la Cazadora.

El dragón voló en picado hacia el ejército.

—¡Dispersaos! —gritó Gameknight.

Los guerreros corrieron en todas direcciones a la vez y se dispersaron. El Dragón del Fin estiró sus garras hacia los soldados, destrozando las armaduras de hierro como si no estuvieran allí, reduciendo a cero los PS. Segundos más tarde, un montón de objetos flotaban sobre el suelo donde antes había habido PNJ.

«¡Más muertos por mi culpa!», pensó Gameknight.

—Formad grupos... ¡Ahora! —gritó el Usuario-no-usuario.

Los guerreros formaron islas de hierro, con los espadachines en la parte exterior para mantener a raya a la marea de enderman que se les echaba encima. Los arqueros, en el centro, disparaban sus flechas mortales al dragón cada vez que pasaba. La pesadilla voladora buscaba los cristales del Fin que ya no existían.

Gameknight corría por el campo de batalla y golpeaba a los enderman a la mínima oportunidad. A su derecha, vio a la Tejedora y a la Cazadora que corrían hacia el dragón, flanqueadas por Peón y el Constructor. Corrió hacia sus amigos atravesando el muro de enderman oscuros a su paso. Al acercarse, pudo oír las cuerdas de los arcos de la Cazadora y la Tejedora, que sonaban con una melodía constante al disparar al dragón, para después dirigirse a los enderman. Peón se situó delante de las hermanas; su hoja poderosa trazaba arcos de destrucción entre los monstruos sombríos. El Constructor estaba a su lado.

A través de la pálida llanura, Gameknight vio al dragón precipitarse sobre un grupo de arqueros y espadachines. La bestia parpadeó en rojo varias veces al golpear a los PNJ. Los aldeanos desaparecían en cuanto pasaba volando entre ellos, dejando tras de sí montones de objetos y miradas vacías entre los que conseguían sobrevivir a duras penas.

«Ese dragón nos está haciendo trizas —pensó mientras contemplaba la matanza—. Se acabó... SE ACABÓ.»

—¡Es hora de atacar! —gritó.

Fue corriendo hasta los guerreros que aún estaban en pie y los hizo formar en dos columnas con un amplio espacio en medio.

—Agachaos y esperad —gritó Gameknight. Después se giró hacia la Cazadora y la Tejedora, que lo habían seguido hasta allí—. Te voy a traer al dragón, Cazadora. Prepárate. Cuando lo golpee, dejará de volar un momento, entonces todos los arqueros tienen que atacar y disparar todas las flechas que puedan, tan deprisa como les sea posible. ¿Entendido?

Antes de que ella pudiera contestar, Gameknight escudriñó el cielo oscuro en busca de aquellos ojos brillantes. Sabía que estaban allí, en alguna parte. Al fin vio un destello morado. A lo lejos, Gameknight creyó ver algo que le recordaba a algo que había visto ya en un sueño... no, en el Reino de los Sueños. Era aquella criatura maligna de los ojos encendidos, que no era un PNJ ni un usuario... era otra cosa. La criatura estaba allí observando, sin miedo a los enderman ni al dragón, solo con un odio incontrolable en los ojos brillantes.

«¿Qué es?»

De lo alto llegó un rugido. Gameknight apartó la mirada de aquellos ojos malvados y brillantes, y volvió despacio con los arqueros. El dragón se acercaba. Tenía que calcular bien los tiempos. Cuando estaba justo entre las dos columnas de guerreros, dejó de correr y mantuvo la posición.

—¡No te tengo miedo —le gritó a la bestia voladora— y no dejaré que hagas más daño a mis amigos! ¡Hasta aquí hemos llegado! —Dibujó una raya en la superficie de la piedra del Fin—. ¡No puedes cruzar esta línea!

El Dragón del Fin lanzó un rugido y se precipitó en picado sobre el Usuario-no-usuario. Entonces, Gameknight lanzó su ataque. Dio un gran salto en el aire, blandió su espada reluciente y la clavó en una de las alas del monstruo, haciéndole un corte profundo. Asombrado por la ferocidad del ataque de Gameknight, el monstruo se quedó flotando en el aire un segundo.

—¡AHORA!

De repente, un centenar de arqueros se irguió y llenó el cielo oscuro de flechas. Las puntas afiladas se hundían en la carne del dragón, que aullaba de dolor. Batiendo sus alas con todas sus fuerzas, alzó el vuelo, lejos de su alcance.

—Preparaos, volverá —gritó Peón mientras dirigía a los espadachines hacia los enderman para cubrirles las espaldas a los arqueros.

—¡Lo veo! —gritó la Tejedora—. ¡El dragón está ahí!

Gameknight miró hacia donde señalaba la niña y vio el par de ojos morados que lo miraban con cautela.

—Creo que está asustado —dijo la Cazadora—. Se mantiene fuera de nuestro alcance.

—Eso no es bueno, tenemos que destruirlo —dijo Gameknight.

Subió a una colina baja y se giró hacia el dragón. Podía ver los ojos refulgentes que lo miraban a través de la oscuridad mientras volaba en círculos, en busca de los cristales del Fin desaparecidos.

—¡Vuelve, estoy aquí! —gritó Gameknight—. He destruido tus cristales del Fin, todos. ¿Qué vas a hacer ahora, gusano volador?

El dragón pareció vacilar y flotó en el aire, escuchando las provocaciones de Gameknight999, y después giró su cuello escamado y lo miró con sus láseres morados. Cuando vio que lo miraba, Gameknight tiró la espada al suelo.

—¿Qué pasa, te doy miedo?

A continuación se quitó el casco y lo tiró al suelo, se despojó del peto de diamante y lo dejó caer, como si el dragón no pudiese hacerle nada.

—¡Vamos, criatura inútil! —gritó el Usuario-no-usuario con todas sus fuerzas. Abrió los brazos como si quisiese darle un abrazo al dragón y cerró los ojos—. ¡Vamos a bailar!

El dragón dejó escapar un rugido que hizo temblar el tejido del Fin. El monstruo volador se dirigió hacia Gameknight, pero en cuanto lo tuvieron a tiro, la Cazadora y la Tejedora aparecieron a su lado y empezaron a disparar sus proyectiles encantados a la bestia. *Zum... zum... zum.* Sus arcos silbaban cada vez que una flecha surcaba el aire y se clavaba en el blanco. Entonces, muchas más flechas sobrevolaron sus cabezas cuando todos los arqueros avanzaron: los panaderos, los costureros, los excavadores, los corredores, los granjeros... Toda la comunidad se adelantó para recuperar sus vidas. Cuando el tsunami de flechas cayó sobre el Dragón del Fin, este dejó escapar un último rugido. No era el sonido iracundo y lleno de odio que había estado haciendo desde el momento en el que los PNJ invadieron su reino. Ahora sonaba triste y afligido, como si supiera lo que iba a ocurrir y lo inundase un terrible dolor. Entonces, el monstruo empezó a cambiar de color, se tornó morado y blanco. De su cuerpo agujereado empezaron a brotar haces de luz que iluminaron el Fin, probablemente por primera vez en la vida. Los enderman se apartaron al ver que el dragón brillaba más y más. Los haces de luz salían en todas direcciones, atravesando el vacío del cielo y, de repente, el dragón explotó y desapareció.

El Dragón del Fin estaba muerto.

CAPÍTULO 31

LA SEGUNDA LLAVE

E l ejército dejó escapar una gran ovación de alegría. Al morir el dragón, pareció que los enderman daban por terminada la batalla. Se teletransportaron al otro extremo del Fin y desaparecieron en una nube de partículas moradas. Los guerreros dejaron escapar un suspiro de alivio, enfundaron sus armas y vitorearon de nuevo. Gritaban con toda la fuerza de sus pulmones, un hurra por Gameknight999, por el Usuario-no-usuario, por Minecraft. Los PNJ no cabían en sí de júbilo por la victoria. Pero Gameknight no participaba en la celebración. En lugar de eso, miraba el campo de batalla y detenía la mirada en los cientos de montones de objetos diseminados por el suelo amarillo pálido, mezclados con las esferas moradas del enemigo; los túmulos de los muertos. Miró a los supervivientes y calculó que bien podían haber perdido a la mitad de los suyos, si no más.

Aquella batalla les había costado cara.

Gameknight levantó la vista hacia el cielo oscuro y alzó la mano con los dedos separados. Los PNJ lo vieron y enseguida interrumpieron la celebración. Con las manos en alto, todos hicieron el saludo a los muertos, cerrando fuerte el puño sobre sus cabezas para recordar a los seres queridos que ya no volverían. Era una gran victoria, pero al mismo tiempo era un día muy triste.

Gameknight bajó la mano y se enjugó una lágrima de la mejilla, recorriendo el mar de rostros con la mirada. Se agachó para recoger su armadura y su espada, y se giró hacia la Cazadora y la Tejedora.

—Gracias por estar a mi lado —dijo.

—¿Qué querías que hiciésemos? —contestó la Cazadora—. No íbamos a dejar que te divirtieras tú solo.

—¡Cazadora! —protestó la Tejedora.

Su hermana mayor se encogió de hombros y sonrió.

Debajo de lo que había quedado del dragón tras la explosión se alzaba ahora otro portal, una columna alta de tres bloques de piedra base rodeada por más bloques de la piedra oscura e impenetrable. La estructura flotaba a seis bloques del suelo y expulsaba nubecillas de humo y ceniza, como si estuviese en llamas. En lo alto de la columna había un huevo negro con vetas moradas por toda la superficie.

La Cazadora lo miraba boquiabierta.

—Es precioso —dijo la Tejedora levantando la vista hacia la segunda llave de la Fuente.

Uno de los soldados sacó un montón de roca y construyó unos escalones para poder acceder a la misteriosa estructura. Apartó los bloques y se estiró hasta el borde superior del portal para coger el huevo.

—¡Detente! —gritó Gameknight.

El guerrero se quedó inmóvil.

—Tenemos que tener cuidado. El Huevo de Dragón se teletransportará en cuanto alguien lo coja. Hay que hacer las cosas bien.

Gameknight subió los escalones y se desplazó por el marco del portal hasta llegar junto al guerrero. El portal a sus pies titilaba, igual que el portal del Fin en la fortaleza. Un mar de estrellas lo miraban, algunas azules, otras grises y otras blancas. Al moverse por el borde, las estrellas se movían como si se tratase de una especie de proyección en tres dimensiones.

Miró el huevo y supo que tenía que hacer aquello con cuidado o habría que repetir la batalla desde el principio, y no estaba seguro de que su ejército pudiese aguantarlo. Había estado allí muchas veces antes, había intentado coger el huevo y lo único que había conseguido era que desapareciera y reapareciera en otro lugar del Fin. Entonces recordó un vídeo que había visto en el que alguien utilizaba un pistón para recoger el huevo. Miró a lo alto del pedestal donde estaba, sopesó todas las piezas del puzle y volvió a mirar abajo, al portal que se abría a sus pies y las estrellas titilantes que parecían darle la bienvenida.

«Si el Huevo cae en este portal, estamos perdidos», pensó.

—Tapiad el portal con roca —le dijo al guerrero.

El PNJ lo miró confundido.

—¡Hazlo!

El grito puso en marcha al aldeano, que dejó su arco a un lado y empezó a tapiar el portal con esmero.

Solo tenían una oportunidad, y debían darse prisa. Gameknight imaginaba que Malacoda y Erebus llegarían pronto, y el rey de los enderman podía teletransportarse con el Huevo y llevárselo si fracasaban ahora. Tenían que hacerlo bien y rápido.

Sacó roca de su inventario y ayudó al aldeano a tapiar el portal estrellado, que desapareció de su vista. Mientras lo hacía, el Constructor se abrió paso entre la multitud y subió los escalones. Cuando Gameknight hubo terminado, el portal quedó completamente cubierto de adoquines grises que mantenían las nubes de humo del portal en las profundidades estrelladas. Gameknight se colocó en la nueva superficie y le hizo sitio a su amigo.

—¿Qué estás haciendo? —preguntó el Constructor.

—Tenemos que tener mucho cuidado al coger el Huevo del Dragón del Fin. No podemos tocarlo a menos que caiga, como un objeto.

Gameknight se acercó al borde del portal y miró a los soldados que estaban abajo. Peón estaba junto a la Cazadora y lo miraba con sus ojos verde brillante.

—Necesito piedra roja y un lingote de hierro. ¿Alguien tiene…?

Antes de que pudiera terminar la pregunta, le pusieron delante todo lo que había pedido.

—Constructor, ¿tienes tu mesa de trabajo ahí?

—Por supuesto. ¿Qué tipo de constructor sería si no tuviera una mesa de trabajo?

—Genial —dijo Gameknight—. Necesito que hagas un pistón, deprisa.

Dirigió una mirada al lugar donde se había materializado el ejército en el Fin, esperando ver aparecer un ejército gigante de monstruos de un momento a otro.

—Aquí tienes —dijo el Constructor mientras le tendía el pistón.

—Necesito unos bloques de roca aquí, junto al huevo.

El guerrero se acercó a Gameknight y colocó dos bloques uno encima del otro, junto a la columna de piedra base.

—Con eso bastará —dijo Gameknight.

Se fue hasta el otro lado y colocó el pistón mirando hacia el huevo.

El Constructor sacó una antorcha de piedra roja y se la dio a Gameknight.

—Pon esto en el pistón.

El Constructor se acercó al pistón y plantó la antorcha de piedra roja en un lado. Al instante, el pistón se activó, y su superficie plana se extendió hacia fuera y empujó, del pedestal de piedra base, el huevo de dragón, que fue a parar a las manos de Gameknight. Abajo se levantó una ovación; el ejército gritaba de alegría. Gameknight los miró y vio algo que llevaba mucho tiempo sin ver: esperanza.

—Vale, ahora destapemos el portal y vamos a la Fuente —ordenó Gameknight.

Rompieron la tapia de piedra y descubrieron sorprendidos que el portal había cambiado: el cielo estrellado había dado paso a la más completa oscuridad. Gameknight miró dentro del portal y acertó a ver algo en las profundidades. Parecía una especie de faro. Solo acertaba a intuir el haz de luz que se elevaba hacia el cielo oscuro. A medida que sus ojos se acostumbraron a la oscuridad, pudo ver las inmediaciones del faro a la luz de este. Alrededor del grande, había otros faros más pequeños, pero estos estaban apagados, no emitían luz... nada. ¿Qué significaba aquello? Gameknight supo de pronto que aquello era lo que había venido a proteger. Era la Fuente.

De repente, una carcajada chirriante atravesó el aire. Gameknight levantó la vista y vio aparecer de la nada a Malacoda, con Erebus a su lado.

Estaban allí.

—Deprisa, todo el mundo al portal —dijo Gameknight. Saltó dentro y desapareció lentamente de la vista de todos. Su última visión del Fin fueron los ojos rojos y relucientes de su enemigo, Erebus, y una sonrisa espeluznante en su cara siniestra.

CAPÍTULO 32

DUELO DE REYES

Erebus y Malacoda estaban sobre la colina del Fin que había delante de la plataforma de obsidiana. Recorrieron el Fin con la mirada y vieron al ejército de PNJ sobre un islote de piedra base en cuyo centro se alzaba una columna muy alta.

—Eso debe de ser el portal que lleva a la Fuente —chirrió Erebus.

Vio al Usuario-no-usuario de pie en el borde de la isla, que los miró un instante y desapareció dentro del portal.

—¡Tenemos que atacarlos ahora! —atronó Malacoda. Se giró, miró a la plataforma de obsidiana y esbozó un gesto contrariado—. ¿Dónde está mi ejército?

—¿Qué pasa, echas de menos a tus queridos monstruos? —se carcajeó Erebus—. Mis withers los tienen retenidos al otro lado del portal. Mantendrán a todo el mundo allí hasta que yo les ordene que avancen.

—Pues diles que vengan rápido, te lo ordeno. Podemos atrapar al Usuario-no-usuario —dijo Malacoda.

—Estúpido. ¿De verdad crees que sigues al mando?

Malacoda se dio la vuelta para enfrentarse a Erebus.

—Los días de tu reinado han llegado a su fin, Malacoda. Ahora estamos en la era de los enderman.

Erebus invocó sus poderes de teletransporte y una nube de partículas moradas se formó a su alrededor.

—No puedes teletransportarte, te lo prohíbo —atronó Malacoda—. Recuerda que la primera vez que nos vimos te impedí teletransportarte y huir de mí. Puedo volver a hacerlo. —Los extremos de los tentáculos de Malacoda se iluminaron levemente—. Arrodíllate ante tu rey o te destruiré.

Erebus miró al ghast y sonrió. Malacoda rugió con rabia y una bola de fuego se formó entre sus tentáculos retorcidos.

—Ya me he cansado de ti, enderman.

La esfera mortal de fuego salió despedida hacia Erebus, pero en el último momento este se teletransportó y apareció junto al rey del inframundo.

—Ya no controlas mis poderes de teletransporte, imbécil —chirrió Erebus—. Me han aplicado una mejora y ya no tendré que aguantar tus tonterías.

Lanzó un chillido agudo que hizo encogerse a Malacoda. Resonó por todo el Fin e hizo que todos los enderman se parasen en seco y se volviesen hacia su rey. En un instante, todos los enderman de aquel paraje amarillo pálido se materializaron junto a Erebus. Este hizo un gesto con uno de sus largos brazos oscuros y tres enderman rodearon a Malacoda y lo envolvieron en un abrazo negro, inmovilizándolo contra el suelo. El rey del inframundo forcejeó para liberarse de los enderman, pero acudieron refuerzos y también echaron sus brazos por encima al ghast, manteniéndolo bien sujeto. A continuación, lo levantaron y lo llevaron hasta el borde de la isla flotante, donde terminaba la piedra y se extendía el enorme abismo oscuro. Erebus observó la oscuridad al borde del precipicio. Era infinita. Sabía que si caías al abismo, podías llegar al final del universo de Minecraft, donde morían todos los seres. Allí era donde iba a mandar al rey del inframundo.

—Tiradlo —chilló Erebus—. Y aseguraos de que no vuelva.

Los enderman se teletransportaron al espacio con el rey del inframundo atrapado en su húmedo abrazo. Malacoda intentó flotar hacia arriba, pero acudieron más enderman y se amontonaron sobre el ghast, ejerciendo cada vez más peso sobre él. A medida que más monstruos sombríos se sumaban a la masa de cuerpos, empezaron a caer.

—No puedes hacerme esto... Soy el rey del inframundo —gritó Malacoda.

—Pero ya no estamos en el inframundo, imbécil —chilló Erebus—. Adiós, Malacoda, disfruta del olvido.

El enderman soltó una de sus maquiavélicas carcajadas mientras el ghast, sin dejar de gritar, se hundía lentamente en el vacío. En el curso del descenso, Erebus vio los ojos rojos e incandescentes de Malacoda y sus fauces abiertas en un grito de terror e ira. Siguió mirando mientras los dos puntos de luz roja se iban haciendo más y más tenues, hasta que por fin se apagaron.

El rey del inframundo ya no estaba.

Los enderman que habían caído al abismo con el ghast se materializaron de pronto. Su piel oscura echaba humo por el contacto con el final del universo, pero consiguieron teletransportarse de vuelta y sobrevivir.

—Y así acabó el reinado de Malacoda —dijo Erebus, y profirió la carcajada más potente que se había oído jamás en Minecraft—. Mi plan toca a su fin. —Se giró hacia uno de los enderman oscuros que andaban cerca—. Vuelve y diles a mis generales wither que ya pueden cruzar. Es hora de que los monstruos de Minecraft se enfrenten a su destino.

La criatura desapareció en una nube de partículas moradas y, un instante después, un grupo de withers de tres cabezas se materializó en la plataforma de obsidiana, seguidos de una turba infinita de monstruos, los suficientes para destruir a cualquier ejército que se interpusiera en su camino.

Erebus sonrió al ver a su ejército atravesar el portal del Fin y ocupar la llanura por completo. Pero entonces sus ojos se fijaron en el constructor de sombra. Sus refulgentes ojos blancos incomodaban a Erebus. Había algo en aquella criatura que no les gustaba. No era el aura de maldad que lo rodeaba siempre... no, eso sí le gustaba. Era algo más. En el fondo de la mente, tenía la sensación de que aquella criatura, el líder de los constructores de sombra, tenía un plan distinto en mente, pero no había podido averiguar qué era. Por eso no confiaba en él. Ni siquiera le había dicho su nombre... y eso no le merecía la menor confianza.

«¿Qué es lo que dijo? —pensó Erebus, y las palabras ásperas acudieron a su memoria—: El héroe de un bando es el villano del otro.»

—¿Qué construyes? —preguntó Erebus para sí en voz baja mientras vigilaba a la sospechosa criatura.

«No pienso perder de vista a ese ni a los demás constructores de sombra —pensó—. No me fío de ninguno.»

Pero primero tenía que destruir Minecraft y a ese maldito Usuario-no-usuario.

CAPÍTULO 33

LA FUENTE

ameknight999 se materializó en otro lugar extraño. El cielo tenía el mismo aspecto que el del Fin, con una capa oscura y neblinosa que emborronaba las estrellas y daba la sensación de estar atrapado en algún tipo de vacío. Pero en lugar de la piedra del Fin, de color amarillo pálido, aquí todo era de piedra base. No había torres de obsidiana, ni cristales del Fin, ni dragones… solo un mar de piedra base sin nada más a la vista. Los bloques oscuros se extendían en todas direcciones y desaparecían a lo lejos, fundidos con el cielo oscuro y sin estrellas. La oscuridad de aquel lugar era opresiva, y parecía aspirar todo su coraje.

Gameknight observó el paisaje y vio un haz estrecho de luz que se elevaba hacia el cielo: la Fuente. En aquel océano de piedra oscura y cielo negro, la Fuente era como un faro de esperanza. Por lo que podía distinguir, surgía de lo alto de una gran montaña, aunque el pico no se veía bien desde tan lejos.

—Por aquí… deprisa —gritó Gameknight poniendo rumbo al faro. Echaron a correr en línea recta hacia el haz de luz, moviéndose por el paraje yermo tan rápido como podían. Aquello es lo que habían venido a proteger, y tenían que llegar hasta allí y estar preparados para la llegada de Malacoda y sus monstruos.

Era difícil calcular el tamaño de la montaña por la falta de árboles u otras estructuras con las que compararla, pero a medida que se acercaban, Gameknight se iba sorprendiendo más de lo enorme que era. Debía de tener al menos trescientos bloques de diámetro en la base, y quizá doscientos de alto. El tamaño de la estructura montañosa dejaba en ridículo a la fortaleza de Malacoda en el inframundo. Era lo más grande que Gameknight había visto en Minecraft.

Se detuvo un momento a recuperar el resuello y escudriñó el monte de piedra base en busca de un sitio por donde subir. La ladera era casi vertical. En muchos sitios había una caída de dos o tres bloques. Y, al estar hecho de piedra base, no podrían excavar escalones.

Entonces, a la izquierda, distinguió una forma junto al pie de la montaña. Era como si hubiesen construido un triángulo gigante en la piedra base, cuya punta desaparecía en la ladera de la montaña. Corrió hacia allá y vio que eran unas escaleras que subían a la cima.

—¡Por aquí! —gritó a los pasos que oía tras él.

Esprintó hacia las escaleras gigantes. Gameknight miró por encima de su hombro. Vio al ejército entero desplegado en una larga fila de hombres, mujeres y niños, todos siguiéndole. En sus caras se apreciaban miradas de asombro y resolución, como si fuera el lugar más increíble del mundo... y también el más terrible.

Cada uno de ellos sabía lo que iba a ocurrir allí, y aquella idea los llenaba de terror.

Cuando finalmente llegó al pie de las escaleras, Gameknight se detuvo. Los escalones subían con una pendiente enorme y, a medio camino, se metían dentro de la montaña. La atravesaban, dejando a cada lado escarpados muros verticales que nadie podría escalar excepto quizá una araña gigante. Gameknight consideró que las escaleras debían de tener al menos treinta bloques de ancho; demasiado amplias para defenderlas. Necesitaban un lugar donde poder apostar su defensa, y sabía que los superaban con creces en número.

—Tenemos que encontrar un lugar desde donde defender la Fuente —gritó Gameknight a sus amigos—. ¡Deprisa, subamos a la cima!

Gameknight corrió tratando de alcanzar el brillante haz de luz que subía hacia la cumbre. A medida que subía, el faro enorme se hacía más visible. Ahora podía ver que no era un haz de luz lo que se elevaba hacia el cielo, sino muchos, solo que desde lejos parecía una única columna de luz que se extendía por el cielo sin estrellas.

—¡Ya casi estamos arriba! —gritó mientras corría aún más rápido.

Cuando al fin alcanzó la cima, Gameknight no daba crédito a lo que veía. No era solo un faro enorme; había nueve faros unos junto a los otros, con los centros de diamante encendidos. Estaban apoyados sobre una pirámide de bloques de diamante de tres capas.

«Al Pastor le habría encantado ver esto», pensó con un suspiro.

Era casi imposible mirar la luz de los faros. Gameknight tuvo que taparse los ojos, y cuando bloqueó la luz deslumbrante, se sorprendió al ver un campo de faros detrás de la Fuente que parecía extenderse hasta el infinito. Se desplazó con cuidado alrededor de la gigantesca pirámide de diamante y observó la cima de la montaña. En realidad no era una montaña, sino una plataforma gigante, completamente plana y repleta de faros, a cuatro bloques de distancia unos de otros. Pero lo más raro era que todos los faros individuales estaban apagados menos uno. La oscuridad de los faros le provocaba tristeza, como si se hubiese perdido un mundo entero de vidas por cada uno.

Miró al ejército, que ya estaba llegando a la cima de la montaña, pero el tamaño de la plataforma le hizo darse cuenta de lo pocos que eran. Cuando empezó aquel viaje parecía que había muchísimos PNJ dispuestos a luchar contra la sombra del mal que se estaba extendiendo por Minecraft, pero ahora, al mirar a los que quedaban, le parecieron poquísimos.

Habían perdido a muchos.

Entonces pensó en todas las batallas que habían librado: la de la aldea del Constructor contra los monstruos del mundo principal de Erebus, la de los usuarios en la cámara de lava, la batalla perdida en el inframundo cuando rescataron al Constructor pero secuestraron a la Cazadora, la batalla por la Rosa de Hierro y, por último, la batalla por el Huevo de Dragón.

Todas aquellas batallas los habían guiado hasta allí, hasta la batalla final de Minecraft, la batalla por la Fuente. Todas las batallas previas habían destrozado vidas, se habían llevado a los seres queridos de muchas familias. El ejército había mermado hasta el punto de quedarse con un centenar de defensores. ¿Con cuántos monstruos tendrían que enfrentarse? ¿De verdad podían hacerlo?

Oyó un ruido detrás de él y se dio la vuelta rápidamente. El Constructor estaba de pie delante de la pirámide de bloques de diamante, con la boca abierta y una mirada de asombro en la cara.

—Es hermoso —dijo, abriendo mucho los ojos azules.

La Cazadora apareció a su lado. Ella también estaba abrumada por lo que veía. Todos podían sentir el poder de aquel rayo de luz y sabían que aquello era la Fuente, el corazón de Minecraft. Si los monstruos conseguían llegar y destruirlo, la totalidad de Minecraft dejaría de existir. Gameknight se acercó un poco más a la Fuente y subió un nivel. Se quedó sobre un bloque de diamante. Hizo visera con la mano para protegerse de aquel increíble resplandor e intentó mirar al haz de luz. Había visto algo flotando en el rayo, moviéndose en ondulaciones. De repente, se dio cuenta de qué era: ceros y unos que se desplazaban por la Fuente, que enviaba el código fuente de los demás servidores

—Ten cuidado —dijo Maderente—. Esto es el flujo de datos real. Nadie en Minecraft puede tocar el flujo de datos y sobrevivir. Te fragmentaría y enviaría tus fragmentos a todos los servidores a los que está conectado. —Se acercó al Usuario-no-usuario y sacó un bloque de madera. Con una sonrisa irónica, Maderente empujó el bloque de madera al haz de luz. Al instante, el bloque se deshizo en ceros y unos que se dispersaron—. Nada sobrevive al flujo de datos. Tocar el rayo es un suicidio.

—¿Qué pasa con los demás faros? —preguntó Gameknight.

—Los han apagado los monstruos de Minecraft —contestó Maderente con su voz entrecortada.

Miró el mar de faros y vio que uno aún seguía encendido.

—¿Y ese?

—Ese es el servidor que salvaste tú —contestó Maderente.

«¡El servidor del Constructor!»

Gameknight asintió, se alejó un paso de la Fuente y chocó con la Cazadora. Se giró y le sorprendió cuánto le brillaba el pelo rojo con aquella luz blanca. Le pareció algo tan bello que, por un momento, todas las preocupaciones que pesaban en su alma, todos los miedos que estaban siempre a punto de devorarlo, toda la responsabilidad para con las vidas de dentro de Minecraft y del mundo analógico... todo aquello se evaporó un momento cuando miró a la Cazadora a los ojos. Entonces, Peón se abrió paso entre la multitud de soldados que ocupaba la cima de la montaña y su voz resonó por la plataforma.

—Usuario-no-usuario, ¿cuáles son tus órdenes? —atronó Peón.

Gameknight recorrió con la mirada la plataforma que

pronto se convertiría en un campo de batalla, en busca de una solución. Podía notar las piezas del puzle dando tumbos por su cabeza, pero no conseguía visualizarlas. Entonces, una se colocó en su sitio, una de las piezas del rompecabezas que había de darle la solución para sobrevivir a aquella batalla y salvar Minecraft. Pero Gameknight no la comprendía. Cerró los ojos y se concentró en la pieza, pero lo único que veía era un pequeño haz de luz. Justo entonces, una voz etérea se coló en los rincones más oscuros de su mente. Era una voz familiar, una voz reconfortante y llena de confianza.

G...A...M...E...K...

No lograba entender lo que decía. Se concentró más, centrando toda su atención en la voz.

G...A...M...E...K...N...I...G...

De pronto, uno de los PNJ gritó. Gameknight abrió los ojos de golpe y se desplazó hacia el sonido. Uno de los guerreros señalaba la llanura de piedra base, en dirección al portal. Gameknight se giró hacia aquel punto y vio que la plataforma de obsidiana en la que se habían materializado brillaba con un resplandor morado mientras los monstruos accedían al reino de piedra base. Oyó un ruido a su izquierda. Se giró y vio a Peón a su lado, con la espada en alto. El PNJ emitía un gruñido iracundo.

Los monstruos salían del portal directos hacia la montaña, hacia la Fuente. Era como mirar un flujo constante de blazes, zombis, arañas, ghasts, cubos magmáticos, slimes... Todas las especies de monstruos de Minecraft estaban accediendo a aquella isla. El torrente de monstruos parecía eterno.

—Ya vienen —dijo Peón con voz grave—. Debe de haser unos quinientos monstruos, quizá mil, a las órdenes de Erebus. —Se llevó una mano cuadriculada a la cara y se atusó la barba recortada mientras escudriñaba los rostros de sus guerreros—. Me temo que es imposible que detengamos a esta horda. —En su voz se adivinaba un punto de tristeza, como si estuviese hablando de la muerte de un amigo—. Minecraft está perdido.

Gameknight suspiró.

—No te desesperes, Usuario-no-usuario —dijo el Constructor, y su voz ajada resonó por la cima—. Has hecho todo lo que estaba en tu mano. No hay que avergonzarse de fracasar después de intentar algo con todas tus fuerzas.

—¿De qué estás hablando? —saltó la Cazadora, con enfado en la voz—. Si perdemos, perdemos. No hay nada de lo que estar orgullosos. Si perdemos esta batalla, todo estará perdido... Todas las vidas en todos los planos de servidor, ¡todo! No pienso aceptar la derrota, no hasta que estemos todos muertos.

Colocó una flecha en su arco y se acercó al borde de la pendiente, situándose entre el campo de faros y la horda enemiga. Peón se puso a su lado, con la reluciente espada de diamante en la mano. Los soldados supervivientes de la plataforma se ubicaron detrás de su comandante, todos con la espada o el arco en alto, listos para su batalla final.

Gameknight se giró y miró al Constructor. El joven de ojos ancianos lo miró con un gesto de tristeza.

—Siento que no hayamos podido hacer más —dijo el Constructor en voz baja, dirigiéndose únicamente a Gameknight—. Ya has visto el ejército de ahí abajo. Sabes que esta vez no podremos derrotar a Erebus y a los monstruos de la noche. Tenemos apenas cien soldados. No pueden parar la ola de destrucción que se nos viene encima.

El Constructor miró el enorme faro, la Fuente, y suspiró.

—Supongo que no podemos hacer más, habrá que morir luchando —dijo al tiempo que desenvainaba su espada.

Gameknight observó la escena invadido por la tristeza. ¿Los había arrastrado a todos hasta aquel momento? ¿Hasta el fracaso? ¿De verdad no se podía hacer nada? No podía so-

portar la idea de presenciar la destrucción de sus amigos...
y de Minecraft.

Tenía una sensación de *déjà vu*, como si ya hubiese vivido aquello. Y entonces, de repente, recordó el sueño que había tenido unas semanas antes. Había visto aquel momento en el Reino de los Sueños, y conocía el resultado... su cobardía... su fracaso.

Ya se oían los quejidos de los monstruos que se acercaban, los chasquidos de las arañas, la respiración sibilante de los blazes y los lamentos agudos de los ghasts.

No, no iba a dejar que aquello terminase así. ¡Era el Usuario-no-usuario, y no había llegado hasta allí para ser derrotado!

Cerró los ojos y se centró en las piezas del puzle de nuevo. Allí estaba de nuevo la voz distante y etérea, pero ahora sonaba más clara; casi podía reconocerla.

GAMEKNIGHT999, ¿ESTÁS AHÍ?

De repente reconoció la voz: era Shawny. Y entonces, las piezas del puzle encajaron.

Se acercó corriendo al faro solitario que aún emitía luz. Gameknight se situó junto al servidor del Constructor.

—Todavía hay algo que podemos hacer —dijo Gameknight a todos los PNJ.

El Usuario-no-usuario dejó a un lado la espada y se acercó al faro, parándose a escasos centímetros del haz de luz. Notaba la enorme energía que desprendía el rayo, como si todo el calor del inframundo estuviese condensado en aquel haz. De su rostro brotaron pequeñas gotas cuadradas de sudor.

Estaba asustado. La terrible energía del rayo de luz hacía temblar su cuerpo y despertó a la serpiente del miedo que dormía en su interior.

—¡Gameknight, ¿qué haces?! —gritó el Constructor.

—¡Es un suicidio...! ¡Es de cobardes! —chilló la Cazadora—. ¡No tires la toalla, lucha con nosotros! ¡Lucha conmigo!

En su voz se adivinaba una tristeza peculiar, y sus ojos le rogaran que abandonara aquella idea.

—Tengo que hacer esto —dijo Gameknight999 en voz alta.

Miró a sus amigos y vio incredulidad en sus rostros. Todos habían oído lo que Maderente había dicho que ocurriría si tocaban el pilar de luz, que nadie sobrevivía a algo así, pero Gameknight sabía, a pesar del tremendo sentimiento de miedo y pánico que invadía su ser, que tenía que hacer aquello. Se acercó un poco más al brillante haz de luz mortal. Peón se colocó junto a Gameknight, con una extraña sonrisa de entendimiento.

—¡No, tú también, no! —gritó la Cazadora, sin poder creer lo que veía.

—Llegado el momento lo entenderéis —contestó Peón con voz triste.

Se situó al otro lado del faro, agarró la espada con ambas manos, con la punta mirando hacia abajo, y la clavó con fuerza en el suelo. Al atravesar la piedra base y hundirse en la roca oscura, sonó el estallido de un trueno, y el lugar entero tembló. Agarró la empuñadura con una mano pixelada y extendió la otra al Usuario-no-usuario, con los ojos clavados en los de Gameknight.

—Para hacer algo realmente increíble, tienes que creer en ti con todas tus fuerzas —dijo Peón en voz muy baja, casi un susurro—. Para crear algo de la nada, a partir de una simple idea en tu imaginación, hacen falta fuerza y coraje, pero lo más importante, hace falta una fe ciega en que puedes conseguir cualquier cosa por difícil que sea. —Hizo una pausa para mirar a los guerreros, que observaban la escena sin dar crédito. Se volvió hacia Gameknight, se inclinó y habló en voz aún más baja—. Cuando estés al límite y creas que no puedes más, solo tienes que coger tu valor y aferrarte fuerte a él. Tienes que rodear con tus brazos la esencia más profunda de tu ser y negarte a abandonarla. Uno solo fracasa cuando se rinde. —El robusto PNJ le dio una palmada en el hombro a Gameknight999—. Ahora, vamos a hacer un puente.

Peón se irguió y agarró firmemente la empuñadura de su espada. A continuación, habló con una voz sorprendentemente suave y reconfortante.

—Por Minecraft.

—Por Minecraft —contestó el Usuario-no-usuario mientras agarraba la mano de Peón y entraba en el ardiente haz de luz.

De pronto, todo adquirió un fulgor increíble y el dolor se extendió por todo su cuerpo. Era como si cada nervio estuviese en llamas y la energía lo consumiera. Veía girar a su alrededor los ceros y los unos en el torbellino del faro. Su cuerpo empezó a disolverse, pero las palabras de Peón resonaron en su mente.

«Tengo que creer... ¡Tengo que creer que puedo hacer esto!»

Reunió todo su valor y empujó a un lado a la serpiente de miedo que rodeaba su corazón y se irguió, negándose a rendirse. La presión de la mano de Peón en la suya le daba fuerzas. Por alguna razón, presentía que aquella conexión era clave; si se soltaba, todo estaría perdido. Apretando la mano con fuerza, Gameknight999 se abrazó el pecho con el brazo que le quedaba libre y se aferró a su cuerpo, a su coraje, a su alma... y no estaba dispuesto a soltarse. Una parte de él parecía querer disolverse en fragmentos diminutos, ceros y unos, pero su fuerza de voluntad era demasiado grande. Tenía que negarse al fracaso. Entonces, visualizó una imagen de su hermana. Estaba sentada en su cama jugando con sus animales de peluche, indefensa, y se negó a dejarla ir. Pensó en los amigos que había dejado en la cima de la montaña —el Constructor, la Cazadora y la Tejedora— y se negó a dejarlos ir. Pensó en todos los seres vivos de Minecraft, en el nuevo constructor, en Excavador, en Pescador, y se negó a dejarlos ir. Pensó en toda la gente de ambos mundos que confiaba en él en aquel preciso instante, y se negó a dejarlos ir, a ninguno. Abrazó el haz de luz con todo el valor, con todo el enfado, la rabia y la esperanza que encontró... y apretó.

De pronto, empezó a oír voces: cientos de voces. Gritaban su nombre, coreaban a Gameknight999. Las caras cuadradas empezaron a flotar en el faro, dando paso luego a cuerpos pixelados, mientras cientos y cientos de individuos pasaban a través de él.

Había creado un puente. No, él era el puente.

Se aferró con todas sus fuerzas para que las formas fluyeran a través de él, hasta que los últimos restos de fuerza parecieron abandonarle, pero aguantó un poco más hasta que el último hubiera pasado. Cuando ya no podía más, Gameknight se soltó del faro y cayó rendido a la oscuridad que lo reclamaba.

CAPÍTULO 34

AMIGOS

Gameknight cayó al suelo aturdido. Oyó un peculiar «pop» que se repetía a su alrededor, y después los vítores de todo el ejército de PNJ. Recorrió la plataforma con la mirada y vio cientos y cientos de usuarios apareciendo de la nada, con los nombres brillando sobre sus cabezas y los hilos de servidor que se elevaban hacia el cielo. Miró al más cercano y vio que era Shawny, que lo miraba con su skin de ninja negro, reluciente a la luz de la Fuente.

—Hola, Gameknight —dijo Shawny, en tono de broma—. ¿En qué andas últimamente?

Se agachó y le dio una fuerte palmada en el hombro a Gameknight, que le arrancó una sonrisa por primera vez en lo que le había parecido una eternidad. En la plataforma había muchos otros usuarios que conocía. Estaba su antiguo equipo, Apocalipsis: Nanozine, UltraFire9000, Gustobot2000, David769101 y ScottishRHere. Gameknight sonrió. Había pasado mucho tiempo en Minecraft con ellos... hasta que troleó a algunos, claro. También vio a Phaser_98 y a King_Creeperkiller. Al ver a Gameknight, se pusieron a dar saltos. Más cerca de él vio a un usuario llamado Wormican, que también saltaba arriba y abajo; era una de las pocas formas que tenían los usuarios de expresar sus emociones con los personajes de Minecraft.

—Shawny, te cuento lo que pasa —dijo Gameknight rápidamente—. Hay un ejército de monstruos...

—Creo que los veo.

Shawny señaló la horda que se acercaba. Se habían detenido en la mitad de la pendiente de la ladera, probablemente sorprendidos por la aparición repentina del ejército de usuarios. Gameknight miró el camino y vio una masa de zombis que encabezaba la columna; carne de cañón, fácilmente prescindibles. Detrás de los zombis había un mar de arañas gigantes, dando golpes impacientes con las patas afiladas en la piedra base, rechinando la mandíbula con ansiedad. Parecían un millón de castañuelas tocadas a la vez, y hacían eco en la piedra base. Los muros del pasadizo inclinado estaban flanqueados por los blazes, cuyos cuerpos llameantes estaban pegados a la pared y encendían los bordes del ejército con sus llamaradas iracundas y las cargas ígneas ya preparadas. Detrás de ellos había más monstruos del inframundo mezclados con los del mundo principal. Era el conjunto de monstruos más grande nunca visto en Minecraft.

Mientras Gameknight999 observaba a los monstruos, empezó a oír una gran conmoción en la plataforma. Levantó la vista y vio a los usuarios corriendo de un lado a otro, construyendo estructuras a ambos lados de las escaleras.

—¡Construidlas aquí y aquí, como practicamos! —gritó una voz.

Siguió la voz y vio a Shawny, que recorría la plataforma dando órdenes a los usuarios y dirigiendo también a los PNJ.

—Necesitamos un muro aquí con aberturas para disparar a través de él y unas plataformas elevadas aquí y aquí —explicaba Shawny a un grupo de guerreros—. Deprisa, a los monstruos no les durará la confusión mucho más tiempo. —Dio media vuelta y se dirigió a los bordes del camino—. Artillería... Quiero a la artillería por todo este extremo, y los arqueros detrás. ¡Venga, vamos, vamos!

Peón se acercó a Gameknight.

—¿Estás bien? —preguntó el PNJ.

—Sí, pero no estoy seguro de si hubiera sobrevivido de no haberme agarrado a ti. De algún modo me mantuviste anclado a Minecraft. Gracias.

Peón asintió con su cabeza cuadrada y una sonrisa de medio lado en la cara.

—Pero... hay algo que no entiendo —dijo Gameknight mirando a Peón a los ojos verdes—. ¿Por qué tu mano no se disolvió en bits? Estaba dentro del faro conmigo. Debería haberse descompuesto como el bloque que Maderente tiró a la Fuente.

Peón se encogió de hombros y le sonrió con malicia.

—A veces, Minecraft hace lo que quiere.

—¡Gameknight! —gritó Shawny.

Corrió junto a su amigo.

—¿Qué?

—Algo pasa ahí abajo con los monstruos.

Gameknight miró por encima del muro que se extendía ya hasta las amplias escaleras. Vio que los monstruos miraban a los usuarios, confundidos y sin saber qué hacer. Pero entonces, una silueta oscura se materializó en la retaguardia del ejército, una criatura alta de color rojo oscuro, tan solo un tono por debajo del negro. Los ojos le brillaban con intensidad carmesí como si tuvieran un millón de velas dentro. Su gesto de odio hacia todos los que estaban en la plataforma era tal que casi dolía mirarlo.

Era Erebus.

El rey de los enderman hizo una mueca a los defensores, recorriendo sus caras hasta que encontró a Gameknight. Sus ojos refulgieron aún más al mirar al Usuario-no-usuario.

Gameknight tuvo un escalofrío.

—¿Ese es quien yo creo que es? —preguntó Shawny desde el otro lado de la plataforma. Estaba apostando a los PNJ arqueros para tener fuego cruzado.

Gameknight asintió con la cabeza.

—Ya veo que habéis arreglado todas vuestras diferencias —dijo Shawny, sarcástico—. Felicidades. —Se rio y siguió apostando arqueros.

—¡Se mueven! —gritó uno de los usuarios. Gameknight creyó que era Disko42, el maestro de la piedra roja.

Al girarse hacia la horda enemiga, Gameknight vio que Erebus se teletransportaba entre el ejército, golpeando a los que no avanzaban. Era como un relámpago de luz negra, moviéndose de un lugar a otro a una velocidad imposible. Chillaba amenazas, empujaba a su ejército por las escaleras y contra los usuarios y los PNJ.

Al acercarse más, Gameknight se percató de que Malacoda no estaba. Había ghasts en el ejército, pero el inmenso rey del inframundo no estaba por ninguna parte. Tampoco había más enderman aparte de Erebus. Algo había debido de ocurrir en el ejército de monstruos.

«Bien —pensó Gameknight—. Cuantos menos monstruos, mejor.»

A medida que la marabunta avanzaba, los PNJ arqueros empezaron a disparar desde lo alto del muro escarpado. Oleadas de flechas caían sobre los zombis, que avanzaban con las manos extendidas delante, llenando el aire con sus lamentos. Muchos cayeron bajo la lluvia de flechas, pero muchos otros siguieron avanzando. Entonces, los blazes empezaron a contestar al ataque con ráfagas de tres disparos. Una avalancha de esferas en llamas surcaron el aire e impactaron contra los que no fueron lo suficientemente rápidos para apartarse de la cornisa después de disparar los arcos. Los gritos de dolor hendían el aire cuando los PS se consumían entre llamas.

—¡Usuarios... sacad los arcos! —gritó Shawny.

Los usuarios, todos a una, sacaron los arcos y la cima de la montaña se tiñó de pronto de una luz azul cobalto. Los arcos resplandecían iridiscentes a causa de los encantamientos. Estaba claro que habían estado ocupados mientras esperaban a que Gameknight los llevara a la Fuente.

—¡Fuego!

El cielo se encendió con cientos de flechas en llamas que cruzaron el aire y cayeron sobre la horda de monstruos. Las puntas afiladas hacían estragos entre ellos. Acto seguido, el enorme grupo de esqueletos devolvió el ataque. Sus flechas se dirigieron raudas a los defensores, trescientas flechas de esqueleto que atravesaron armaduras y carne a la vista.

Erebus profirió de repente un chillido que casi les perfora los oídos y los monstruos atacaron todos a una.

—¡Fuego a discreción! —gritó Shawny—. Los cañones de explosivos: ¡abrid fuego!

Varios grupos de cañones de explosivos detonaron a la vez, como si estuvieran sincronizados, lanzando cubos a rayas rojas y negras directos al centro del ejército de monstruos. Los bloques intermitentes cayeron entre ellos y explotaron. Abrieron enormes agujeros en la horda enemiga, que enseguida fueron ocupados por monstruos nuevos. Las detonaciones continuaron y los cañones infligieron mucho daño, pero había demasiados monstruos y estaban llegando al final de las escaleras.

—¡Atenta, la primera compañía: espadas!

Un centenar de usuarios dejó a un lado los arcos y sacaron las espadas encantadas. Se apostaron a los lados de las escaleras, conscientes de que las arañas intentarían escalar el muro a la mínima ocasión Más cargas ígneas surcaron el aire, llevándose por delante tanto a usuarios como a PNJ; algunas las lanzaban los blazes, pero otras caían de arriba, enviadas por los ghasts.

—¡PNJ arqueros! —gritó Peón—. ¡Abatid a los ghasts!

Tal y como les había enseñado Gameknight en la batalla contra Malacoda en el inframundo, dispararon a los ghasts en grupos de seis arqueros; todos los arqueros de cada escuadrón disparaban al mismo monstruo. Aún estaban lejos, pero muchas de las flechas dieron en el blanco.

Poco a poco, hicieron retroceder a los ghasts, que prefirieron replegarse a ser atravesados por media docena de flechas. Muy bien. Si estaban lo suficientemente lejos como para mantenerse fuera del alcance de las flechas, también lo estaban para lanzar sus bolas de fuego. Una vez que los ghasts se hubieron batido en retirada, los arqueros centraron el fuego en los blazes, pero había tantos que sus flechas no conseguían gran cosa.

Los chasquidos de las arañas ya se oían perfectamente, igual que sus múltiples ojos rojos, que curioseaban la parte superior del muro. Gameknight sacó su propia espada de diamante y avanzó. Hombro con hombro con los usuarios, Gameknight rajaba a los monstruos, clavando la hoja afilada en los cuerpos de las arañas con inquina. Junto a él estaba Kuwagata498, al que estaba seguro de haber troleado en alguna batalla en el pasado. Pero el pasado, pasado estaba. Ahora Gameknight era una máquina de matar y cortaba en dos a cualquier araña que se atreviese a amenazar a un usuario o a un PNJ; le cubrió las espaldas a Kuwagata498 siempre que pudo. Mientras luchaba, vio a PaulSeerSr disparando con su arco a los blazes, que ya estaban cerca. A su lado, HoneyDon't y Zefus sumaban flechas a la defensa, mientras Lamadia e InTheLittleBush los protegían con sus espadas relucientes. Los guerreros atacaban a los monstruos con las espadas y les disparaban flechas, pero la horda era demasiado grande y los defensores estaban perdiendo terreno.

—¡Todos a los muros! —gritó Shawny.

Los arqueros dejaron los arcos y sacaron las espadas. Los PNJ se colocaron junto a los usuarios y pelearon contra los monstruos de ocho patas. Pero mientras luchaban contra las arañas, los zombis y los creepers fueron avanzando. Los creepers cargaron contra el muro que habían construido alrededor del perímetro de las escaleras. Los guerreros disparaban a través de los ojos de buey excavados en la pared, intentando hacer retroceder a los monstruos verdes moteados, pero, una vez más, eran demasiados. Los creepers silbaban, se hinchaban y luego detonaban contra el muro de roca, haciéndolo pedazos. Gameknight oía los rugidos de los monstruos mientras las primeras filas de zombis accedían a la plataforma. Uno de los usuarios saltó ante ellos y blandió su espada en grandes arcos. Su nombre, Imparfa, destacaba contra el verde oscuro de los zombis, pero lo superaban con creces en número y estaba recibiendo mucho daño. Con cada puñetazo lleno de garras que alcanzaba su armadura, parpadeaba en rojo, y Gameknight sabía que no aguantaría mucho. Pero entonces apareció Peón junto a él, haciendo estragos entre los zombis con su espada y su precisa habilidad. Gameknight corrió hacia la línea de batalla y se lanzó a la contienda, girando sobre sí mismo con la espada extendida para golpear a varios monstruos de una vez. Junto a él oía el arco de la Cazadora, que silbaba una melodía casi constante —*zum, zum, zum*—, y cuya cuerda era un torbellino.

—¡Retroceded! ¡Replegaos! —gritó Shawny desde lo alto de las escaleras, en la plataforma, junto a Gameknight—. Necesitamos un milagro, Gameknight —dijo Shawny a su amigo—. Son demasiados.

—Lo sé, pero si…

Dejó de hablar al notar cómo el suelo se estremecía como si alguien lo hubiese golpeado con un martillo gigante. Tembló una vez más, y otra más. Gameknight miró el pie de las escaleras y vio a un grupo de gigantes plateados que caminaba pesadamente por la llanura de piedra base, generando auténticos truenos a cada paso. Los gigantes metálicos estaban rodeados por un círculo de animales de pelo blanco, cientos de ellos, todos con un collar rojo en el cuello. Y a la cabeza de todos, Gameknight adivinó la silueta desgarbada del Pastor, con un gesto de determinación en el rostro.

—¡Pastor! —gritó Gameknight, con la espada en alto—. ¡¡¡Sí!!!

Ignorando la llamada, el Pastor dirigió a su inmensa manada de lobos contra los monstruos, seguidos por los enormes gólems de hierro. Los gigantes metálicos levantaban los brazos mientras se abrían paso entre el ejército de monstruos, lanzándolos por los aires. Los lobos atacaban en manada, mordiendo y desgarrando con sus colmillos blancos a las filas traseras del ejército de monstruos.

Los monstruos no sabían qué hacer. El ataque trasero era devastador. Muchos retrocedieron para ayudar en la retaguardia, facilitando el ataque a la parte delantera de la columna.

—¡Ahora es el momento! —gritó Gameknight—. Al ataque… ¡Por Minecraft!

—¡Por Minecraft! —gritaron los defensores mientras cargaban contra el ejército de monstruos.

Los gruñidos y gritos aterrorizados de los monstruos llenaron el aire mientras los defensores caían sobre ellos por ambos flancos. Los PNJ y los usuarios cerraron filas para poder atacar a los monstruos con sus espadas. Gameknight lideraba la carga. Una araña se adelantó por su derecha y atacó a Slamacalf. La espada de Gameknight se clavó en el cuerpo hinchado del monstruo y lo empujó lejos para que Slamacalf pudiera rematarlo. Entonces, alguien tiró de él hacia atrás justo a tiempo de esquivar una bola de fuego que pasó junto a su cabeza. Se giró y vio a la Tejedora, aún con la mano en su hombro.

—Gracias —dijo Gameknight.

—Eres… —Antes de que pudiera terminar, puso una flecha en el arco y apuntó a un hombre-cerdo zombi, agotando sus PS con un solo disparo. Luego corrió a la línea de batalla mientras su arco silbaba la melodía de la guerra.

Gameknight observó el estado de la batalla. Los monstruos estaban atrapados entre dos frentes de ataque. Los gólems de hierro estaban creando el caos entre las filas enemigas, ya que las cargas ígneas y las flechas de los esqueletos rebotaban en su piel metálica sin causarles ningún daño. Los gigantes de metal avanzaban entre la masa de cuerpos de monstruos, y subían las escaleras con un rumbo fijo... directos a por Gameknight999. Los lobos mordían brazos y piernas, demasiado rápidos para que los monstruos los alcanzaran.

—Creo que igual estamos ganando —dijo una voz a la izquierda de Gameknight.

Se giró y vio a SkyKid, con la mirada intensa oculta por unas gafas de sol oscuras.

—No digas eso o gafarás la batalla y...

De repente, a Gameknight se le puso la piel de gallina al oír una carcajada proveniente del campo de batalla. Era la risa de Erebus, pero sonaba distinta, más confiada. El rey de los enderman se rio más alto de lo que Gameknight le había oído reírse nunca, y su piel se erizó al percibir la maligna alegría que escondían sus carcajadas.

Se apartó de la batalla y miró al pie de las escaleras. Una niebla morada había cubierto los escalones más bajos y se extendía por la llanura de piedra base. La nube se retorcía como si algo se moviese en su interior. No conseguía ver nada por el espesor de la bruma, pero a medida que las partículas de teletransporte empezaron a evaporarse, algo empezó a perfilarse lentamente a través de la neblina. Al principio parecían pequeños puntos blancos, pero al disiparse la niebla lavanda, los puntos se convirtieron gradualmente en ojos blancos y brillantes: enderman... cientos de ellos. En cuestión de instantes, la llanura estuvo repleta de aquellos monstruos altos y sombríos, todos mirándolos llenos de rabia y preparados para la batalla. Erebus había traído a los enderman de todos los servidores y a los del Fin, y estaban allí para participar en la lucha.

Estaban perdidos.

CAPÍTULO 35
LA ÚLTIMA BATALLA POR MINECRAFT

Gameknight envainó la espada y subió lentamente las escaleras, alejándose de la batalla. Cuando llegó arriba, se giró y contempló la fútil batalla.

—¿Qué haces? —preguntó la Cazadora acercándose corriendo.

—Se acabó… ¿No lo ves? Hemos fracasado.

—Mientras sigamos respirando, habrá una oportunidad. Vamos, volvamos a la batalla.

Gameknight suspiró y miró al suelo. Los enderman destruirían a los gólems de hierro, lo que permitiría a los demás monstruos recuperar terreno, derribar sus defensas y destruir la Fuente. Y después cruzarían al mundo analógico… a su mundo. Probablemente saliesen por su sótano, como en aquel sueño.

Pensó en su hermana.

«Te he fallado, hermanita… Lo siento.»

—Los monstruos están cerrando filas alrededor de Erebus y sus criaturas oscuras —dijo la voz de la Tejedora, interrumpiendo su momento de autocompasión—. Los enderman están arengando a los demás para que peleen con más fuerza. Tenemos que detenerlos como sea.

Las palabras de la Tejedora pusieron en marcha el cerebro de Gameknight. Las piezas del puzle empezaron a dar tumbos en su cabeza. Había una solución y tenía que encontrarla.

«Los monstruos luchan porque tienen esperanza —pensó Gameknight—. Y tienen esperanza por su líder.»

Gameknight recordó las miradas de todos los PNJ la noche antes de la batalla del inframundo. Permanecían a su lado porque creían en él, porque su presencia les daba esperanza. Eso es lo que tenía que quitarles a los monstruos, la esperanza.

«Pero ¿cómo?»

Las piezas del rompecabezas dieron aún más vueltas, atronando en su cabeza. Había una solución. Solo tenía que verla. Y al mirar al rostro de la Tejedora, perlado de sudor, las piezas encajaron.

—Ya sé qué vamos a hacer —dijo Gameknight—. Cazadora, Tejedora, venid conmigo.

Dio media vuelta y atravesó corriendo la plataforma, desapareciendo en el mar de faros oscuros. Cuando llegó a un lugar alejado de la batalla, se detuvo y se giró hacia sus amigas.

—¿Se puede saber qué haces? La batalla es por allí —protestó la Cazadora.

—No, no es verdad —contestó Gameknight—. La batalla no es contra los monstruos, es contra Erebus. Puedo romper ese ejército y destruir sus ganas de luchar, pero tenéis que hacer exactamente lo que os diga.

Y Gameknight999 explicó su plan. Mientras describía lo que pretendía hacer, el miedo inundaba su corazón. Las imágenes de lo que podía pasar aparecían en fogonazos en su cabeza, pero en lugar de centrarse en lo que *podía* pasar, se concentró en el presente, sin dejar de sentirse agobiado por la excitación y la incertidumbre. Entonces recordó algo que le había dicho el Constructor.

«No son las hazañas las que hacen al héroe, sino la forma en que vence sus miedos. —La voz del Constructor resonaba en su cabeza y le hacía sentirse más fuerte, de algún modo—. Voy a vencer mis miedos.»

Miró el rostro cuadrado de la Cazadora y vio la preocupación en sus ojos. Sabía lo peligroso que era aquello, igual que ella, pero era su única esperanza.

Acto seguido, el Usuario-no-usuario se tumbó en el suelo y se durmió.

Una niebla plateada flotaba por el campo de batalla, envolviendo a los contendientes con su delicado abrazo. Gameknight se incorporó y vio a la Cazadora y a la Tejedora de pie junto a él, ambas con sus arcos encantados en la mano y las flechas preparadas. Eran un poco transparentes, como si no estuviesen del todo allí; no formaban parte del Reino de los Sueños. Se puso de pie y caminó hasta la parte superior de las escaleras, desde donde contempló la terrible batalla que se libraba ante él. Los monstruos y los defensores tenían el mismo aspecto transparente.

Gameknight bajó los escalones y se desplazó entre los zombis y las arañas sin sufrir ningún daño, rumbo a su objetivo. Lo vio a lo lejos, con una sonrisa malvada y escalofriante en el rostro. Un estremecimiento le bajó por la columna vertebral al pensar en lo que tenía que hacer, pero sabía que no tenía elección: debía hacerlo para proteger a sus amigos y a su familia.

Reunió todo el coraje que pudo y avanzó hacia su enemigo. Bajó los escalones con cuidado abriéndose paso entre monstruos y defensores, serpenteando por el campo de batalla. Cuando no había sitio avanzaba sin más, y su cuerpo sólido atravesaba las figuras translúcidas como si estuviesen hechas de humo; estaba en el Reino de los Sueños, donde todo era posible. Atravesó un grupo de gigantes y se aproximó con cautela a su enemigo. De repente, Erebus se giró hacia el Usuario-no-usuario. Mientras se acercaba, el rey de los enderman movía la cabeza, como si rastreara al sonámbulo, con los ojos rojos fijos en Gameknight.

Se estremeció.

Por fin, cuando estaba a unos diez bloques, se detuvo y se enfrentó al monstruo oscuro. La niebla plateada flotaba alrededor del cuerpo transparente de Erebus, rodeándole las piernas largas, lo que hacía que pareciese que flotaba. Su mirada roja le daba a la niebla un leve tono rojizo, como si la bruma ocultara las llamas de un fuego abrasador.

De pronto, el enderman se solidificó. Estaba de cuerpo presente en el Reino de los Sueños y miraba a Gameknight999.

—Así que por fin has reunido el coraje suficiente para enfrentarte a mí, Usuario-no-usuario —dijo Erebus con su voz chirriante—. Excelente. —Y profirió una carcajada escalofriante que hizo estremecerse a Gameknight—. Me encantará destruirte con mis propias manos.

—Ya veremos, enderman —contestó Gameknight—. Ya veremos.

Sacó lentamente su espada de diamante y la alzó ante él. Solo consiguió hacer reír a Erebus. Pero luego hizo algo que interrumpió la carcajada del enderman. Gameknight tiró la espada al suelo. Después sacó el hacha y la tiró también, y lo mismo con la pala... Se despojó de todo lo que fuese susceptible de ser utilizado como un arma. De pie frente a Erebus, el Usuario-no-usuario apretó los dientes y lanzó una mirada desafiante al rey de los enderman. En Minecraft todo el mundo sabía que mirar a los ojos a un enderman propiciaba su furia, pero a Gameknight le daba igual. Estaba cansado de tenerle miedo a Erebus y a sus monstruos del mundo principal.

«Odio esto. Estoy harto de ser la víctima —pensó—. Solo quiero ser yo mismo.»

Había llegado la hora de enfrentarse a su pesadilla y enviarla de vuelta a las sombras.

—Ya no te tengo miedo, Erebus —dijo Gameknight mirando fijamente al monstruo—. No voy a achantarme ni a salir corriendo.

—Entonces te libras a tu destino —chirrió el enderman.

—¿Sí? —dijo con un gesto confiado y desafiante—. Pues vamos a bailar.

Erebus cargó contra Gameknight, pero el Usuario-no-usuario mantuvo la posición y no se movió. Su espada flotaba en el suelo a sus pies, pero no hizo ningún movimiento para recoger el arma. En lugar de eso, observó al enderman que se acercaba con una mirada de desdén. Erebus lo alcanzó en cuatro largas zancadas y atacó. Los puños oscuros se precipitaron contra Gameknight, pero este no hizo ningún intento de defenderse. Notaba cómo su armadura de diamante cedía ante el ataque, pero mantuvo la posición. El miedo inundaba su mente mientras los puños oscuros se estrellaban contra él, pero tenía que aguantar... por sus amigos.

«Sé que puedo hacer esto —pensó—. Soy lo suficientemente fuerte.»

Su casco se hizo añicos y desapareció, incapaz de soportar la ira de Erebus. La criatura se ensañó después con las piernas de Gameknight, infligiéndole daño con las suyas, largas y oscuras, dándole patadas en las mallas de diamante al Usuario-no-usuario. Este oía cómo crujían. Gameknight empezó a temblar a medida que las oleadas de miedo inundaban su mente. Las mallas al fin cedieron.

«Sé que puedo hacer esto —pensó de nuevo—. Soy lo suficientemente fuerte. Soy lo suficientemente valiente.»

Erebus siguió golpeándolo sin compasión por todo el cuerpo. Los puños y las piernas oscuras eran un torbellino, la velocidad de sus ataques era imposible de seguir. La serpiente del miedo que habitaba en el interior de Gameknight empezó a enroscarse alrededor de su corazón, preparada para morder su coraje. ZAS... sus botas de diamante se rompieron, dejándolo casi indefenso.

La serpiente del miedo atacó, clavándole un puñal al coraje de Gameknight, haciéndolo dudar de su valía, haciendo que se preguntara si de verdad podía hacerlo. Pero no iba a ceder.

«Sé que puedo hacer esto —pensó—. Soy lo suficientemente fuerte. Soy lo suficientemente valiente. ¡Soy Gameknight999!»

Gameknight miró al suelo, a su armadura de diamante destrozada, y volvió a levantar la mirada hacia el monstruo, retándolo a que siguiera. Erebus interrumpió el torrente de golpes y dio un paso atrás para mirar a su víctima.

—¿Qué estás haciendo? —gritó Erebus.

—No puedes derrotarme —dijo Gameknight— porque al fin me he dado cuenta de cuál es mi auténtica fortaleza, y es algo que jamás comprenderás.

—¿Qué sabes tú que yo no sepa? —chilló el rey de los enderman—. Lo sé todo acerca de Minecraft y el Reino de los Sueños. Sé todo lo que hay que saber sobre las profecías, el inframundo y el Fin. Entiendo todo lo que hay en Minecraft.

—Pero no eres capaz de entender dónde reside la auténtica fortaleza.

—¿Y dónde reside tu fortaleza mítica, Perdedor-no-ganador? —le espetó Erebus.

—Tú haces daño a los demás para sentirte mejor, para sentir que tienes el control, pero lo único que consigues es alejarte de la amistad y de las relaciones auténticas. Te metes con los que son más pequeños, más débiles, más miedosos que tú, y eso demuestra tu cobardía. Los demás no te respetan porque advierten esa cobardía. No les gustas. Creen que eres patético y débil, pero están demasiado asustados para decírtelo. Solo callan porque no la has tomado con ellos… todavía. No eres nada. Estás solo en tu patética vida y ni siquiera lo sabes. —Gameknight hizo una pausa

para dejar que sus palabras enfadaran aún más a Erebus, y continuó—. Mi fortaleza reside en mis amigos, a los que he conocido por ayudar a los demás. Eso es algo que tú nunca entenderás porque solo eres un matón, un matón solo y patético, y por eso me das pena.

—¿Que me compadeces, a mí, Erebus, el rey de los enderman? —gritó el monstruo.

La criatura profirió un grito agudo y atacó de nuevo al Usuario-no-usuario con una avalancha de puñetazos y patadas... De nuevo, Gameknight mantuvo la posición. Cuanto menos se movía, más se enfadaba Erebus, hasta que estuvo fuera de sí.

ZAS... Su peto se rompió.

Ahora los golpes impactaban directamente en el torso de Gameknight. El dolor se extendía por todo su cuerpo, pero no dejó de mantener la posición. A medida que sus PS se agotaban, Gameknight empezó a reírse, lo que sacó a Erebus de sus casillas por completo. Y, cuando su atacante estaba poseído por la rabia, Gameknight se adelantó y rodeó al monstruo con sus brazos, apretando el cuerpo frío, húmedo y oscuro contra el suyo. Extendió sus pensamientos hacia el Reino de los Sueños e imaginó que sus brazos se alargaban y rodeaban por completo al rey de los enderman, como una espiral de acero. Los brazos de Gameknight daban vueltas y más vueltas alrededor de Erebus, de forma que este no podía mover los suyos. La criatura estaba atrapada, no podía escapar ni, para su sorpresa, teletransportarse.

—Cazadora... ¡Ahora! ¡AGUA! —gritó, y su voz resonó por todo el Reino de los Sueños.

La Cazadora apareció flotando por encima del enderman, con un cubo de agua en la mano. Vertió el líquido frío por encima de ambos, inclinó el cubo y derramó más y más agua. Erebus parpadeaba en rojo cada vez que el agua tocaba su piel. El líquido hacía que le salieran hilillos de humo del cuerpo oscuro; el agua era una de las pocas cosas a las que eran vulnerables los enderman. De repente, la Tejedora apareció junto a la Cazadora, echando otro cubo de agua sobre el monstruo, con una enorme sonrisa que crecía a medida que Erebus parpadeaba cada vez más. Erebus forcejeaba, tratando de liberarse del abrazo de Gameknight, sin éxito. El Usuario-no-usuario lo tenía bien aferrado y el agua caía sobre ambos. Vio el pánico en los ojos de Erebus al darse cuenta de que sus PS disminuían a toda velocidad.

—¿Sabes por qué yo estoy destinado a ganar y tú a perder, Erebus? —preguntó Gameknight acercándose aún más al rostro aterrorizado del monstruo—. Porque yo he aprendido a creer en mí mismo y a creer en mis amigos. Haría cualquier cosa para ayudarlos, y ellos harían cualquier cosa para ayudarme a mí. —Otro cubo de agua… Rojo intermitente. Agua… rojo… rojo… rojo…—. Solo tenía que esperar a que la ira y el odio se hubieran apoderado de ti para que olvidaras que esto es solo un sueño… Pero, como bien sabes, si mueres en el Reino de los Sueños, también mueres en Minecraft. —Agua… rojo… rojo… rojo—. Y hoy vas a morir. No dejaré que hagas más daño a mis amigos.

La furia en los ojos de Erebus dio paso de repente al miedo, y después al pánico. El monstruo oscuro forcejeó un poco más intentando escapar del abrazo de Gameknight, y pronto empezó a gimotear y a suplicar, pero el Usuario-no-usuario siguió apretando con todas sus fuerzas.

—Erebus… El juego se ha acabado.

El enderman parpadeó una última vez y desapareció, dejando una esfera azulada en el suelo.

Erebus, el rey de los enderman, había muerto.

CAPÍTULO 36

VOLVER A CASA

Gameknight se sentó. La Cazadora y la Tejedora estaban junto a él. Se puso en pie y corrió hasta lo alto de las escaleras para observar la batalla. Los enderman habían presenciado la derrota de su líder y su valor ahora flaqueaba.

«Tengo que conseguir detener a los monstruos.»

Abrió su inventario y sacó la esfera azulada. Era extraña, como una especie de perla azul, pero con algo en el centro. Gameknight miró más de cerca y vio lo que parecía un ojo rojo sangre que lo miraba.

Era la perla del Fin de Erebus.

La levantó en alto y caminó por el campo de batalla. Los monstruos vieron la perla del Fin en la mano del Usuario-no-usuario, dejaron de luchar de inmediato y buscaron desesperadamente a su líder. Un gesto de pánico se extendía por las caras de los monstruos mientras Gameknight999 caminaba entre las filas de la batalla. Los enderman fueron los primeros en batirse en retirada. Al principio solo desaparecieron unos cuantos en sus nubes de partículas de teletransporte, pero luego los imitaron muchos más. Las criaturas desaparecían entre la niebla morada y reaparecían junto al portal al otro lado de la llanura de piedra base. Los hombres-cerdo zombis y sus primos del mundo principal los siguieron, empujando a los PNJ y a los usuarios en su carrera hacia el portal que se los llevaría lejos de allí.

Gameknight percibió la presencia de un montón de guerreros tras él. Todos los PNJ y los usuarios bajaban los escalones despacio, dispuestos a correr en defensa del Usuario-no-usuario. Una araña lo atacó, pero las flechas de la Cazadora y la Tejedora se hundieron en su cuerpo antes de que pudiera acercarse lo suficiente. Aquello disuadió al resto de monstruos de ocho patas, que dieron media vuelta y corretearon escaleras abajo. Pronto, todos los monstruos se batían en retirada, corriendo todo lo deprisa que podían hacia el portal, lejos del que había destruido a su líder. Gameknight miró hacia atrás y sonrió a los que lo seguían, muchos de los cuales ya estallaban en vítores. Los monstruos del mundo principal y del inframundo estaban huyendo del Usuario-no-usuario.

Pero de pronto un trueno cruzó el aire y las escaleras empezaron a temblar. Se giró y se encontró cara a cara con el rey de los gólems, que miraba a Gameknight999 con sus ojos oscuros. Este abrió su inventario, sacó la Rosa de Hierro y se la tendió al gigante de metal, a la espera de que lo aplastara con sus enormes puños de hierro. Pero, en lugar de atacarle, el rey de los gólems cogió la rosa, dio media vuelta y puso rumbo al portal.

Mientras miraba alejarse a las pesadas criaturas metálicas, vio al Pastor que se acercaba, rodeado por los lobos que habían sobrevivido. Gameknight corrió a su encuentro y le dio un abrazo enorme.

—Me alegro tanto de que estés bien —dijo Gameknight. Bajó la mirada hacia la manada de lobos, estiró el brazo y le dio una palmada en el hombro al muchacho larguirucho—. Nos has salvado al traer a la manada de lobos y a los gólems. Nunca habríamos sobrevivido sin ti.

El Pastor se sonrojó y su cabeza entera se tiñó de rosa oscuro.

—Como ya os dije en la fortaleza —dijo Gameknight, dirigiéndose a los guerreros—, ¡este es mi amigo y se llama Pastor!

Los guerreros estallaron en gritos de alegría y se acercaron a darle palmadas en la espalda y a acariciar a los lobos.

—Creí que habías huido, Pastor. Lo siento.

—No pasa nada. Solo hice lo que tenía que hacer para ayudarte y para ayudar a Minecraft —dijo el chico—. Cuando regresé a la fortaleza, me encontré con el rey gólem y sus súbditos. Le gustaron mis lobos y accedió a ayudarme a destruir a los monstruos.

—Pastor, solo tú podías convencer al rey de los gólems para ayudarnos —dijo el Constructor acercándose al chico—. Si no fueses como eres, habría sido nuestra perdición. Creo que hablo por todos los aquí presentes si digo que no queremos que seas de ninguna otra forma, queremos que seas el Pastor porque eres el mejor pastor posible.

Los vítores recorrieron el ejército; los PNJ coreaban el nombre del Pastor.

El Constructor se acercó a Gameknight.

—¿No notas nada raro? —le preguntó a su amigo.

—¿Qué?

—No tartamudea —dijo el joven PNJ de ojos sabios—. Creo que el Pastor no solo ha encontrado esta asombrosa manada de lobos, también se ha encontrado a sí mismo.

Gameknight se giró y miró al muchacho, que le respondió con una enorme sonrisa en su cara cuadrada.

—He decidido ser quien soy: el Pastor, el guardián de los animales. Y voy a ser el mejor pastor que pueda. La gente tendrá que aceptarme así, porque no voy a cambiar solo para encajar. Puedo encajar siendo yo mismo.

—Eres muy sabio para tu edad, Pastor —dijo la Tejedora, mientras se adelantaba para darle un abrazo—. Creo que puedes enseñarnos un montón de cosas.

El Pastor sonrió.

Gameknight también sonrió y rodeó al muchacho con el brazo. El Pastor abrazó a su amigo y los lobos aullaron.

—Venid a la Fuente —dijo Maderente empujando a Gameknight mientras subía los escalones.

El ejército siguió al extraño constructor de luz por las escaleras, corriendo para alcanzar a Maderente. Cuando llegó arriba, Gameknight encontró al constructor de luz delante de la Fuente, mirando maravillado el brillante haz de luz que se elevaba hasta el cielo. Gameknight se colocó junto a Maderente y lo miró.

—¿Cómo van a volver a casa los PNJ? —preguntó Gameknight.

Maderente apartó los ojos de la Fuente y miró a Gameknight999.

—Viajarán a través de los faros correspondientes hasta sus servidores —señaló los faros oscuros—. Tienes que encenderlos.

—¿Qué? —preguntó la Cazadora.

—El Usuario-no-usuario tiene que encender los faros para que todos puedan volver a casa —explicó Maderente.

—¿Y cómo voy a hacer eso? —preguntó Gameknight.

—Pon el Huevo de Dragón en la Fuente y manténlo dentro —contestó Maderente—. Minecraft hará el resto.

La Cazadora se acercó a Gameknight y lo miró.

—¿Tendrás la fuerza suficiente después de la batalla con Erebus? —preguntó—. ¿Puedes hacerlo?

Gameknight miró sus ojos marrones e intentó sonreírle para tranquilizarla... aunque no le salió muy bien.

—Tengo que sobrevivir. Mira alrededor: aquí no hay comida ni agua. Los PNJ no pueden sobrevivir aquí; tienen que volver a sus servidores, a sus hogares. Tengo que hacerlo.

Le dio la espalda a su amiga, subió los bloques de diamante y se colocó ante el refulgente haz de luz. Sacó el Huevo de Dragón de su inventario, lo extendió y lo acercó poco a poco a la Fuente. Al principio, sintió un hormigueo en la piel, pero pronto se convirtió en pinchazos leves por todo el cuerpo, que después dio paso al fuego. Sentía como si estuviese en llamas que lo quemaban desde fuera pero también desde dentro.

—Puedo hacerlo —dijo en voz alta, haciendo acopio de todas las fuerzas que le quedaban.

Dio otro paso adelante y extendió los brazos dentro del reluciente pilar de luz. Brillaba tanto que no veía nada, pero sentía dónde tenía que colocar el huevo. Se adentró un poco más en el rayo de luz, se inclinó y puso el huevo en el rayo central.

De repente, hubo un fogonazo y salió disparado hacia atrás. El Huevo de Dragón se le resbaló de las manos. Gameknight salió volando por los aires y fue a parar al centro de un grupo de usuarios. La fuerza de su impacto derribó a Pips, a Shin y a SgtSprinkles. Sentía un hormigueo por todo el cuerpo, como si acabara de electrocutarse. Se miró los brazos esperando verlos quemados y carbonizados, pero estaban intactos y pixelados.

Unas manos grandes lo ayudaron a ponerse en pie. Al mirar, se encontró con los ojos verdes y brillantes de Peón, que le sonreía.

—Mira lo que has conseguido —dijo el enorme PNJ.

Gameknight miró a la Fuente y vio el Huevo del Dragón del Fin flotando dentro. De su superficie salían cientos de rayos de luz, cada uno dirigido a uno de los faros apagados. Al tocar los cubos oscuros, estos se encendían de repente como si alguien hubiese activado un interruptor. Gameknight recorrió la plataforma con la mirada y, en lugar del mar de bloques oscuros, vio todos los faros encendidos, cada uno emitiendo un haz de luz hacia el cielo. Le recordó a los maizales que había cerca de su colegio, con los tallos altos y lustrosos alzándose erguidos antes de la cosecha. Le recordó a su hogar.

Gameknight suspiró.

—Todos los planos de servidor están conectados de nuevo a la Fuente —dijo el constructor de luz, con un gesto de alegría y orgullo en su extraño rostro. Se giró hacia Gameknight y sonrió, con los ojos brillantes y marrones, como si estuviesen encendidos por dentro—. El Usuario-no-usuario ha cumplido la Profecía. ¡Minecraft está a salvo!

Un grito de júbilo recorrió la cima de la montaña, proveniente de todos los guerreros y usuarios, que alzaban espadas y arcos. Gameknight sonrió y miró el mar de caras alegres, pero de pronto divisó un montón de armas y objetos en el suelo: el inventario de algún desafortunado. Aquel era el lugar donde algunos PNJ habían pagado el último precio y habían muerto para proteger Minecraft. Gameknight se enjugó una lágrima y levantó la mano lentamente en el aire, con los dedos muy abiertos. Miró a los supervivientes de la terrible batalla con gesto serio. Los vítores fueron apagándose y más manos se alzaron en el aire, con los dedos cuadrados separados como los pétalos de una flor pixelada. Todos levantaron las manos y las cerraron en un puño apretado, con la vista fija en el suelo, pensando en sus familiares y amigos, cónyuges e hijos, vecinos y desconocidos… todos los caídos en aquella guerra horrible. Y cerraron los puños hasta que les dolieron los nudillos. Gameknight levantó la vista y bajó la mano despacio, una vez completado el saludo a los muertos.

De repente, un círculo de luz morada apareció en la cima de la montaña; se estaba formando un portal. El campo de energía crujía y silbaba al generarse, y atrajo la atención de todos. Entonces, empezaron a salir PNJ del portal. No, no eran PNJ, sino constructores de sombra, tal y como los delataban su pelo y sus ojos oscuros. Uno del color de un zombi salió del portal, seguido por otro con los brazos y las piernas cubiertas de pelos gruesos y negros. Constructores de sombra de todo tipo salieron del portal y corrieron hacia

el mar de faros que iluminaba ahora la cumbre. Cada uno
escogió un haz de luz y desaparecieron en una bruma de ceros y unos; la nube de cifras se elevó sobre el faro y desapareció en el código de Minecraft.

Nadie se movió. Los guerreros se quedaron paralizados
ante lo que acababan de ver. Veinte segundos después, del
portal empezaron a salir constructores de luz, claramente
persiguiendo a los que acababan de desvanecerse. Se detuvieron al borde del campo de luz, se miraron unos a otros,
cada uno escogió un faro y desaparecieron también.

De pronto, se oyó un sonido sibilante en una esquina de
la plataforma, donde se formó un nuevo portal. Se generó
un anillo morado, del que salió un constructor de sombra
de aspecto malvado. Miró la plataforma iluminada con una
expresión de odio en el rostro. Cuando miró a Game-
knight999, sus ojos blancos se encendieron. Dio tres pasos
adelante, escogió el haz de luz que llevaba al servidor del
Constructor y desapareció. Todos los guerreros se quedaron
asombrados al ver a aquel constructor de sombra cuyos ojos
encendidos fueron lo último en desaparecer antes de meterse dentro del servidor del Constructor y que la plataforma quedase en el más completo silencio.

—La guerra que libramos desde hace una eternidad aún
continúa —dijo Maderente—. Los constructores de sombra
han huido a los planos de servidor, pero a los constructores
de luz los encontraremos. Y al final los atraparemos. —Se
giró hacia Gameknight y le habló en voz baja—. Los PNJ ya
pueden entrar en los faros para volver a sus servidores,
igual que han hecho los constructores de sombra. Ahora
que Minecraft está limpio, es seguro.

—¿Y yo? ¿Cómo volveré a casa yo? —preguntó Gameknight.

—Pregúntale a él —contestó Maderente, señalando a
Peón.

Gameknight quería preguntarle qué quería decir, pero

antes de que pudiera hacerlo, el constructor de luz se introdujo en el rayo que llevaba hasta el servidor del Constructor, tras el constructor de sombra de la mirada encendida y maligna. El Constructor se puso de pie sobre uno de los bloques de diamante que conducían a la Fuente y levantó las manos para llamar la atención de todos.

—No he entendido muy bien lo que acaba de pasar, pero creo que podemos irnos a casa.

El ejército estalló en vítores. Los usuarios les daban palmadas en la espalda a los PNJ. El Constructor bajó del bloque de diamante, se acercó a su faro, se situó junto al haz de luz y sonrió.

—Oigo la música de mi servidor. Definitivamente, este es el mío. Desplazaos por la plataforma hasta que encontréis los vuestros.

Los PNJ se dispersaron por el campo de luz, mientras los usuarios se quedaban donde estaban. Shawny se acercó a Gameknight y le dio una palmada en la espalda. Junto a él había un usuario más joven, Imparfa. Gameknight miró a todos los usuarios que habían venido a ayudarle y vio varios nombres que le resultaron familiares, jugadores de Minecraft famosos, YouTubers, algunos de los mejores del mundo, y todos habían venido a ayudarle. Estaba emocionado y una lágrima le cayó del ojo. Quizá sí que tenía amigos.

—Gracias por venir a ayudarnos —dijo Gameknight a los usuarios, con la voz rota por la emoción, y se echó a reír. Todos los usuarios se rieron, pero no del Usuario-no-usuario, sino con él.

—Minecraft habría desaparecido de no ser por vosotros. Habéis salvado Minecraft.

—¡No! —gritó alguien al fondo. Todos se callaron enseguida y el disidente se adelantó. Gameknight vio el nombre sobre la cabeza del usuario: era el famoso Ant-Poison—. No —repitió—. Nosotros no hemos salvado Minecraft... Tú,

Gameknight999, has salvado Minecraft y nos has salvado un poco a todos.

Se acercó aún más, hasta llegar junto al Usuario-no-usuario, y envainó la espada.

—Sé que te autoproclamaste el rey de los griefers... Bueno, pues ya no lo eres. —Se giró hacia los demás usuarios y gritó con todas sus fuerzas—. Os digo que Gameknight999 ya no es griefer de Minecraft. Ahora es el salvador de Minecraft.

Sacó la espada de diamante y la levantó en el aire, gritando a todo pulmón, imitado por el resto de usuarios.

—¡¡¡Por Minecraft!!! —gritaron. A continuación, poco a poco, uno detrás de otro, fueron desconectándose del servidor y volvieron al mundo analógico, hasta que solo quedó Shawny.

Gameknight sonrió a su amigo, se giró y miró los faros. Todos los PNJ habían encontrado sus servidores y estaban entrando en los haces de luz, donde sus cuerpos se disolvían en ceros y unos para volver a casa. La mayoría de los guerreros eran del último servidor, así que se arremolinaron todos juntos alrededor del mismo faro, dejando a Gameknight999 con unos pocos PNJ.

—¿Qué hará el Usuario-no-usuario? —preguntó el Constructor junto a su faro.

—No lo sé, aún no lo he pensado. Pero lo haré, no te preocupes. Y ten por seguro que volveré a visitarte, amigo.

El joven PNJ sonrió mientras se introducía en el haz de luz y se desvanecía en una nube de ceros y unos, volviendo a su servidor a través del rayo. Ya solo quedaban unos pocos PNJ: la Cazadora, la Tejedora, el Pastor y Peón.

—¿Qué vas a hacer, Cazadora? —preguntó Gameknight.

Ella se apartó unos rizos pelirrojos de la cara y lo miró.

—La Tejedora y yo hemos estado hablando y creemos que vamos a empezar de nuevo en el servidor del Constructor —dijo, sonriente—. Además, alguien tiene que cuidar de él.

Se acercó a Gameknight y le dio un abrazo que casi le rompe los huesos. Luego notó cómo los pequeños brazos de la Tejedora se abrazaban a su cintura; las hermanas no parecían querer soltarlo. Gameknight se lo puso fácil soltándose del abrazo y dando un paso atrás.

—Yo también voy con ellos —dijo el Pastor con una sonrisa gigante en la cara cuadrada—. Creo que mi sitio está con mis nuevos amigos. Adiós, Usuario-no-usuario. Te veré pronto, lo sé.

—Marchaos los tres antes de que otro ejército de monstruos decida que quiere matarme —dijo Gameknight, sonriendo.

Las hermanas se echaron a reír y la sonrisa del Pastor se hizo aún más grande.

—Adiós, Gameknight999, Usuario-no-usuario. Espero verte de nuevo en Minecraft —dijo la Cazadora, secándose una lágrima de la mejilla.

Gameknight asintió sonriendo, aunque tenía las mejillas cuadradas arrasadas de lágrimas. La Cazadora se despidió con la mano, se agarró de la mano de su hermana y ambas entraron en el haz de luz, donde se disolvieron en bits, seguidas del Pastor y sus lobos.

Se giró y encontró a Shawny y a Peón.

—Yo creo que me largo —dijo Shawny—. Nos vemos pronto, ¿no?

Gameknight se encogió de hombros y vio cómo desaparecía Shawny. Suspiró y se volvió hacia Peón.

—¿Y qué vas a hacer tú después de todo este caos? —le preguntó al robusto PNJ.

—En medio del caos también hay oportunidad —dijo Peón.

«Yo conozco esa frase... Es de *El arte de la guerra*, de Sun Tzu.»

—Tú no eres un PNJ… No puede ser. He oído esa frase antes, es de Sun Tzu. Mi profesor, el señor Planck, la tenía en la pared de la clase. Todas esas citas son de *El arte de la guerra*. ¿Quién eres?

Peón sonrió.

—¡¿Quién eres?!

Peón cerró los ojos un momento, se quedó inmóvil como si estuviera en modo ausente y se transformó, pasando de ser el enorme y fuerte PNJ a uno más bajito, calvo, con bigote y barba. En una mano tenía un sombrero negro parecido a un fedora, un sombrero muy característico que llevaba siempre un usuario en concreto. Entonces, vio las letras que flotaban sobre su cabeza y el hilo de servidor que se elevaba hacia el cielo. Solo eran cinco letras, pero formaban el nombre del usuario más importante de todo Minecraft: N… O… T… C… H.

CAPÍTULO 37

DENTRO DE LA FUENTE

Eres tú... Eres... eres Notch —tartamudeó Gameknight.

—Sí, ya.

—Pero si eres tú, ¿por qué no detuviste la guerra y salvaste a todo el mundo? —preguntó Gameknight, mientras sentía que empezaba a enfadarse—. ¿Por qué han tenido que morir tantos PNJ? ¿Por qué no lo interrumpiste? Tú eres el creador de todo esto.

—A ver. Hace un tiempo, ocurrió algo en Minecraft. Un virus infectó el sistema.

—¿Un virus? —preguntó Gameknight—. ¿De qué tipo?

—Un virus de inteligencia artificial.

—¿Qué significa eso?

Notch se mesó el bigote oscuro y observó la plataforma, que ahora brillaba iluminada por mil haces de luz.

—Minecraft se basa en su propio software de inteligencia artificial. Es lo que utiliza para crear el paisaje, las aldeas, los animales y los...

—Los aldeanos —interrumpió Gameknight.

—Correcto —contestó Notch—. Pero antes de liberar Minecraft, se introdujo otro segmento de inteligencia artificial.

—¿El virus?

—Sí, el virus. Se fusionó con mi código de IA y creó algo

inesperado... Un fallo técnico del software. Cuando mi código de IA trató de arreglarlo, el programa se volvió loco y empezamos a perder el control del sistema.

—¿Y por qué no borraste el software y lo reiniciaste todo? —preguntó Gameknight.

—Porque me di cuenta de que las líneas de código del software eran conscientes de las cosas, eran sensibles.

—¿Cómo? No lo entiendo.

Notch se mesó el bigote de nuevo, se acercó un paso más a Gameknight y habló en voz baja.

—Habían cobrado vida.

—¿Los aldeanos?

Notch asintió.

—No podía apagar el sistema... No tenía agallas para hacer algo así. Fuimos poniendo parches y sacando actualizaciones para intentar contener el virus, pero seguía suelto y lo destrozaba todo a su paso. Traté de instalar mi propio antivirus con tecnología IA en Minecraft, pero eso lo empeoró todo. Cuando pasó un tiempo, me di cuenta de que ya no controlaba el sistema por completo... Lo único que podía hacer era intentar ayudar en lo que pudiera y hacer el menor daño posible.

—Pero ¿por qué no les dijiste a los aldeanos quién eras? —preguntó Gameknight.

—Una vez lo hice, hace mucho tiempo, pero se asustaron, se pusieron de rodillas y me adoraron como a un dios. Los aldeanos no pueden funcionar si saben que está entre ellos su Creador. Así que me infiltré haciéndome pasar por uno de ellos... alguien de una aldea lejana.

—Peón.

Notch asintió de nuevo.

—Tienes que saber que Minecraft no se habría salvado de no ser por ti —dijo Notch con voz solemne—. Te estuve observando durante mucho tiempo en el juego, y no me gustó nada lo que vi en el pasado.

Gameknight agachó la cabeza y asintió.

—Lo sé, hice cosas terribles.

—Sí, así fue, pero mira cuánto has cambiado. Ahora pones a otros por delante de ti. Has ayudado incluso a desconocidos, y has devuelto la esperanza a todos los PNJ de Minecraft.

Gameknight levantó la cabeza y miró a Notch a los ojos verdes.

—Los PNJ de Minecraft necesitaban a Peón para guiarlos hasta la Fuente, pero necesitaban la valentía inesperada, la creatividad y la capacidad para resolver problemas de Gameknight999. Tú les diste esperanza y les hiciste creer que podían ser más fuertes de lo que jamás habían imaginado. Gameknight999, el Usuario-no-usuario, dio vida a los PNJ de Minecraft.

Gameknight sonrió y volvió a mirar al suelo, avergonzado.

Notch extendió el brazo y le dio una palmada en el hombro y, por primera vez, Gameknight sintió que se merecía el elogio.

«Quizá no soy solo un niño… A lo mejor soy algo más», pensó, y miró a Notch de nuevo.

—Vale, ahora conozco tu historia —dijo Gameknight—, sé quién eres y qué ha significado todo esto, pero ¿qué va a ocurrir a partir de aquí? ¿Qué va a pasar conmigo? ¿Cómo vas a ayudarme?

—Buena pregunta —contestó Notch, pasándose los dedos por la barba recortada—. Pero la verdadera pregunta es… ¿sabes quién eres?

—¿Cómo?

—Yo puedo desconectarme y volver a mi casa en Suecia, pero tú ya formas parte del juego. Mira, sigues sin tener hilo de servidor.

Gameknight miró hacia arriba y vio la fina línea de luz que brotaba de la cabeza de Notch y se perdía en el cielo.

Pero encima de su propia cabeza no había nada… No tenía hilo de servidor.

—Eres parte del código de Minecraft, Gameknight999. Puedes moverte a cualquier servidor, pero seguirás dentro de Minecraft.

Gameknight observó los faros encendidos que cubrían la cima de la montaña y agitó la cabeza.

—Quiero irme a casa.

—Volveré a preguntártelo: ¿sabes quién eres?

—Claro que lo sé: soy Gameknight999 y quiero volver a casa con mis padres y con la pesada de mi hermana, a la que tanto echo de menos. Solo quiero volver a casa.

Notch se acercó a Gameknight y le puso una mano en el hombro.

—¿Seguro que quieres irte a casa?

—¡Por supuesto que sí!

—Tienes que tener confianza, porque no sé qué va a pasar cuando entres en el haz de la Fuente. El código de Minecraft ha cambiado tanto que hay cosas que ya no comprendo. Ha creado cosas que yo nunca concebí.

—¿A qué te refieres? —preguntó Gameknight.

—A los constructores de sombra y de luz… Yo no los creé, lo hizo el código de Minecraft. Las líneas de IA de Minecraft han cobrado vida y están haciendo cosas impredecibles. No sé qué hará la IA cuando entres en la Fuente. Para volver a casa, tendrás que mantenerte firme cuando estés dentro del rayo de luz. Sospecho que el proceso pondrá a prueba hasta el último resquicio de tu valor y la confianza en ti mismo. Si tienes el más mínimo atisbo de duda, no creo que consigas sobrevivir. —Hizo una pausa para dejar que sus palabras sedimentaran y continuó—. Siento que te haya ocurrido todo esto, pero así son las cosas.

Miró a Gameknight con una sonrisa curiosa en la cara y citó a Sun Tzu por última vez.

—Conoce a tu enemigo y conócete a ti mismo.

Y Notch, el creador de Minecraft, desapareció, dejando solo a Gameknight.

Recorrió la plataforma de servidores con la mirada y se giró hacia la Fuente.

—Conoce a tu enemigo y conócete a ti mismo; esa es, probablemente, la cita más famosa de Sun Tzu… Pero ¿qué querría decir?

Gameknight caminó alrededor de la Fuente y subió un peldaño. El calor enseguida empezó a formarle cubitos de sudor en la frente, que iban a parar a su entrecejo. Empezó a notar el miedo y la inseguridad creciendo dentro de él. Cuando había colocado el Huevo de Dragón en el rayo, solo habían sido los brazos, pero ahora tenía que entrar con todo el cuerpo en la Fuente.

Escaló otro bloque de diamante, acercándose aún más al ardiente haz de luz.

«Conoce a tu enemigo.» Reflexionó acerca de aquello… Su enemigo era Erebus. Pero no, no era solo Erebus, era cualquiera que le hiciese sentirse mal consigo mismo. Su enemigo era cualquiera que hubiese hecho a Gameknight dudar de su valía.

—Pero yo mismo he dudado de mi valía… Yo he sido mi propio enemigo.

«Conoce a tu enemigo y conócete a ti mismo.»

Subió otro peldaño.

—No me preocuparé por los imponderables. No me dará miedo intentarlo. —Subió el último escalón y se situó junto a la Fuente—. ¡Soy· Gameknight999 y quiero irme a casa!

Cerró los ojos y entró en el rayo. El dolor lo recorrió de inmediato como si hubiesen prendido fuego a cada nervio de su cuerpo. Pero, en lugar de retroceder, se abrazó a sí mismo y aguantó.

«Puedo hacer esto… Creo firmemente que puedo hacer esto y que voy a sobrevivir. Soy Gameknight999.»

Podía notar cómo empezaba a disolverse en ceros y

unos, cómo la Fuente lo convertía en otra cosa. Se aferró más fuerte y dejó que la Fuente lo transformara más y más deprisa. Una sombra de miedo cruzó su mente, pero la empujó a un lado.

—Puedo hacer esto —dijo, hablando solo—. Me conozco a mí mismo.

»Puedo sobrevivir —dijo más alto—. Soy Gameknight999, el Usuario-no-usuario.

Y la oscuridad lo engulló.

Gameknight sintió frío. El brazo le hormigueaba a medida que la sangre volvía a correr de forma gradual. Se incorporó y estiró la espalda, que le dolía de llevar tanto tiempo encorvado. Notó la mejilla caliente y un poco dormida, como cuando se quedaba dormido en el pupitre en clase de historia. Estiró los brazos y se frotó el moflete, sintiendo cómo volvía a adquirir sensibilidad en ese lado de la cara.

Estaba oscuro y hacía frío. Parecía estar bajo tierra, y el frío húmedo hizo que lo recorriera un escalofrío. Estiró la mano derecha sin pensar y avanzó, sin saber muy bien por qué. Su mano chocó contra algo duro, cuyos bordes afilados le rasparon las puntas de los dedos. Buscó a tientas el interruptor que había activado mil veces y encendió el flexo del escritorio, y la estancia se iluminó. Gameknight999 observó el flexo y vio que estaba hecho de piezas de motor, soldadas en un complicado diseño en espiral que parecía un tornado metálico: era un invento que su padre había bautizado como «flexo-CFM56». No tenía ni idea de qué significaba aquello.

El flexo del escritorio… El flexo del escritorio de su padre… ¡Estaba en casa!

Gameknight se levantó y se alejó del escritorio. Se dio la vuelta y miró el digitalizador con recelo. Todas las luces estaban apagadas. El zumbido de trompetas se había apagado y el artilugio parecía inactivo.

«¡Bien!»

Entonces, oyó el sonido de unos dibujos animados cantando una molesta melodía infantil que se filtraba hasta el sótano, y Gameknight sonrió. Estaba en casa... Estaba en casa de verdad.

—Mamá, papá, hermanita... ¡Estoy en casa!

Miró alrededor y vio el rincón en el que se había escondido de Erebus en aquella horrible pesadilla. El espejo roto seguía apoyado en la pared... Se estremeció, pero luego sonrió.

Estaba en casa, estaba fuera de Minecraft por fin.

Dio dos pasos hacia las escaleras, pero se detuvo y volvió a mirar hacia el ordenador. En la pantalla había una imagen de Minecraft donde se podía ver a su personaje en modo ausente. Sorprendido, advirtió que también aparecían sus amigos. El Constructor estaba junto a él, con la mano pequeña descansando sobre el hombro de Gameknight. Junto a él vio al Pastor. El chico larguirucho lo miraba con una amplia sonrisa, saludando con el brazo en alto. Al otro lado del Constructor estaban las hermanas, la Cazadora y la Tejedora. La melena pelirroja de ambas tenía el mismo aspecto rizado, los tirabuzones caían sobre su piel en Minecraft, y desprendían un resplandor rojo. Sus sonrisas le encogieron el corazón.

Aquellos eran sus amigos, sus mejores amigos. Y había forjado aquella amistad sin comportarse como un griefer, sin ser un tipo duro, sin abusar de nadie: solo siendo él mismo. Gameknight sonrió y notó que una lágrima le caía por la mejilla.

—Amigos —dijo en voz alta al sótano vacío, y sonrió de nuevo—. Volveré a veros, os lo prometo.

Se acercó de nuevo a la mesa del ordenador y estiró el brazo para tocar el monitor. Acarició las caras de todos con sus dedos ya redondos, mientras las lágrimas surcaban su rostro ovalado, y sonrió de nuevo. Por fin, se dio la vuelta y enfiló las escaleras.

—¡Hermana, tengo que contarte una cosa! —gritó, subiendo los escalones de dos en dos.

Lo que Gameknight no había visto en la pantalla era una silueta lejana, una silueta oscura y amenazante, escondida tras un roble, cuyas hojas se reducían a cenizas y caían al suelo en montoncitos moribundos. La silueta tenía una sonrisa maligna en el rostro, como una serpiente a punto de atacar a su presa. Pero lo peor eran sus ojos, brillantes y blancos, encendiendo su cara malvada, llenándola de un odio que parecía dirigirse directo al centro de la pantalla, hacia Gameknight999.

Entonces se movió y uno de los altavoces del ordenador emitió un sonido.

—Te espero, Gameknight999, te espero aquí, en Minecraft. Y cuando volvamos a encontrarnos, llevaré a cabo mi venganza y escaparé al fin de esta prisión.

Y profirió una risa maquiavélica que habría hecho estremecerse al mundo, para después desaparecer, dejando tras de sí el árbol desnudo como un mal augurio.

NOTA DEL AUTOR

La saga de Gameknight999 se inspira claramente en lo que le ocurrió a mi hijo en Minecraft, pero también habla de algo que, desgraciadamente, tuve la mala suerte de vivir cuando iba al colegio: el acoso escolar. Cuando era niño, sufrí acoso, generalmente en la parada del autobús. Los chicos mayores creían que era divertido meterse conmigo y meterme en los contenedores de basura, quitarme la gorra y encajarla en lo alto de un árbol, y muchas otras cosas.

¡Odiaba coger el autobús!

Pero entonces conocí a mi amigo Dave, que vivía en mi misma calle. Empezamos a ir andando al colegio en lugar de en autobús, y así se solucionó el problema... o eso creí yo. Los matones seguían acosándome en el colegio, sobre todo en el recreo. A veces, me llevaba un libro al patio y me sentaba debajo de un árbol a leer, pero estar solo en el patio era como llevar un cartel pidiendo que te acosaran.

Estar solo no soluciona nada. Yo lo aprendí por las malas. Hay que hacer amigos y estar con ellos. Puede parecer difícil, porque hacer amigos nuevos da miedo. Pero este es el primer dragón que hay que combatir: sé valiente, céntrate en el momento, pregúntales por sus aficiones. Os sorprenderéis de cuánto le gusta a la gente hablar de sí mismos, y así seguro que encontráis intereses comunes, como le pasó a Gameknight con Shawny. Enseguida tendrás amigos.

Mis padres nunca supieron que sufría acoso porque no se lo dije. No quería que se involucraran, pero fue un error por mi parte. Sufrir en silencio no me ayudó a resolver el problema. De hecho, hizo que se prolongase más en el tiempo y lo hizo todo peor. Cuando sufres y te sientes solo, tus pensamientos se convierten en la única compañía.

La preocupación suele retroalimentarse y hacerse cada vez más grande.

Si sufres acoso escolar, que sepas que no contarlo es lo peor que puedes hacer. Díselo a alguien en quien confíes: un amigo, un profesor... a cualquiera. Si no eres capaz, recurre al papel y al boli, como hice yo: escribe sobre ello. Pon tus sentimientos por escrito. Te sorprenderás al ver cuánto ayuda. Escribe tu propia historia de Minecraft sobre el acoso, sobre los trastornos alimenticios, sobre no encajar... sobre cualquier cosa que te preocupe.

¡El silencio no sirve de nada!

Tienes que enfrentarte a tu propio dragón para liberarte, pero sin hacer daño a nadie y, sobre todo, sin hacerte daño a ti mismo. Eso no lleva a ninguna parte, solo genera más sufrimiento. Tienes que darte cuenta de que mucha gente sufre acoso, o siente que no encaja o que no es como debe ser, pero guardar silencio solo te llevará a creer que eres la única persona en el mundo con esos problemas, y eso no es cierto. Seguro que hay gente alrededor pasando por lo mismo.

¡No estás solo!

Conoce a tu enemigo y conócete a ti mismo: si te lo callas, ambos serán la misma persona.

Sé fuerte, cuéntalo, no estés solo y cuidado con los creepers.

MARK CHEVERTON

Este libro utiliza el tipo Aldus, que toma su nombre
del vanguardista impresor del Renacimiento
italiano Aldus Manutius. Hermann Zapf
diseñó el tipo Aldus para la imprenta
Stempel en 1954, como una réplica
más ligera y elegante del
popular tipo
Palatino

***
**
*

El combate contra el dragón
se acabó de imprimir
un día de verano de 2015,
en los talleres gráficos de Liberdúplex, s.l.u.
Crta. BV-2249, km 7,4, Pol. Ind. Torrentfondo
Sant Llorenç d'Hortons (Barcelona)

***
**
*